人间随想录

巴金 著

中国文史出版社

《政协委员文库》丛书

编辑委员会

目录

第三辑　人生如逆旅，我亦是行人

第四辑　仰望星空，在孤独中成长

第五辑　繁华尽处，何人不起故园情

第六辑　故友旧交，三三两两

第一辑

一些寻常事，烟火是人间

病榻看雪

到了巴黎，我第二天便病倒了，那时我住在 Blanville 街五号的旅馆[1]里，时间是2月20日。我是1月15日离开上海的。

2月的天气在这个多雨的城里算是最冷的时节，我又住在第三层的高楼上，看不见阳光，房里一切都是灰色的。开了窗我又受不住冷风，关上窗户，房里就成了黑暗世界。窗外便是对面的高楼，下面是窄狭的街道。天空是阴暗的。

早晨吴和卫来看我。他们谈得很起劲，我一句话也不曾说，他们也没有注意。吃中饭时，他们约我出去，我说，不想吃东西，我病了。他们两个就出去了。

我头昏，心里难受，四肢无力，疲倦地躺在床上。忽然想起昨晚在吴那里拿来的一本书还在枕头边，是昨夜临睡时读了几页后放下的，我拿起来读了一页，就觉得读不进去，不能够把心放在书上，只得抛下它，一个人在床上胡思乱想。后来我居然睡着了。还是卫和吴的敲门声把我惊醒起来的。

他们给我买回来了酒精灯，锅子，糖。卫在这里照料，吴又出去买了酒精和牛奶。他们把牛奶煮好拿给我喝，我本来不想喝什么，却也听了他们的劝，勉强喝了一大杯，又重新睡着了。

大约过了两个钟头，他们又把我唤醒，煮了一杯牛奶给我喝。窗外有白色东西在飞舞，像柳絮，像棉花，又有些细微的声音。我不知道这是什么，问卫，他说："落雪了。"

---

①旅馆：这是指公寓。

“落雪了”，这三个字把我心头的烈火完全弄灭了。窗外的雪霏霏地落，我心里的寒冷也不断地增加。吴在旁边读报，他忽然告诉我：丹麦的文学批评家乔治·布朗德斯[①]病故了。

1927年

①乔治·布朗德斯（1842—1927）：《十九世纪欧洲文学主流》（六卷）和《俄罗斯印象记》等书的作者。

三等车中

坐火车似乎不是一件愉快的事情，三等车更不是舒适的地方，但是这两年来我的一部分的时间就在三等车里面花掉了。仿佛有人说过羡慕我的生活一类的话，这些情形他们是不会知道的。

说要走，说了两个星期了。一些朋友在路上遇见我就会问：“怎么还在上海？”我除了“明天走”这句短短的答语外，就找不到第二句。的确我每天都是准备着“明天走”的。但是出乎我的意料之外，这“明天”却挨到两个多星期以后了。

在一个黄昏里到北站送了卫夫妇上车回来，我同梅走着到中国旅行社去的马路。我们两个人都不熟悉上海的街道，当时我并没有决定这个晚上就走，也没有决定就到中国旅行社去买车票，我们不过在那些比较平坦的马路上散步，谈谈那些许多时候以来折磨我们年轻的心的问题。

天色逐渐阴暗起来，我们却不觉得；灯亮了，我们也不觉得。在我们的跟前隐约地现出那光明美丽的未来的远景。我们到了四川路的中国旅行社，我说：“去问问票子罢。”我们就进去了。

“哪天走？”

“今天晚上。”

我没有踌躇地回答。出了门，我才想起：今天晚上就要走了。这个时候我突然感到把时间浪费在火车上、轮船中是一件怎样不幸的事情。

行李是临时收拾的，也花不了许多时间。周夫妇送我到车站时，不过十点多钟，可是火车要到十二点钟才开出。我是一个漂流惯了的人，本来用不着人送我到车站，但是周夫人说：“一个人走，冷清清的，没有人送，很可怜。”我也不能够拒绝他们。

在月台上我们找到了梅，他在那里等我，现在谁也不会觉得寂寞了。周提着我的藤包，我们上了车。

车厢里客人很少，有许多空座位。我从藤包里取出了薄被在长凳上摊开来，心里想一定可以畅快地睡一夜了。

平常朋友们在一起大家总有许多话谈，这时候我们对坐着，我却觉得说话是一件不容易的事情。我们让时间在沉默中过去，于是周夫妇下车了，于是梅也下车了。接着火车的轮子动起来，我的旅程又开始了。

车厢里的人突然加多了，我只好把薄被卷起来，睡觉的事成了渺茫的梦，这个晚上我就在人堆里糊里糊涂地混了一夜。对面一位乘客整夜开着窗，风就对着我吹，煤灰堆满了我的脸，使我的眼睛睁不开来。但也终于过去了。

第二天八点钟以前火车到了南京。天落着雨，早晨的空气很冷。但是我不得不跟着众人下车，冒着雨走到江边的，轮渡上，拥挤在前舱里一张帆布篷下面。

小火轮一开，风就大起来，雨点全打在我的身上，我只得掉转身子，但是裤子却给打湿了。这狼狈的情形如果给朋友们看见，一定会引起他们发笑。

到了浦口，进了月台，我找不着火车，站在月台上只觉得身子冷。过了好些时候，终于看见火车来了。月台上突然热闹起来。在一阵拥挤之后，我进了三等车厢，在那里找到一个好座位，就高兴地坐下来，把藤包放在头上的架子上面。我的薄被又在长椅上摊开了。

火车在细雨蒙蒙中离开了浦口，时候是十一点钟。我没有留我的脚迹在南京，我是有遗憾的。在南京我有好几个朋友，我本来应该去看看他们，本来应该分出一些时间和他们在一起度过，但是雨把我阻止了。尤其使我挂念的是那个害肺病的朋友[①]和他的夫人。他最近还写信给我说：“你的心灵的纯洁，生活的洒脱，只要在我得到一刻沉静的时候，我便追怀着你；我是渐埋渐深的成了一个泥人了。我常常希望着因为我有痼疾而早结束了我的生命。”去年我在北平承他款

---

①指散文作家缪崇群。

待了一个多星期，和他在一张床上度过了那些夜晚，听了他多少次的咳声和梦呓，我留下在颐和园买来的一对石球在那间公寓的小屋里就走了。我带走的他的印象到现在还没有褪色，依旧是去年那样地鲜明：心灵的纯洁，只有他可以受这个评语。但是没有人了解他。他如今在艰苦的生活的斗争里、社会的轻视的眼光下一天一天地衰弱下去了。我每次读着他那些混合着血和泪的散文，我的整个心灵都被扰乱了。我常常在心里狂叫着：他是不能够死的，他应该活下去，强健起来，去享受生活里的幸福。但是谁能够使这愿望实现呢？

我的思想像车轮那样地转动着。雨却渐渐地小了。到了一个站，雨完全住了。天气依旧不好。我的心上的重压也没有减轻。但是火车又向前开行了，就像一只怒吼的饥饿的猛兽。

车里的客人并不多，好些座位都空着，一个人可以占据一张椅子。车是新的，而且洗刷得很干净，有百叶窗。我对面一个老客人不时地发出了惊讶的赞叹。

后来天气变好了，太阳从云里露出脸来。车窗外有树木，有田野，有山，但是我时时刻刻都记着我是往北方走了。

人一往北方走，就会觉得自己是一刻一刻地变老了，尤其是对于离开广东不久的我。见惯了南国的乡村，吃惯了南国的食物，呼吸惯了南国的空气以后，这感觉是特别锐敏的。南国的碧绿的榕树，在这里是看不见的了。这里的一切景物都给罩上了古老的、沉重的暗影，我找不到一点南方的轻快、活泼的颜色。

津浦路沿途的车站是值得注意的。每个大站都有它自己的独特的样式，虽然同是西洋风味的旧建筑物，但没有两个是相同的，有的车站竟使人联想到教堂。

车上的生活很沉闷，很单调。乘客多的时候还可以看到一些不寻常的事情。去年那一次的旅行里我就看见了不少。譬如，一个老妇因为没有车票就被赶出车厢，在扶梯边的走廊上蹲着，让夜晚的冷风吹打。又如，一个土匪上车来捉一个替人送款的忠厚的农民，农民几乎被他拖下车去，却给一个车警来搭救了，土匪就在火车驶行的当儿跳了下去。

这一次我什么都看不见，也听不到什么值得注意的谈话。到了站，乘客上下，或者向小贩买食物，这是很平常的事情。两角钱一只烧鸡，一角钱几个梨子，这是最受人欢迎的食物。时间过得很慢，但是也很平淡地过去了。夜晚我幸运地睡了一个好觉，第二天早晨醒来，火车已经过了济南。

窗外北方的平原是可爱的，虽然树木少，虽然只有一点光秃的山，但也可以给人引起另一种感觉。沉着，朴实，没有一点夸张，没有一点掩饰，北方的景物就像北方的人，他们沉默地挑起生活的担子，坚忍地跟困难斗争，一直到死不发出一声叫唤。

在山东境内某一个车站旁边，人们搭了草篷开“追悼大会”。会已经开过了，剩下来对联、供桌和遗像。据说追悼的是前次劫车中被害的车警。原来两个多星期以前，津浦车曾经在这附近给土匪抢过一次。

下午五点多钟火车到了天津东站。我在上海中国旅行社买票时，曾为了“东站”和“总站”的问题把卖票员麻烦了好一阵，那里只有到天津东站的车票，我当时却以为火车先到“东站”后到“总站”，现在才知道是我自己弄错了。

1933年9月在天津

过　年

书桌放在窗前，每天我坐在这里，望着时光悄悄地走过去。看着，看着，又到了年终的时候。我的心海里涌起了波涛。

一年一年这样地过去，人渐渐地老起来，离坟墓越来越近。这是事实，然而使我如此感动的原因却不是这个。我是在悔恨我自己又把这一年大好的光阴白白地浪费了。不过我并不因此而有什么感伤。悔恨和感伤是不同的。

过去的年华像一座一座的山横在我后面。假使我回过头去，转身往后面走，翻越过一座山又一座山，我就会看见我的童年。事实上我有时候也作过这样的旅行。于是我在一座山的脚下站住了。

在我这个房间里不是常有小孩来玩么？六岁的，四岁的，三岁的。他们今天忘了昨天的事，甚至下午就忘了午前的事情。一分钟哭，过一分钟又笑。他们的世界是何等的简单！我最近也曾略略地研究过他们的心理，虽然不能说很了解，但是像一个狂信者那样地做着自己想做的事情：这种态度我倒有些明白。有一个时候我也曾经是这样的孩子！

旧历大年初二，母亲出去拜客了。我穿着臃肿的黄缎子棉袍和花缎棉鞋，一个人躲在花园后面一个小天井里燃放“地老鼠”之类的花炮，不知道怎样竟将自己的棉鞋烧起来了。我当时不知道自己脱鞋，却只顾哭着叫人，等到老妈子来时，右脚上已经烧烂了一块，以后又误于庸医，于是躺在床上呻吟了两三个月。我后来身体不健康，跟这件事情多少有点关系。

但是不管这个，我当时仍然过得很幸福，脚一好我也就把那件事情忘掉了。

我一天关在书房里念那些不懂的书，一有机会就溜出来玩，到年底听说要放年假，心里的快活简直是无法形容的。孩子们喜欢新年，因为新年里热闹，而且可以毫无顾忌地痛快玩个十多天。

在那些时候我做过种种黄金似的好梦；但是我决不曾想到世界上会有这种种的事情，像我现在所看见的。那时我也曾有过能够早早长大的愿望。但是长大到了现在，孩童时代的幻梦都跟着年光流去了，只剩下这一颗满是创伤的心。而且当时我所爱过、恨过的人大半都早已安睡在寂寞的坟墓里面了。我是踏着尸骸走过长途，越过万重山而达到现在这个地方的。

黄金的童年啊！如果真像一般人那样感叹地这么想着，那真是“往事不堪回首”了！

所以四十几年前逝世的俄国诗人拉特松[1]有过一首叫做《床边》的诗：

孩子，在温暖、柔软的小床中，
你在梦中发出了这样的低语：
“啊，上帝啊，我什么时候才会长大呢？
啊，只要人能够生长得更快一点啊！
那些讨厌的功课，我不要再学了，
那些讨厌的琴调我不要再练了；
我要常常去找朋友们玩呢，
我要常常到花园里去散步呢！”
我正埋着头做事，便带了忧郁的微笑，
默默地倾听着你的话语……
睡吧！我的宝贝，趁你还在父亲的保护下
不曾知道世间种种烦恼的时候……
睡吧，我的小鸟儿！那严酷的时光
无情地快快飞去了，并不肯等着谁……
生活常常是一副重担。

---

①谢·雅·拉特松（С.Я.НапсоН.　1862—1887），俄罗斯诗人。

光荣的童年就像一个假日，会去得很快……
要是我能和你掉换一下，那是多么快活：
我只愿能像你那样快乐，歌唱，
我只愿能像你那样高兴地笑，
吵闹地玩，无忧无虑地四处观看！

这不是在译诗，这只能算是直译俄文的意思。我奇怪拉特松怎么会写出这样的诗！他一共不过活了25岁，即使这诗是临死的那年写的，也嫌早了一点。25岁的人无论如何不应该说这样的话。他死得早，大概因为他的心被这种忧郁蚕食了。

我跟他不同。我虽然有“一颗满是创伤的心”，但是我仍愿带着这颗心去走险途。我并不愿意年光倒流重返到儿时去，纵使这儿时真如一般人所说，是梦一般地美丽。孩子是生活在这个世界里而看不见这个世界的人。但这个世界存在而且支配着他的事实，却是铁铸一般地无可改变的。

做一个盲人好呢？还是做一个因为有眼睛而痛苦的人？我当然选取后者。而且我还想为这种痛苦做一点点事情。

在这一点上我倒应该给拉特松一个公道。因为先前忘记说下去，在中途便停止了。拉特松也写过像《那些心里还存在着对于黎明的将来的愿望的人，醒来吧！》（多么长的一个题目！）一类的诗，有着“和夜的黑暗斗争，好让阳光重新普照大地”的句子。并且据说拉特松有一个时期也很为青年们所欢迎，他的诗集也销过二三十版，因为他表现了当时青年的热望——爱被虐待受侮辱的同胞，为崇高的理想，为自由、平等、博爱而奋斗。但可惜的是那些诗我还不曾有机会读过。他的诗我只读了四首。

算到现在为止，我已经比拉特松多活了好几年了。我对于同时代的青年的热望，又做过什么事情呢？我们这时代的青年的热望不也就是——爱那被虐待受侮辱的同胞，为自由、平等、博爱而奋斗吗？

固然我写过几本小说之类的东西（我只说类似小说，因为也许有些正统派的小说家从艺术的观点来看，说它们并不是小说），但那是多么微弱的呼声啊！所以在回顾快要过去的1934年的时候，我又不觉为这一年光阴的浪费而感到痛悔了。

做孩子的时候，每到元旦，总要给父亲逼着在红纸条上写几个恭楷字，作为元旦试笔。如今父亲已经在坟墓里做了十几年的好梦，再也没有人来逼我写这一类的东西了。想到这里我似乎应当有一点点感伤。但是我并没有。也许我这颗心给生活的洪炉炼成了钢铁了。

1934年12月在横滨

静寂的园子

没有听见房东家的狗的声音。现在园子里非常静。那棵不知名的五瓣的白色小花仍然寂寞地开着。阳光照在松枝和盆中的花树上，给那些绿叶涂上金黄色。天是晴朗的，我不用抬起眼睛就知道头上是晴空万里。

忽然我听见洋铁瓦沟上有铃子响声，抬起头，看见两只松鼠正从瓦上溜下来，这两只小生物在松枝上互相追逐取乐。它们的绒线球似的大尾巴，它们的可爱的小黑眼睛，它们颈项上的小铃子吸引了我的注意。我索性不转睛地望着窗外。但是它们跑了两三转，又从藤萝架回到屋瓦上，一瞬间就消失了，依旧把这个静寂的园子留给我。

我刚刚埋下头，又听见小鸟的叫声。我再看，桂树枝上立着一只青灰色的白头小鸟，昂起头得意地歌唱。屋顶的电灯线上，还有一对麻雀在吱吱喳喳地讲话。

我不了解这样的语言。但是我在鸟声里听出了一种安闲的快乐。它们要告诉我的一定是它们的喜悦的感情。可惜我不能回答它们。我把手一挥，它们就飞走了。我的话不能使它们留住，它们留给我一个园子的静寂。不过我知道它们过一阵又会回来的。

现在我觉得我是这个园子里唯一的生物了。我坐在书桌前俯下头写字，没有一点声音来打扰我。我正可以把整个心放在纸上。但是我渐渐地烦躁起来。这静寂像一只手慢慢地挨近我的咽喉。我感到呼吸不畅快了。这是不自然的静寂。这是一种灾祸的预兆，就像暴雨到来前那种沉闷静止的空气一样。

我似乎在等待什么东西。我有一种不安定的感觉，我不能够静下心来。我一定是在等待什么东西。我在等待空袭警报；或者我在等待房东家的狗吠声，这就是说，预行警报已经解除，不会有空袭警报响起来，我用不着准备听见凄厉的汽笛声（空袭警报）就锁门出去。近半月来晴天有警报差不多成了常例。

可是我的等待并没有结果。小鸟回来后又走了；松鼠们也来过一次，但又追逐地跑上屋顶，我不知道它们消失在什么地方。从我看不见的正面楼房屋顶上送过来一阵呫呫的乌鸦叫。这些小生物不知道人间的事情，它们不会带给我什么信息。

我写到上面的一段，空袭警报就响了。我的等待果然没有落空。这时我觉得空气在动了。我听见巷外大街上汽车的叫声。我又听见飞机的发动机声，这大概是民航机飞出去躲警报。有时我们的驱逐机也会在这种时候排队飞出，等着攻击敌机。我不能再写了，便拿了一本书锁上园门，匆匆地走到外面去。

在城门口经过一阵可怕的拥挤后，我终于到了郊外。在那里耽搁了两个多钟头，和几个朋友在一起，还在草地上吃了他们带出去的午餐。警报解除后，我回来，打开锁，推开园门，迎面扑来的仍然是一个园子的静寂。

我回到房间，回到书桌前面，打开玻璃窗，在继续执笔前还看看窗外。树上，地上，满个园子都是阳光。墙角一丛观音竹微微地在飘动它们的尖叶。一只大苍蝇带着嗡嗡声从开着的窗飞进房来，在我的头上盘旋。一两只乌鸦在我看不见的地方叫。一只黄色小蝴蝶在白色小花间飞舞。忽然一阵奇怪的声音在对面屋瓦上响起来，又是那两只松鼠从高墙沿着洋铁滴水管溜下来。它们跑到那个支持松树的木架上，又跑到架子脚边有假山的水池的石栏杆下，在那里追逐了一回，又沿着木架跑上松枝，隐在松叶后面了。松叶动起来，桂树的小枝也动了，一只绿色小鸟刚刚歇在那上面。

狗的声音还是听不见。我向右侧着身子去看那条没有阳光的窄小过道。房东家的小门紧紧地闭着。这些时候那里就没有一点声音。大概这家人大清早就到城外躲警报去了，现在还不曾回来。他们回来恐怕在太阳落坡的时候。那条肥壮的黄狗一定也跟着他们“疏散”了，否则会有狗抓门的声音送进我的耳里来。

我又坐在窗前写了这许多字。还是只有乌鸦和小鸟的叫声陪伴我。苍蝇的嗡嗡声早已寂灭了。现在在屋角又响起了老鼠啃东西的声音。都是响一回又静一回的，在这个受着轰炸威胁的城市里我感到了寂寞。

然而像一把刀要划破万里晴空似的，嘹亮的机声突然响起来。这是我们自己的飞机。声音多么雄壮，它扫除了这个园子的静寂。我要放下笔到庭院中去看天空，看那些背负着金色阳光在蓝空里闪耀的灰色大蜻蜓。那是多么美丽的景象。

1940年10月11日在昆明

爱尔克的灯光

傍晚，我靠着逐渐黯淡的最后的阳光的指引，走过18年前的故居。这条街、这个建筑物开始在我的眼前隐藏起来，像在躲避一个久别的旧友。但是它们的改变了的面貌于我还是十分亲切。我认识它们，就像认识我自己。还是那样宽的街，宽的房屋。巍峨的门墙代替了太平缸和石狮子，那一对常常做我们坐骑的背脊光滑的雄狮也不知逃进了哪座荒山。然而大门开着，照壁上“长宜子孙”四个字却是原样地嵌在那里，似乎连颜色也不曾被风雨剥蚀。我望着那同样的照壁，我被一种奇异的感情抓住了，我仿佛要在这里看出过去的19个年头，不，我仿佛要在这里寻找18年以前的遥远的旧梦。

守门的卫兵用怀疑的眼光看我。他不了解我的心情。他不会认识18年前的年轻人。他却用眼光驱逐一个人的许多亲密的回忆。

黑暗来了。我的眼睛失掉了一切。于是大门内亮起了灯光。灯光并不曾照亮什么，反而增加了我心上的黑暗。我只得失望地走了。我向着来时的路回去。已经走了四五步，我忽然掉转头，再看那个建筑物。依旧是阴暗中一线微光。我好像看见一个盛满希望的水碗一下子就落在地上打碎了一般，我痛苦地在心里叫起来。在这条被夜幕覆盖着的近代城市的静寂的街中，我仿佛看见了哈立希岛上的灯光。那应该是姐姐爱尔克点的灯罢。她用这灯光来给她的航海的兄弟照路，每夜每夜灯光亮在她的窗前，她一直到死都在等待那个出远门的兄弟回来。最后她带着失望进入坟墓。

街道仍然是清静的。忽然一个熟悉的声音在我耳边轻轻地唱起了这个欧洲的古传说。在这里不会有人歌咏这样的故事。应该是书本在我心上留下的影响。但是这个时候我想起了自己的事情。

18年前在一个春天的早晨，我离开这个城市、这条街的时候，我也曾有一个姐姐，也曾答应过有一天回来看她，跟她谈一些外面的事情。我相信自己的诺言。那时我的姐姐还是一个出阁才只一个多月的新嫁娘，都说她有一个性情温良的丈夫，因此也会有长久的幸福的岁月。

然而人的安排终于被“偶然”毁坏了。这应该是一个“意外”。但是这“意外”却毫无怜悯地打击了年轻的心。我离家不过一年半光景，就接到了姐姐的死讯。我的哥哥用了颤抖的哭诉的笔叙说一个善良女性的悲惨的结局，还说起她死后受到的冷落的待遇。从此那个做过她丈夫的所谓温良的人改变了，他往一条丧失人性的路走去。他想往上爬，结果却不停地向下面落，终于到了用鸦片烟延续生命的地步。对于姐姐，她生前我没有好好地爱过她，死后也不曾做过一样纪念她的事。她寂寞地活着，寂寞地死去。死带走了她的一切，这就是在我们那个地方的旧式女子的命运。

我在外面一直跑了18年。我从没有向人谈过我的姐姐。只有偶尔在梦里我看见了爱尔克的灯光。一年前在上海我常常睁起眼睛做梦。我望着远远的在窗前发亮的灯，我面前横着一片大海，灯光在呼唤我，我恨不得腋下生出翅膀，即刻飞到那边去。沉重的梦压住我的心灵，我好像在跟许多无形的魔手挣扎。我望着那灯光，路是那么远，我又没有翅膀。我只有一个渴望：飞！飞！那些熬煎着心的日子！那些可怕的梦魇！

但是我终于出来了。我越过那堆积着像山一样的18年的长岁月，回到了生我养我而且让我刻印了无数儿时回忆的地方。我走了很多的路。

18年，似乎一切全变了，又似乎都没有改变。死了许多人，毁了许多家。许多可爱的生命葬入黄土。接着又有许多新的人继续扮演不必要的悲剧。浪费，浪费，还是那许多不必要的浪费——生命，精力，感情，财富，甚至欢笑和眼泪。我去的时候是这样，回来时看见的还是一样的情形。关在这个小圈子里，我禁不住几次问我自己：难道这18年全是白费？难道在这许多年中间所改变的就只是装束和名词？我痛苦地搓自己的手，不敢给一个回答。

在这个我永不能忘记的城市里，我度过了50个傍晚。我花费了自己不少的眼泪和欢笑，也消耗了别人不少的眼泪和欢笑。我匆匆地来，也将匆匆地去。用留恋的眼光看我出生的房屋，这应该是最后的一次了。我的心似乎想在那里寻觅什么。但是我所要的东西绝不会在那里找到。我不会像我的一个姑母或者嫂嫂，设法进到那所已经易了几个主人的公馆，对着园中的花树垂泪，慨叹着一个家族的盛衰。摘吃自己栽种的树上的苦果，这是一个人的本分。我没有跟着那些人走一条路，我当然在这里找不到自己的脚迹。几次走过这个地方，我所看见的还只是那四个字："长宜子孙。"

"长宜子孙"这四个字的年龄比我的不知大了多少。这也该是我祖父留下的东西罢。最近在家里我还读到他的遗嘱。他用空空两手造就了一份家业。到临死还周到地为儿孙安排了舒适的生活。他叮嘱后人保留着他修建的房屋和他辛苦地搜集起来的书画。但是儿孙们回答他的还是同样的字：分和卖。我很奇怪，为什么这样聪明的老人还不明白一个浅显的道理：财富并不"长宜子孙"，倘使不给他们一个生活技能，不向他们指示一条生活道路？"家"这个小圈子只能摧毁年轻心灵的发育成长，倘使不同时让他们睁起眼睛去看广大世界；财富只能毁灭崇高的理想和善良的气质，要是它只消耗在个人的利益上面。

"长宜子孙"，我恨不能削去这四个字！[①]许多可爱的年轻生命被摧残了，许多有为的年轻心灵被囚禁了。许多人在这个小圈子里面憔悴地挨着日子。这就是"家"！"甜蜜的家"！这不是我应该来的地方。爱尔克的灯光不会把我引到这里来的。

于是在一个春天的早晨，依旧是18年前的那些人把我送到门口，这里面少了几个，也多了几个。还是和那次一样，看不见我姐姐的影子，那次是我没有等待她，这次是我找不到她的坟墓。一个叔父和一个堂兄弟到车站送我，18年前他们也送过我一段路程。

我高兴地来，痛苦地去。汽车离站时我心里的确充满了留恋。但是清晨的微风，路上的尘土，马达的叫吼，车轮的滚动，和广大田野里一片盛开的菜子花，这一切驱散了我的离愁。我不顾同行者的劝告，把头伸到车窗外面，去呼吸广大

---

①1956年12月我终于走进了这个"公馆"，"长宜子孙"四个字果然跟着"照壁"一起消灭了。——1959年注

天幕下的新鲜空气。我很高兴，自己又一次离开了狭小的家，走向广大的世界中去！

忽然在前面田野里一片绿的蚕豆和黄的菜花中间，我仿佛又看见了一线光，一个亮，这还是我常常看见的灯光。这不会是爱尔克的灯里照出来的，我那个可怜的姐姐已经死去了。这一定是我的心灵的灯，它永远给我指示我应该走的路。

1941年3月在重庆

火

船上只有轻微的鼾声，挂在船篷里的小方灯，突然灭了。我坐起来，推开旁边的小窗，看见一线灰白色的光。我不知道现在是什么时候，船停在什么地方。我似乎还在梦中，那噩梦重重地压住我的头。一片红色在我的眼前。我把头伸到窗外，窗外静静地横着一江淡青色的水，远远地耸起一座一座墨汁绘就似的山影。我呆呆地望着水面。我的头在水中浮现了。起初是个黑影，后来又是一片亮红色掩盖了它。我擦了擦眼睛，我的头黑黑地映在水上。没有亮，似乎一切都睡熟了。天空显得很低。有几颗星特别明亮。水轻轻地在船底下流过去。我伸了一只手进水里，水是相当地凉。我把这周围望了许久。这些时候，眼前的景物仿佛连动也没有动过一下；只有空气逐渐变凉，只有偶尔亮起一股红光，但是等我定睛去捕捉红光时，我却只看到一堆沉睡的山影。

我把头伸回舱里，舱内是阴暗的，一阵一阵人的气息扑进鼻孔来。这气味像一只手在搔着我的胸膛。我向窗外吐了一口气，便把小窗关上。忽然我旁边那个朋友大声说起话来："你看，那样大的火！"我吃惊地看那个朋友，我看不见什么。朋友仍然沉睡着，刚才动过一下，似乎在翻身，这时连一点声音也没有。

舱内是阴暗世界，没有亮，没有火。但是为什么朋友也嚷着"看火"呢？难道他也做了和我同样的梦？我想叫醒他问个明白，我把他的膀子推一下。他只哼一声却翻身向另一面睡了。睡在他旁边的友人不住地发出鼾声，鼾声不高，不急，仿佛睡得很好。

我觉得眼睛不舒服，眼皮似乎变重了，老是睁着眼也有点吃力，便向舱板倒下，打算阖眼睡去。我刚闭上眼睛，忽然听见那个朋友嚷出一个字“火”！我又吃一惊，屏住气息再往下听。他的嘴却又闭紧了。

我动着放在枕上的头向舱内各处细看，我的眼睛渐渐地和黑暗熟悉了。我看出了几个影子，也分辨出铺盖和线毯的颜色。船尾悬挂的篮子在半空中随着船身微微晃动，仿佛一个穿白衣的人在那里窥探。舱里闷得很。鼾声渐渐地增高，被船篷罩住，冲不出去。好像全堆在舱里，把整个舱都塞满了，它们带着难闻的气味向着我压下，压得我透不过气来。我无法闭眼，也不能使自己的心安静。我要挣扎。我开始翻动身子，我不住地向左右翻身。没有用。我感到更难堪的窒息。

于是耳边又响起那个同样的声音“火”！我的眼前又亮起一片红光。那个朋友睡得沉沉的，并没有张嘴。这是我自己的声音。梦里的火光还在追逼我。我受不了。我马上推开被，逃到舱外去。

舱外睡着一个伙计，他似乎落在安静的睡眠中，我的脚声并不曾踏破他的梦。船浮在平静的水面上，水青白地发着微光，四周都是淡墨色的山，像屏风一般护着这一江水和两三只睡着的木船。

我靠了舱门站着。江水碰着船底，一直在低声私语。一阵一阵的风迎面吹过，船篷也轻轻地叫起来。我觉得呼吸畅快一点。但是跟着鼾声从舱里又送出来一个“火”字。

我打了一个冷噤，这又是我自己的声音，我自己梦中的“火”！

四年了，它追逼我四年了！

四年前上海沦陷的那一天，我曾经隔着河望过对岸的火景，我像在看燃烧的罗马城。房屋成了灰烬，生命遭受摧残，土地遭着蹂躏。在我的眼前沸腾着一片火海，我从没有见过这样大的火，火烧毁了一切：生命，心血，财富和希望。但这和我并不是漠不相关的。燃烧着的土地是我居住的地方；受难的人们是我的同胞，我的弟兄；被摧毁的是我的希望，我的理想。这一个民族的理想正受着熬煎。我望着漫天的红光，我觉得有一把刀割着我的心，我想起一位西方哲人的名言：“这样的几分钟会激起十年的憎恨，一生的复仇。”[①]我咬紧牙齿在心里发誓：我们有一天一定要昂着头回到这个地方来。我们要在火场上辟出美丽的花园。我

①见亚·赫尔岑的《从彼岸来》第二篇《暴风雨后》。

离开河岸时，一面在吞眼泪，我仿佛看见了火中新生的凤凰。

四年了。今晚在从阳朔回来的木船上我又做了那可怕的火的梦，在平静的江上重见了四年前上海的火景。四年来我没有一个时候忘记过那样的一天，也没有一个时候不想到昂头回来的日子。难道胜利的日子逼近了么？或者是我的热情开始消退，需要烈火来帮助它燃烧？朋友睡梦里念出的“火”字对我是一个警告，还是一个预言？……

我惶恐地回头看舱内，朋友们都在酣睡中，没有人给我一个答复。我刚把头掉转，忽然瞥见一个亮影子从我的头上飞过，向着前面那座马鞍似的山头飞走了。这正是火中的凤凰！

我的眼光追随着我脑中的幻影。我想着，我想到我们的苦难中的土地和人民，我不觉含着眼泪笑了。在这一瞬间似乎全个江，全个天空，和那无数的山头都亮起来了。

1941年9月22日从阳朔回来，在桂林写成。

长　夜

我对着一盏植物油灯和一本摊开的书，在书桌前坐了若干时候。我说若干时候，因为我手边没有一样可以计算时间的东西。我只知道我坐下来时，夜色刚刚落到窗外马路上；我只知道我坐下来时，门前还有人力车的铃声，还有竹竿被人拖着在路上摩擦的声音，还有过路人的谈笑声。我坐着，我一直坐着，我的心给书本吸引了去。我跟着书本活了那么长的时间。我的心仿佛落在一个波涛汹涌的海上受着颠簸。于是我抬起头，我发现我仍然坐在书桌前面，这许久我就没有移动一下。

火在灯罩里寂寞地燃着，光似乎黯淡了些，我把头动了动，忽然发觉一堆一堆的黑影从四面八方向着我压下来，围过来。但是灯火发出一圈光亮，把它们阻挡了。我看见黑暗在周围移动，它们好像在准备第二次的进攻。

四周没有声息。我不知道马路是在什么时候静下来的。我注意地倾听，我很想听见人声，哪怕是一声咳嗽，一句笑语。在平日甚至夜深也还有人讲话，或者笑着、哼着歌走过马路。我听了片刻，仍旧没有声息。我奇怪，难道这时候醒着的就只有我一个人？为什么我四周会是死一般的静寂？

我觉得好像有什么东西在我的心里搅动，又仿佛有一股一股的水像浪涛似的在往上翻腾。我用力镇定了我的心，我把头再埋到书本上去。一条一条的蚯蚓在我的眼前蠕动。我抓不到一个字义。为什么？难道是黑暗伤害了我的眼睛，或者是静寂损坏了我的脑子？

我把灯芯转亮，我再看看四周，黑暗似乎略为往后退了，它们全躲在屋角，做出难看的鬼脸，无可奈何地望着灯光。

我又埋下头，而且睁大眼睛，把注意力完全放在书本上。这一次蚯蚓停住不动了，它们变成了一行一行的字。……

我进到了另一个时代里去经历另一些事情。

我觉得我自己站在一群叫嚣的人中间，高耸的断头机的轮廓贴在淡蓝色的天幕上，一个脸色惨白的年轻人带着悲痛立在台口，他用眼光激动地在人群中找寻什么东西，他的嘴颤抖地动了一下。一个少妇带着一声尖锐的哀叫向着台口扑过去，她仰起那张美丽的脸去承受从台上投下的眼光。泪珠沿着年轻人的脸颊滚下来。一只粗壮的膀子伸过来拉他，他再投下一瞥依恋的眼光，于是断念似地睡倒在木板上面。少妇伏在台阶上伤心地哭着。

悬在架上的大刀猛然落下。我的心一跳。应该听见那可怕的声音。鲜红的血溅起来。又一个头落在篮子里。那只粗壮的手拿着头发把这个头高高举起给台下的人看。惨白色面颜显得更惨白了。眼睛微微睁开，嘴半闭着。

我的心发痛。“为什么会有这样的事？”我似乎听见这一句痛苦的问话。

我吃惊地举起头，房里仍然只有我一个人。黄色的灯火孤寂地在玻璃灯罩里摆动，任是怎样摇晃，也发不出一点声音。背后墙壁上贴着我自己的影子，它也是不会发声的。窗外、门外，夜悄悄地溜过去。没有人从门缝里送进一句不等回答的问话来。那么又是我的心在说话了。但是会有人来给我一个回答么？

我等待着。这次我听见声音了。皮鞋的声音，一个男人的脚步。脚声渐渐地近了。是一个朋友么？他在这深夜来找我谈什么事情？或者他真的是来给我回答那个问题的。

我激动地等待着叩门声。我几乎要站起来出去开门。但是声音寂然了。马路上静得好像刚才并没有人走过似的。我屏住气息倾听，没有风声，甚至没有狗叫。世界决不能够是这么静。难道我是在做梦？我咳一声嗽，我听见我自己的声音，多么空虚，仿佛响在一个荒凉的空场上。未必我已经不活在这个世界上了？我摸摸自己的手，自己的脸颊，它们还是温暖的。我把手在桌上一击，响声立刻传到我的耳里。我可以相信自己还是一个活人。

灯光又开始暗起来。黑影也跟着在活动了。它们恢复了原先的阵地，而且进攻。灯用它的亮光抵抗，显得很吃力。我知道油快完了。我动动脚，想走去拿油瓶。但是一阵麻木抓住我的腿。这时我才注意到我的一双腿快冻僵了。我需要活动。我要表示我的存在。我还需要亮光。我跟麻木的感觉挣扎了一会，才缩回两只伸了好久的腿。我终于站起来了。

我打了一个冷噤。寒气似乎穿过衣服，贴到皮肤上来了。我的脚尖和腿弯微微发痛。手指也有一点麻木的感觉。夜一定深了。我应该上楼去睡。但是我不想在这个时候躺下来，我更不愿意闭上眼睛。我的脑子还是清醒的，我不愿让梦给它罩上一层糊涂。

我穿过包围着我的寒气和黑暗，走到厨房去拿了油瓶来给灯加了油。于是灯光又亮起来。这灯光给我驱散了黑暗和寒气。我听听四周。还是坟场上似的静寂。没有人在马路上走过。我失望地在书桌前面坐下，又坐在原来的地方。

我的头又埋在书上。慢慢地、慢慢地一幅图画在我的眼前出现了。仍旧是那个断头台。两个少妇坐在阶上，身子挨得很近。一个埋着头低声在哭，另一个更年轻的却用柔和的声音安慰她。

“露西·德木南。”我听见一个粗暴的声音叫起来。那个年轻的少妇慢慢地站起，安静地把脸朝着人群。怎么！还是先前那张美丽的脸，还是先前扑倒在台阶上哀哭的女人。现在她神色自若地走上断头台去。她对自己的生命似乎没有爱惜，上断头台就像去赴宴会。平静的，甚至带着安慰表情的面颜是那么年轻，那么纯洁。一对美丽的蓝眼望着天空。巴黎的天还没有她的眼睛这么美！我想起一个人的话：“为了使你美丽的眼睛不掉泪，我愿意尽一切力量。”[①]但是她也在木板上躺下了。

铛的一声，架上的大刀又落了下来。我不由自主地叫出一声“呀！”仿佛一滴血溅到了我的眼镜片上，模糊中我看见一个被金丝发盖着的人头滚进篮子里。

露西·德木南终于跟着她的丈夫死去了。那个篮子里一定还留着她的丈夫颈项上淌出来的血罢。

我忽然想起了德热沙尔的诗：

有着温柔的爱情的女人

---

①见阿·托尔斯泰（1883—1945）的剧本《丹东之死》（1923年）第四幕。

小孩儿，小鸟儿，
母亲的心，芦苇的身，
露西，一个优美的女人
……
……
啊，你可爱的小女人，
为了追随你所崇敬的爱人
你在断头台上做了自愿的牺牲，
献出了你年轻的生命。
啊，想起你不由我眼泪纵横！
……①

诗人的语言在我的耳边反复响着。那个披着金发的美丽的头又在黑暗中出现了。眼睛紧闭，嘴唇像要发出哀诉似地微微张开，鲜红的血从雪白的颈项下不断地滴落。……

我把眼睛闭上。我的眼睛已经受到伤害了。我觉得眼珠像被针刺似地痛起来。我取下眼镜，伸手慢慢地揉眼皮。那个金发覆额的法国少妇的头还在我的眼前摇晃。我取开手，睁大眼睛。仍然只有一盏灯和一本书。150年前的悲剧是无可挽回的了。为什么今天还会轮着我站到公果尔德广场上，让我的心受一番熬煎？

我抬起头凝神地望着那一圈跳荡似的金黄色的灯火。我想忘记150年前的事，但是我的思想固执地偏偏粘在那件事情上面。砍去露西·德木南的头的断头机也砍去了罗伯斯庇尔的头。血不能填塞人的饥饿。为什么当时没有人伸出一只手把那只粗壮的膀子拉住？为什么从那些昂着头在台阶上观看的人中间不发出一声“够了”的叫喊？

迟了！断头机终于杀死了革命，让反动势力得到了胜利！

迟了，150年已经很快地过去了。难道我还有什么办法来改写历史，把砍去

① 见E.德热沙尔的诗集《大革命的诗》（1879年巴黎版）。

的头接在早已腐烂的身上？对150年前的悲剧我不能够做任何事情。我纵然怀着满腔的悲愤，也无从发泄。

但是悲愤也会燃烧的。和眼前的灯火一样，它在我的胸膛里燃起来。我的身体应该是个奇怪的东西，先前那里面有的是狂涛巨浪，现在却是一阵炙骨熬心的烈火。我绝望地挣扎着。

我又凝神倾听，我希望在静寂中听出一下脚声，我希望听出一两声表示这个世界还醒着的响动。我希望一个熟人起来叩门。我甚至想，只要有一个人，哪怕是不认识的人也好，只要他走进来，坐在我对面，让我把我的悲愤全倾吐给他。这时候我多么希望能够找到一个醒着的人。

我听了许久，坐了许久，希望了许久。

于是像回答我的希望似地在外面起了一种声音。什么东西在沙沙地响？难道谁在门外私语，等着我去开门？或者我又在做梦，不然就是我的听觉失了效用？

我坐着，听着。我只觉得一股一股的冷气从脚下沿着腿升上来。我终于听出来了：雨声。声音越来越密，越响。后来连屋檐水滴下声也听得见了。雨声淹没了一切，甚至扫去了我的希望。

我还是坐着，我还是听着。我要坐到什么时候？听到什么时候？难道我必须等到天明？或者我还能够怀着满腹烈火进入梦中？

我不想闭上眼睛。即使我能进到梦中，我也不会得着安宁。火热的心在梦里也会受到熬煎的。那么我就应该在书桌前面坐到天明么？

夜更加冷了。这么长的夜。还不见一线白日的光亮。不晓得要到什么时候才是它的尽头。枯坐地等待是没有用的。不会有人来叩门。我应该开门出去看看天空的颜色。我应该出去找寻晨光的征象。

我移动我的腿，又是一阵麻木，仿佛谁把冰绑在了我的腿上似的。我挣扎了片刻，终于直立起来了。

灯火开始在褪色。黑暗从埋伏处出来向我围攻。但是我用坚定的脚步穿过黑暗走到外面，打开了大门。

一股冷风迎面扑上来。暗灰色的空中飘着蒙蒙的细雨。天空低低罩在我的头上，看不见一小片云彩。我的眼前只是一片暗雾。

“难道真的不会有天明么？”我绝望地问道，我望着这景象发问了。

但是从什么地方飘过来一声竹笛似的鸡叫。这意外的声音使我疑心自己的耳朵听错了。我屏住气向这广阔的空间听去。

欢呼似的鸡声又响起来。

我吐了一口气。我的寂寞的心得到安慰了；我的燃烧的心得到宁静了。

这是光明的呼声。它会把白昼给我们唤醒起来。

漫漫的长夜逼近它的尽头了。

1941年冬在桂林

灯

我半夜从噩梦中惊醒，感觉到窒闷，便起来到廊上去呼吸寒夜的空气。

夜是漆黑的一片，在我的脚下仿佛横着沉睡的大海，但是渐渐地像浪花似地浮起来灰白色的马路。然后夜的黑色逐渐减淡。哪里是山，哪里是房屋，哪里是菜园，我终于分辨出来了。

在右边，傍山建筑的几处平房里射出来几点灯光，它们给我扫淡了黑暗的颜色。

我望着这些灯，灯光带着昏黄色，似乎还在寒气的袭击中微微颤抖。有一两次我以为灯会灭了。但是一转眼昏黄色的光又在前面亮起来。这些深夜还燃着的灯，它们（似乎只有它们）默默地在散布一点点的光和热，不仅给我，而且还给那些寒夜里不能睡眠的人，和那些这时候还在黑暗中摸索的行路人。是的，那边不是起了一阵急促的脚步声吗？谁从城里走回乡下来了？过了一会儿，一个黑影在我眼前晃一下。影子走得极快，好像在跑，又像在溜，我了解这个人急忙赶回家去的心情。那么，我想，在这个人的眼里、心上，前面那些灯光会显得是更明亮、更温暖罢。

我自己也有过这样的经验。只有一点微弱的灯光，就是那一点仿佛随时都会被黑暗扑灭的灯光也可以鼓舞我多走一段长长的路。大片的飞雪飘打在我的脸上，我的皮鞋不时陷在泥泞的土路中，风几次要把我摔倒在污泥里。我似乎走进了一个迷阵，永远找不到出口，看不见路的尽头。但是我始终挺起身子向前迈步，因为我看见了一点豆大的灯光。灯光，不管是哪个人家的灯光，都可以给行人——甚至像我这样的一个异乡人——指路。

这已经是许多年前的事了。我的生活中有过了好些大的变化。现在我站在廊上望山脚的灯光，那灯光跟好些年前的灯光不是同样的么？我看不出一点分别！为什么？我现在不是安安静静地站在自己楼房前面的廊上么？我并没有在雨中摸夜路。但是看见灯光，我却忽然感到安慰，得到鼓舞。难道是我的心在黑夜里徘徊；它被噩梦引入了迷阵，到这时才找到归路？

我对自己的这个疑问不能够给一个确定的回答。但是我知道我的心渐渐地安定了，呼吸也畅快了许多。我应该感谢这些我不知道姓名的人家的灯光。

他们点灯不是为我，在他们的梦寐中也不会出现我的影子。但是我的心仍然得到了益处。我爱这样的灯光。几盏灯甚或一盏灯的微光固然不能照彻黑暗，可是它也会给寒夜里一些不眠的人带来一点勇气，一点温暖。

孤寂的海上的灯塔挽救了许多船只的沉没，任何航行的船只都可以得到那灯光的指引。哈里希岛上的姐姐为着弟弟点在窗前的长夜孤灯，虽然不曾唤回那个航海远去的弟弟，可是不少捕鱼归来的邻人都得到了它的帮助。

再回溯到远古的年代去。古希腊女教士希洛点燃的火炬照亮了每夜泅过海峡来的利安得尔的眼睛。有一个夜晚暴风雨把火炬弄灭了，让那个勇敢的情人溺死在海里。但是熊熊的火光至今还隐约地亮在我们的眼前，似乎那火炬并没有跟着殉情的古美人永沉海底。

这些光都不是为我燃着的，可是连我也分到了它们的一点点恩泽——一点光，一点热。光驱散了我心灵里的黑暗，热促成它的发育。一个朋友说："我们不是单靠吃米活着。"我自然也是如此。我的心常常在黑暗的海上漂浮，要不是得着灯光的指引，它有一天也会永沉海底。

我想起了另一位友人的故事：他怀着满心难治的伤痛和必死之心，投到江南的一条河里。到了水中，他听见一声叫喊（"救人啊"），看见一点灯光，模糊中他还听见一阵喧闹，以后便失去知觉。醒过来时他发觉自己躺在一个陌生人的家中，桌上一盏油灯，眼前几张诚恳、亲切的脸。"这人间毕竟还有温暖。"他感激地想着，从此他改变了生活态度。"绝望"没有了，"悲观"消失了，他成了一个热爱生命的积极的人。这已经是二三十年前的事了。我最近还见到这位朋友。那一点灯光居然鼓舞一个出门求死的人多活了这许多年，而且使他到现在还活得健壮。我没有跟他重谈起灯光的话。但是我想，那一点微光一定还在他的心灵中摇晃。

在这人间，灯光是不会灭的——我想着，想着，不觉对着山那边微笑了。

1942年2月在桂林

月夜鬼哭

孩子的哭声把我惊醒了。她的母亲坐起来打算给她喂奶。窗帷上映着一片月光，架上一排书的书脊也在发亮。远远地送来几声汽车喇叭叫。夜大概很迟了。我翻了一个身，又闭上了眼睛。可是过了好一阵，孩子已经睡着了，喂奶的母亲也已经睡着了，我仍然清醒。不知道怎样，我忽然烦躁起来，躺在床上，我浑身不舒服。我无法使自己安静，就索性下床，在屋子里踱了一会儿。孩子在梦中咳了一声嗽。我害怕惊醒孩子，就在窗前沙发上静静地坐了下来。

月光照亮了孩子的小床。孩子摊开两手，带着可笑的姿势睡熟了。她的脸上露出一种和平的微笑。这笑容吸引了我的眼光。我终于走到小床跟前。我俯下头看孩子的脸。我的手碰到小床的栏杆，孩子两手一举，现出受惊的样子。她睁开眼睛看了看我，马上又闭上了它们。她不再动一下。我在小床前立了片刻，便又走到窗前。我将两肘压在窗台上，埋下眼睛去看那个睡去了的弄堂。

一股凉风吹到我的头上来。四周真静，连汽车喇叭的叫声也没有了。我仿佛听见“夜”轻轻地在我的身边走过，是那么轻微的脚步。“夜”似乎害怕惊动我。我也静悄悄地不出声。

我忽然听见一声清脆的笑。我回过头看小床。月光正照在孩子的小脸上。孩子睡得很甜。也许她在梦中发笑罢。她的睡脸使我忘记了烦躁。我的脑子里什么都没有了。我又回过头去望窗外，我打算再看一次睡着了的弄堂，然后上床安睡。

但是就在我埋下眼睛去的那一刻，我的思想忽然活动起来。我想起六年前我快要离开上海的时候，也曾在窗前这样地站了半夜。是同样的月夜，是同样的弄堂。不同的只是我的心境。那个时候我虽然有一腔悲愤，可是我还看见“希望”在远处闪光。今天我有的却只是一种受骗以后的茫然的感觉。“希望”早已烟似地散了。六年前我立在这窗前看弄堂里的月色，纳粹的黑云遮蔽了大半个世界的天空，日本侵略者的魔手快要伸到了我的咽喉。今天在我们八年的抗战得到最后胜利以后，我回到上海的旧居，我并没有喜悦。为什么呢？我那个希望逃到哪里去了？我想着……我不能回答。我的脑子痛起来了……

忽然在静寂中我听见了一声哀哭。

我的确听见了哭声，似熟悉又似陌生的哭声，声音细微，但又清晰，像男人的声音，又像是女人的。我一定是在做梦罢。刚才我还听见孩子在笑，现在又听见有人在哭。弄堂里静静地没有人，是谁在哭呢？

我掉过头再看孩子。孩子在梦中呼呼地吐气。月光跟她的睡脸告别了。

但是好像有人在孩子的小床旁边哭。

我奇怪。我侧耳倾听。哭声一直没有停，仿佛哭得很伤心。是谁在哭？是那个逃走了没法回来的“希望”么？是我过去六年的岁月么？如果过去的岁月会哭，那么应当是八年的长岁月啊！

哭声仍然不止。夜渐渐地凉起来。我有点毛骨悚然了。现在不仅是小床旁边，连书架上，甚至窗前、屋角都响起了这同样伤心的哭声。

哭声并不高，可是整个屋子都好像在哭了。我一个人被这无所不在的哭声包围着。

“谁在哭？”我问道。没有人回答我。

“谁在哭？”我再问。仍然没有人回答。

“让我安静！”我又说。

这次我得到了答复：

“八年前，八年来你允许我们的希望……在哪里？拿给我们！”

“我允许过你们什么希望？你们是谁？”我惶惑地问道。

“你要我们相信未来……你要我们把一切贡献给抗战……你允许过我们独立与自由……你骗了我们……”

“你们是谁？我并不认识你们。”我惊恐地再问。

“冤枉！冤枉！”哭声不回答我，却用一种带怒的声音叫冤。

“冤枉的事多得很！为什么要找我？我并不认识你们！”我大声分辩。

“你对我们描写过光明和幸福的美景。可是我们只看见官僚发财，投机家得利，接收人员作威作福，欺压良民……洋房、金条、女人，应有尽有。还有汉奸摇身一变，升了——”

“这跟我有什么相干？”我打断了他的话。

“坏人享乐，好人受苦。物资在仓库里腐烂，而多数人缺乏一切。胜利给我们的亲人带来饥饿、痛苦与贫困，在另一些人中间却充满着荒淫与无耻。我们粉身碎骨、肝脑涂地所换来的新秩序绝不是这样！”

“这不是我干的事，你们为什么问我？你们究竟是谁？”我激动地问，这段话把我的心扰乱了。“他们”的悲愤传染到我的身上来了。

“我们是谁？难道你忘记了我们？我们是断掉的手和腿，是给炸弹片撕掉的肉和皮；我们是瞎了的眼睛，是野狗吃掉的心肺；我们是被烧成了灰的骨头，是像水一样淌出来的血；我们是砍掉的头，是活埋了的尸首；我们是睡在异乡、荒冢里的枯骨！冤枉！冤枉！”

我浑身打颤。我受不了这些话。我的确认识他们。这八年来在许多地方我都见过他们。可是我早已把他们忘记了。我没法回答他们，也找不到反驳的话。我忍不住痛苦地、气愤地对他们说：

“你们向我叫冤有什么用？为什么你们不再活一次，把弄错了的事情重新安排一下？为什么不用自己的力量争取到独立与自由、光明与幸福，却躲在黑暗里伤心哭泣？……”

雄鸡突然叫起来，声音洪亮。我吃了一惊。我掉头四顾。屋子里没有哭声。我在和谁谈话，醒着的明明只有我一个？难道我刚才做了一场噩梦？不然我为什么觉得这么疲倦？

小床隐在阴暗里。孩子静静地睡着。我并不曾把她惊醒。

屋子里最后的一线月光也消失了，留下我睁大眼睛站在黑暗中间。我并没有睡意。

1946年7月在上海

愿化泥土

最近听到一首歌，我听见人唱了两次：《那就是我》。歌声像湖上的微风吹过我的心上，我的心随着它回到了我的童年，回到了我的家乡。近年来我非常想念家乡，大概是到了叶落归根的时候吧。有一件事深深地印在我的脑子里，三年半了。我访问巴黎，在一位新认识的朋友家中吃晚饭。朋友是法籍华人，同法国小姐结了婚，家庭生活很幸福。他本人有成就、有名望，也有很高的地位。我们在他家谈得畅快，过得愉快。可是告辞出门，坐在车上，我却摆脱不了这样一种想法：长期住在国外是不幸的事。一直到今天我还是这样想。我也知道这种想法不一定对，甚至不对。但这是我的真实思想。几十年来有一根绳子牢牢地拴住我的心。1927年1月在上海上船去法国的时候，我在《海行杂记》中写道："再见吧，我不幸的乡土哟！"1979年4月再访巴黎，住在凯旋门附近一家四星旅馆的四楼，早饭前我静静地坐在窗前扶手椅上，透过白纱窗帷看窗下安静的小巷，在这里我看到的不是巴黎的街景，却是北京的长安街和上海的淮海路、杭州的西湖和广东的乡村，还有成都的街口有双眼井的那条小街……到八点钟有人来敲门，我站起来，我又离开了"亲爱的祖国和人民"。每天早晨都是这样，好像我每天回国一次去寻求养料。这是很自然的事，我仿佛仍然生活在我的同胞中间，在想象中我重见那些景象，我觉得有一种力量在支持我。于是我感到精神充实，心情舒畅，全身暖和。

我经常提到人民，他们是我所熟悉的数不清的平凡而善良的人。我就是在这些人中间成长的。我的正义、公道、平等的观念也是在门房和马房里培养起来的。我从许多被生活亏待了的人那里学到热爱生活、懂得生命的意义。越是不宽裕的人越慷慨，越是富足的人越吝啬。然而人类正是靠这种连续不断的慷慨的贡献而存在、而发展的。

近来我常常怀念六七十年前的往事。成都老公馆里马房和门房的景象，时时在我眼前出现。一盏烟灯，一床破席，讲不完的被损害、受侮辱的生活故事，忘不了的永远不变的结论："人要忠心。"住在马房里的轿夫向着我这个地主的少爷打开了他们的心。老周感慨地说过："我不光是抬轿子。只要对人有好处，就让大家踏着我走过去。"我躲在这个阴湿的没有马的马房里度过多少个夏日的夜晚和秋天的黄昏。

门房里听差的生活可能比轿夫的好一些，但好得也有限。在他们中间我感到舒畅、自然。后来回想，我接触到通过受苦而净化了的心灵就是从门房和马房里开始的。只有在十年动乱的"文革"期间，我才懂得了通过受苦净化心灵的意义。我的心常常回到门房里爱"清水"恨"浑水"的赵大爷和老文、马房里轿夫老周和老任的身边。人已经不存在了，房屋也拆干净了。可是过去的发过光的东西，仍然在我心里发光。我看见人们受苦，看见人们怎样通过受苦来消除私心杂念。在"文革"期间我想得多，回忆得多。有个时期我也想用受苦来"赎罪"，努力干活。我只是为了自己，盼望早日得到解放。私心杂念不曾消除，因此心灵没有得到净化。

现在我明白了。受苦是考验，是磨炼，是咬紧牙关挖掉自己心灵上的污点。它不是形式，不是装模作样。主要的是严肃地、认真地接受痛苦。"让一切都来吧，我能够忍受。"

我没有想到自己还要经受一次考验。我摔断了左腿，又受到所谓"最保守、最保险"方法的治疗。考验并未结束，我也没有能好好地过关。在病床上，在噩梦中，我一直为私心杂念所苦恼。以后怎样活下去？我不能回答这个问题。

漫长的不眠之夜仿佛一片茫茫的雾海，我多么想抓住一块木板浮到岸边。忽然我看见了透过浓雾射出来的亮光：那就是我回到了老公馆的马房和门房，我又看到了老周的黄瘦脸和赵大爷的大胡子。我发觉自己是在私心杂念的包围中，无法净化我的心灵。门房里的瓦油灯和马房里的烟灯救了我，使我的心没有在雾海中沉下去。我终于记起来，那些"老师"教我的正是去掉私心和忘掉自己。被生活薄待的人会那样地热爱生活，跟他们比起来，我算得什么呢？我几百万字的著作还不及轿夫老周的四个字“人要忠心”（有一次他们煮饭做菜，我帮忙烧火，火不旺，他教我“人要忠心，火要空心”）。想到在马房里过的那些黄昏，想到在门房里过的那些夜晚，我仿佛回到了自己的童年。

我多么想再见到我童年时期的脚迹！我多么想回到我出生的故乡，摸一下我念念不忘的马房的泥土。可是我像一只给剪掉了翅膀的鸟，失去了飞翔的希望。我的脚不能动，我的心不能飞。我的思想……但是我的思想会冲破一切阻碍，会闯过一切难关，会到我怀念的一切地方；它们会像一股烈火把我的心烧成灰，使我的私心杂念化成灰烬。

我家乡的泥土，我祖国的土地，我永远同你们在一起接受阳光雨露，与花树、禾苗一同生长。

我唯一的心愿是：化作泥土，留在人们温暖的脚印里。

1983年6月29日

第二辑

虽是过客，而我心为之所动

一个女佣

一个下午我和朋友洪在朱[1]的实验室里谈论罗广庭博士的科学常识。谈到六点钟光景，我们正要出去，外面忽然落起雨来。

这些日子在广州差不多每天都要落雨，但是时间不会久，往往在下了半点钟的雨以后，太阳就会拨开掩盖它的黑云，射出炎热的光芒。

“等雨住了再走罢，”朱脱了外衣说，就把它挂到玻璃书橱上去。

于是我们又坐下来，继续谈话。

雨一落，就落了一个多钟头，后来才慢慢地小了。已经到了七点半钟，夜色降临了。

我们冒着微雨，走下楼去，出了东堂[2]，穿过矮树中间的石板道，正遇着朱的女佣撑着油纸伞，穿着木拖走来，叫他回家去吃晚饭。

那个女佣认识我，因为我常到朱家去玩。她看见我们是三个人，就知道朱不打算回家吃饭了，但是她也唤了朱一声。

“我们不回去了。我们到外面吃东西。”朱简单地说。

她答应一声，不再说话，就转身走了。她的脚步很沉重。她平日是一个多嘴的女人，脸上常常堆着笑，今天她的举动似乎跟往日不同。

---

①朱：指朱洗，当时中山大学生物学系的教授。

②东堂：指中山大学校舍的东堂。

“你昨天不是说她回家去了吗？”我指着她的背影问朱道。我知道她的家在顺德。

“她去了三天，今天早晨回来了，”朱用低沉的声音回答。“她杀了一个人。”

我还以为朱在跟我们开玩笑，我并不留心他的话。

“她这次回家去杀了一个人，所以她今天的举动、说话都跟平日不同了。”朱继续说。

“真的？杀人不是一件容易的事啊！”新从乡下出来的洪插嘴说，他显然不相信朱的话。

“怎么不真？她今天亲自告诉我们的。她身上还有伤痕。”朱的态度是一本正经的。

我知道朱的性情。他是一个科学家，他对于社会上任何事情都不肯轻易相信。假若他说一件事情是真的，那么他至少有一些证据捏在手里。他的叙述引起了我的注意。

“这又是你的好材料了，”朱对我说。他并不等我回答就接着说下去：

“这个女人倒有胆量。她家乡有一个土豪，时常压迫农民，她一家也免不掉常常受欺侮。最近她的兄弟又给土豪打伤了，她就为这件事情跑回家去跟土豪理论。第一次她是赤手空拳去的，所以也挨了土豪的打，身上有好几处伤痕，我们也看见几处，是她给我们看的。”这时候我们已经走过了两条街，雨还没有住。

朱依旧撑着布伞，我们和他挨得很近，并不是为了避雨，却是为了听他讲那个女佣的故事。

“她挨了打以后就跑回家去，第二天拿了一支手枪再去见那个土豪。”我相信这句话，因为我知道在广东和福建的乡下，许多人家里都有手枪或者长铳。我有一个广东朋友最近正在领导他家乡反对土豪劣绅的斗争，不久以前在选举乡长的会场上，他聚集了一些武装的农民跟土豪劣绅的走狗对抗，几乎发生一次大械斗。

“在一个小河旁边她遇见了土豪，那个人蹲在那里。她一声不响地走过去。

“‘你还要来挨打吗？昨天还没有挨够打？’那个人看见她就嘲笑道。

“‘好，我就让你打，让你把我打死！’她生气地回答，就走到他身边去。

“那个人回头一看，骄傲地说：‘我今天不高兴打你！’他掉过头去，不再理她。

“‘好，你不打，就让我来打！’她马上掏出手枪，对着他接连开了三枪。三颗子弹都打进了他的身体。他叫了两声就倒下去，跌进了水里，从此就不曾再爬上岸来。

“这时候有许多人站在河边。他们不说话，也不动手。

“她丢了手枪，对众人说：‘你们亲眼看见我打死他，你们就把我捉起来，送到衙门里去罢。我是不跑的。’她的态度很安详，一点也不害怕。

“起初没有人说话，众人彼此望着，后来有人发言了：‘你走罢，我们不捉你！’的确没有一个人愿意把她捉起来，反而有人感谢她，因为她杀了一个土豪，这个土豪是全乡人民所憎恨的。

“这样她就离开了家乡，再跑到省城里来，回到我家里做娘姨。现在还没有人来捉她，因为农民是同情她的。不过假若事情的真相给衙门里的人知道，那就难说了。

“她的处境还是很危险的。但是她一点也不害怕，她等着官厅的人来捉她。她一直很兴奋。她今天中午对我们说：她对自己的生命现在都没有了把握，她再不能够顾到别的一切了。

“这个女人真古怪，我以前简直想不到！据说顺德女人的性格常常是很奇特的，她们里面有很多人都是独身主义者，她们把嫁人当作一种耻辱，也许她们都是憎恶男性的女人罢。她便是一个这样的女人。”

朋友朱这样地结束了他的故事，他再没有别的批评的话，但是从他的声音里，我知道他现在也有点兴奋了。

这个故事是完全真实的，并没有一点捏造的地方。然而我仿佛读了一篇高尔基的《草原故事》。那个我常常看见的女佣却成了高尔基早期作品里的女英雄。

那个女子，一张黄黄的方脸，一根大辫子，一双赤脚，一口广东音的普通话。朱常常向我们说她不老实，赚钱。据说，她从朱和另一个朋友两家人的伙食费里面，每个月要赚去二十圆。她的生活过得比朱的夫人还好。她吃东西，穿衣服都像一个有钱的女人。她以前给我们的印象是这样，但是现在我觉得我们的观察错误了。

我想，我们很少了解别人。我们常常凭自己的一点点不完备的观察，就断定某某是怎样的人，某件事情是如何如何。许多人都犯了这样的错误，有时候连自己也不知道，我们里面谁能够肯定地说：他不曾把高尔基早期小说中的女英雄错认作一个贪财的女人呢？……

1933年7月在广州

一个车夫

这些时候我住在朋友方的家里。

有一天我们吃过晚饭，雨已经住了，天空渐渐地开朗起来。傍晚的空气很凉爽。方提议到公园去。

“洋车！洋车！公园后门！”我们站在街口高声叫道。

一群车夫拖着车子跑过来，把我们包围着。

我们匆匆跳上两部洋车，让车夫拉起走了。

我在车上坐定了，用安闲的眼光看车夫。我不觉吃了一惊。在我的眼前晃动着一个瘦小的背影。我的眼睛没有错。拉车的是一个小孩，我估计他的年纪还不到十四。

“小孩儿，你今年多少岁？”我问道。

“十五岁！”他很勇敢、很骄傲地回答，仿佛十五岁就达到成人的年龄了。他拉起车子向前飞跑。他全身都是劲。

“你拉车多久了？”我继续问他。

“半年多了，”小孩依旧骄傲地回答。

“你一天拉得到多少钱？”

“还了车租剩得下二十吊钱！”

我知道二十吊钱就是四角钱。

“二十吊钱，一个小孩儿，真不易！”拉着方的车子的中年车夫在旁边发出赞叹了。

"二十吊钱，你一家人够用？你家里有些什么人？"方听见小孩的答话，也感到兴趣了，便这样地问了一句。

这一次小孩却不作声了，仿佛没有听见方的话似的。他为什么不回答呢？我想大概有别的缘故，也许他不愿意别人提这些事情，也许他没有父亲，也许连母亲也没有。

"你有父亲吗？"方并不介意，继续发问道。

"没有！"他很快地答道。

"母亲呢？"

"没有！"他短短地回答，声音似乎很坚决，然而跟先前的显然不同了。声音里露出了一点痛苦来。我想他说的不一定是真话。

"我有个妹子，"他好像实在忍不住了，不等我们问他，就自己说出来，"他把我妹子卖掉了。"

我一听这话马上就明白这个"他"字指的是什么人。我知道这个小孩的身世一定很悲惨。我说：

"那么你父亲还在——"

小孩不管我的话，只顾自己说下去："他抽白面，把我娘赶走了，妹子卖掉了，他一个人跑了。"

这四句短短的话说出了一个家庭的惨剧。在一个人幼年所能碰到的不幸的遭遇中，这也是够厉害的了。

"有这么狠的父亲！"中年车夫慨叹地说了。"你现在住在哪儿？"他一面拉车，一面和小孩谈起话来。他时时安慰小孩说："你慢慢儿拉，省点儿力气，先生们不怪你。"

"我就住在车厂里面。一天花个一百子儿。剩下的存起来……做衣服。"

"一百子儿"是两角钱，他每天还可以存两角。

"这小孩儿真不易，还知道存钱做衣服。"中年车夫带着赞叹的调子对我们说。以后他又问小孩："你父亲来看过你吗？"

"没有，他不敢来！"小孩坚决地回答。虽是短短的几个字，里面含的怨气却很重。

我们找不出话来了。对于这样的问题我还没有仔细思索过。在我知道了他的惨痛的遭遇以后，我究竟应该拿什么话劝他呢？

中年车夫却跟我们不同。他不假思索，就对小孩发表他的道德的见解：

“小孩儿，听我说。你现在很好了。他究竟是你的天伦。他来看你，你也该拿点钱给他用。”

“我不给！我碰着他就要揍死他！”小孩毫不迟疑地答道，语气非常强硬。我想不到一个小孩的仇恨会是这样地深！他那声音，他那态度……他的愤怒仿佛传染到我的心上来了。我开始恨起他的父亲来。

中年车夫碰了一个钉子，也就不再开口了。两部车子在北长街的马路上滚着。

我看不见那个小孩的脸，不知道他脸上的表情，但是从他刚才的话里，我知道对于他另外有一个世界存在。没有家，没有爱，没有温暖，只有一根生活的鞭子在赶他。然而他能够倔强！他能够恨！他能够用自己的两只手举起生活的担子，不害怕，不悲哀。他能够做别的生在富裕的环境里的小孩所不能够做的事情，而且有着他们所不敢有的思想。

生活毕竟是一个洪炉。它能够锻炼出这样倔强的孩子来。甚至人世间最惨痛的遭遇也打不倒他。

就在这个时候，车子到了公园的后门。我们下了车，付了车钱。我借着灯光看小孩的脸。出乎我意料，它完全是一张平凡的脸，圆圆的，没有一点特征。但是当我的眼光无意地触到他的眼光时，我就大大地吃惊了。这个世界里存在着的一切，在他的眼里都是不存在的。在那一对眼睛里，我找不到承认任何权威的表示。我从没有见过这么骄傲、这么倔强、这么坚定的眼光。

我们买了票走进公园，我还回过头去看小孩，他正拉着一个新的乘客昂起头跑开了。

1934年6月在北京

两个孩子

春天，今年花开得早，公园里桃花开满了半个山坡，从池边望过去，全是灿烂的花朵，就像一片红霞。在这个池边我和英度过了三个早晨和三个黄昏。

英在东城一所女子中学读书，我的学校在西城。她的家离我的学校近，可是我不能够到她家去。每天早晨天刚刚亮我就动身到公园去，在公园门口等她。池边的长椅是我们聚会的地方。在那里我们安静地过了两个钟头。没有人打扰我们，只有清脆的鸟声从对岸开满了花朵的树上送过来。我们的年纪很轻，都有着单纯的头脑和单纯的心。在这些时候我们畅快地谈着一些不能实现的孩子的幻想。我们忘记了公园外面的世界，其实我们的世界本来也是很狭小的。

我们又快乐，又悲痛。这两个不知世故的孩子遇合在一起是一件很平常的事情。

我们本来不应当流泪，本来不应当想到一些伤心的事情，因为我们还只是两个不知世故的孩子。然而奇怪的遭遇把我们的第一个美梦打破了。我们很早就懂得了悲哀。

我是一个遗腹子，我一生没有见过父亲的面容。我在故乡里生活了15年，伴着有目疾的母亲，和一个妹子。于是某国[①]的铁蹄踏进了我的家乡。在一次大破坏、大混乱以后，我逃出了15年来住惯了的美丽的小城，跟着一伙难民进了关。然而在路上遇到了一次飞机的追击和掷弹，我便失掉了母亲和妹子的踪迹。我已

①某国：日本。

经陷落在绝望的境地里面了，忽然遇见了父亲的一位好友。靠着他的帮助我才能够在这个城市里生活下来，继续度过这两年的学校生活。

英生长在这个城市里，是一个16岁的女孩。她自小就过得很幸福，一直到六七年前，她先后死了父母。于是她落在伯父的掌心里。那个留着小胡子的小官僚看中了她的一份家产。他是一个残酷无情的人。他对待英完全没有亲人的感情。他虐待她，监视她。他整天打主意想办法，要吞没她的家产。伯母也是一样的人，她是她丈夫的很好的助手。

在这情形下面，我和英认识了。这是偶然的事。英的一个女友是我一个同学的爱人。有一次我的同学约了我，那个女友约了英四个人一块儿去逛西郊那个大花园。从那时候起，我才知道世界上还有这么一个女孩子。同时我也闯进她的世界里去了。

英并不漂亮。她的面貌很平常。她有一张圆圆脸，但是并不十分圆。鼻子不高，眼睛不大，嘴唇小。然而从她的整个面貌看来，她有一种孩子气，尤其是她笑的时候，两颊现出了浅浅的酒窝，嘴唇微微动着，像一个逗人爱的小女孩。

我爱看她的笑脸，我爱听她的鸟叫般的声音。于是我们做了朋友。她说她也喜欢我，喜欢我爱淌眼泪。不用说，她是在跟我开玩笑。因为爱哭的是她，并不是我。

她的确是一个爱哭的女孩。事情一旦不如意，她马上把眉毛一皱，就淌下眼泪来。她告诉我在家里看了伯父伯母的带着吃人神气的脸，听了那些藏得有刀剑的话，她只好一个人关起门来躺在床上哭。在家里她找不到一个好心待她的人。

她的身体不算健康，喝了一口冷水也会使她病倒几天。她说这是哭坏了的，她说自从她的父母死后，她在家里不曾有过一天高兴的日子。直到她遇见我，和我来往几次以后，她才有了笑容。

我也是这样。我见着她，我才感觉到生活的乐趣，好像在阴暗的天空中忽然出现了一颗星。这颗星虽然小，但是在阴暗里她却显得十分明亮。

我不懂爱情，她也一样。类似的不幸的遭遇把我们拉在一起。于是我们相爱了。她说她爱我，因为我能够了解她，安慰她；我爱她，因为她是和我一样地有着单纯的心和单纯的头脑的孩子。她是我生活里的唯一的安慰。

起初我们常常见面，那些时候我们就是这样地消磨光阴：我们在公园里比较清静的地方，无论草地上、长椅上、半山里，坐下来，在一起谈着种种的事情，谈着悲痛的过去，谈着寂寞的现在，谈着做梦似的将来，彼此倾诉着，话永远说不完，仿佛积了十多年的话在肚里，要在这些时候吐个干净。有时候我们也和那一对相爱的朋友在一起划船，看电影，或者做别的可以使人暂时高兴的事情。那一对朋友年纪比我们大，懂得的事情也比我们多，他们的环境比我们好。他们似乎并没有什么不如意的事情。他们的世界和我们的究竟差了许多。

我和英在一起日子过得容易多了。虽然我有时也想起在异国铁蹄下面的故乡，也想起我的失了踪迹的母亲和妹子，不能熄灭的火焰慢慢地从心底升上来，使我寂寞得几乎没有勇气生活下去。但是，她的安慰却给我扫除了这一切。她使我忘掉寂寞，忘掉渴望。她用关心的注视和真挚的同情鼓励了我，她自己并不曾对我说过一句鼓励的话。我们不懂爱情，我们只知道把我们两个寂寞孩子的心系在一起，让我们在这个黑暗的环境里挣扎下去，两个人手拉手地走那漫漫的长途。于是我们相爱了。

那还是去年秋天的事，如今春天来了。

春天给人带来了勇气和快乐。看见那些枯树发芽开花，看见河水解冻，让鱼虾自由自在地浮上水面，我心里非常快活。这时候我想到将来，我想到我们的前途，我不再像从前那样地悲观，绝望了。英也是这样。在公园的池边我们接连地度过了三个美丽的早晨和三个美丽的黄昏。

然而这种渺小的幸福也会遭到妒忌。打击来了。英的脸庞渐渐地在褪色。她好几天不曾真心笑过。于是我们见面的机会渐渐地减少了。我要知道这是什么缘故，我屡次追问她，她终于把真相讲了出来：她的伯父、伯母知道了我们的关系，对她很不满意。他们阻止她和我来往。这个消息使我愤怒。我起初找不到他们禁止她和我见面的理由，后来我才知道他们不愿意把她嫁给外人，他们想吞没她那一份家产。

我劝过她许多次，在口里说，在信上也说，要她拿出勇气来反抗他们，不要听从他们的话，甚至要她跟他们断绝关系。她只是含糊地答应着。她并不是一个刚强的女孩。她在他们的掌握里过了六七年以后，如今不能够自拔出来了。她不敢反抗他们。她太软弱了。

她偷偷地逃出来和我见面，常常是在早晨上课的时间以前，或者下午放学以后，免得她家里的人疑心她。我们这样地常常见面，可是谈话的时间却减少了。她不能够在外面耽搁久一点，否则回家就要受到严厉的责问。她能够这样地忍受下去，她把痛苦吞在肚里，忍在心里。我却不能够。我失掉忍耐心了。

我不断地向她解说反抗的好处。我又说明屈服会产生怎样悲惨的结果。这都没有用。六七年的训练把她的勇气完全摧毁了。终于有一天我哀求地对她说：

“英，你为什么不跟他们闹翻？你这样下去是不行的，你毁了你自己，你也毁了我。”

她却流下眼泪，她请我原谅她，她要我把她忘掉。她说她只希望能够早死。16岁女孩的口里居然说出了这样的话！我差不多要哭了。

眼泪也不能消除我的憎恨。我同情她，但是我更恨她的伯父、伯母。我安慰她。我更向她反复解说：她应当反抗他们；她不该牺牲她的幸福来满足他们的野心。我更热烈地说，这种用家长身份来压迫年轻人的行为应该受到惩罚，那么就让她拿反抗来惩罚他们罢。

她似乎相信了这些话，她似乎下了决心要照我所说的做去，然而下一次我们见面时她又告诉我她不能够这样做，她请我原谅她，她要我重视六七年来的生活在一个女孩的精神上留下的影响。

希望似乎破灭了。但是我还不相信。我看见她坐在我的身边，我想不到我会把她永远失去。

桃花开始谢了。粉红色的花瓣铺满了半个山坡。然而在对岸的池边再没有了英的踪迹。

我一个人坐在长椅上，手里捏着英的一封信：

“请原谅我。我不能够再和你见面了。我实在是一个没有用的女孩，我只能够听人摆布。你不要来找我，他们不会让你见我……”

我不信她的话。我到学校里去找过她，据说她好些日子不曾来上课了。我到她的女友那里去，那位姑娘也不知道她的消息。

我也曾到她的家去过。我知道她一定在家里。但是那里的人不肯接待我。我吵闹也没有用处，正如她所说他们不会让我见她。

她在我的眼前消灭了。我再也找不到她。我眼看着一个年轻的生命这样横遭摧残，却毫无办法。

她除了这封信，就不曾给我留下任何的纪念品，而且连这封信也是残缺的。她并不曾写完它，我不知道那许多黑点代表的是些什么。

我一个人坐在池边的长椅上，手里拿着她写给我的唯一的信。我望着对岸半山的落红，想起我们从前在这里谈过的那些孩子的幻想，我还在等待她回到我的身边来。

1934年秋在上海

木匠老陈

生活的经验固然会叫人忘记许多事情。但是有些记忆经过了多少时间的磨洗也不会消灭。

故乡里那些房屋，那些街道至今还印在我的脑子里。我还记得我每天到学堂去总要走过的木匠老陈的铺子。

木匠老陈那时不过40岁光景，脸长得像驴子脸，左眼下面有块伤疤，嘴唇上略有几根胡须。大家都说他的相貌丑，但是同时人人称赞他的脾气好。

他平日在店里。但是他也常常到相熟的公馆里去做活，或者做包工，或者做零工。我们家里需要木匠的时候，总是去找他，我就在这时候认识他。他在我们家里做活，我只要有空，就跑去看他工作。

我那时注意的，并不是他本人，倒是他的那些工具：什么有轮齿的锯子啦，有两个耳朵的刨子啦，会旋转的钻子啦，像图画里板斧一般的斧子啦。这些奇怪的东西我以前全没有看见过。一块粗糙的木头经过了斧子劈，锯子锯，刨子刨，就变成了一方或者一条光滑整齐的木板，再经过钻子、凿子等等工具以后，又变成了各种各样的东西；像美丽的窗格，镂花的壁板等等细致的物件，都是这样制成的。

老陈和他的徒弟的工作使我的眼界宽了不少。那时我还在家里读书，祖父聘请了一位前清的老秀才来管教我们。老秀才不知道教授的方法，他只教我们认一些字，呆板地读一些书。此外他就把我们关在书房里，端端正正地坐在凳子上，让时间白白地过去。过惯了这种单调的生活以后，无怪乎我特别喜欢老陈了。

老陈常常弯着腰，拿了尺子和墨线盒在木板上面画什么东西。我便安静地站在旁边专心地望着，连眼珠也不转一下。他画好了墨线，便拿起锯子或者凿子来。我有时候觉得有些地方很奇怪，不明白，就问他，他很和气地对我一一说明。他的态度比那个老秀才的好得多。

家里的人看见我对老陈的工作感到这么大的兴趣，并不来干涉我，却嘲笑地唤我做老陈的徒弟，父亲甚至开玩笑地说要把我送到老陈那里学做木匠。但这些嘲笑都是好意的，父亲的确喜欢我。因此有一个时候我居然相信父亲真有这样的想法，而且我对老陈说过要跟他学做木匠的话。

“你要学做木匠？真笑话！有钱的少爷应该读书，将来好做官！穷人的小孩才学做木匠。”老陈听见我的话，马上就笑起来。

“为什么不该学做木匠？做官有什么好？修房子，做家具，才有趣啊！我做木匠我要给自己修房子，爬到上面去，爬得高高的。”我看见他不相信我的话，把它只当作小孩子的胡说，我有些生气，就起劲地争论道。

“爬得高，会跌下来。”老陈随口说了这一句，他的笑容渐渐地收起来了。

“跌下来，你骗我！我就没有见过木匠跌下来！”

老陈看我一眼，依旧温和地说：“做木匠修房子，常常拿自己性命来拼。一个不当心在上面滑了脚，跌下来，不跌成肉酱，也会得一辈子的残疾。”他说到这里就埋下头，用力在木板上推他的刨子，木板查查地响着，一卷一卷的刨花接连落在地上。他过了半晌又加了一句：“我爹就是这样子跌死的。”

我不相信他的话。一个人会活活地跌死！我没有看见过，也没有听见人说过。既然他父亲做木匠跌死了，为什么他现在还做木匠呢？我简直想不通。

“你骗我，我不信！那么你为什么还要做木匠？难道你就不怕死！”

“做木匠的人这样多，不见得个个都遭横死。我学的是这行手艺，不靠它吃饭又靠什么？”他苦恼地说。然后他抬起头来看我，他的眼角上嵌得有泪珠。他哭了！

我看见他流眼泪，不知道要怎么办才好，就跑开了。

不久祖父生病死了，我也进了学堂，不再受那个老秀才的管束了。祖父死后木匠老陈不曾到我们家里来过。但是我每天到学堂去都要经过他那个小小的铺子。

有时候他在店里招呼我；有时候他不在，只有一两个徒弟在那里钉凳子或者制造别的物件。他的店起初还能够维持下去，但是不久省城里发生了巷战，一连打了三天，然后那两位军阀因为别人的调解又握手言欢了。老陈的店在这个时期遭到“丘八”[①]的光顾，他的一点点积蓄都给抢光了，只剩下一个空铺子。这以后他虽然勉强开店，生意却很萧条。我常常看见他哭丧着脸在店里做工。他的精神颓丧，但是他仍然不停手地做活。我听说他晚上时常到小酒馆里喝酒。

又过了几个月他的店终于关了门。我也就看不见他的踪迹了。有人说他去吃粮当了兵，有人说他到外县谋生去了。然而有一天我在街上碰见了他。他手里提着一个篮子，里面装了几件木匠用的工具。

“老陈，你还在省城！人家说你吃粮去了！”我快活地大声叫起来。

“我只会做木匠，我就只会做木匠！一个人应该安分守己。”他摇摇头微微笑道，他的笑容里带了一点悲哀。他没有什么大改变，只是人瘦了些，脸黑了些，衣服脏了些。

“少爷，你好好读书。你将来做了官，我来给你修房子。”他继续含笑说。

我抓住他的袖子，再也说不出一句话来。他告辞走了。他还告诉我他在他从前一个徒弟的店里帮忙。这个徒弟如今发达了，他却在那里做一个匠人。

以后我就没有再看见老陈。我虽然喜欢他，但是过了不几天我又把他忘记了。等到公馆里的轿夫告诉我一个消息的时候，我才记起他来。

那个轿夫报告的是什么消息呢？

他告诉我：老陈同别的木匠一起在南门一家大公馆里修楼房，工程快要完了，但是不晓得怎样，老陈竟然从楼上跌下来，跌死了。

在那么多的木匠里面，偏偏是他跟着他父亲落进了横死的命运圈里。这似乎是偶然，似乎又不是偶然。总之，一个安分守己的人就这样地消灭了。

1934年秋在上海

①“丘八”：对于“兵”的不好的称呼。

大黄狗

早晨园子外面意外地响起一阵狗叫。大概是邻家那条黑白花的狗的叫声。我想起了这里的大黄狗。我好几天没有看见它了。

往常，敌机还不曾飞到这个城市来投炸弹的时候，清早我起身不久，就会听见房东家通园子的小门依呀地一响，一条大黄狗带着快乐的叫声从窄小的过道奔进园子来。它并不挨近园中花草，也不去寻找食物。它的第一个工作便是到掩着的园门口大声叫唤，一面用嘴和脚去推动园门，想把门拨开。然而门是扣上了的，它忙了一阵，还是没有办法。有时候它居然把扣子摇脱了，但是房东家的小孩马上走来把扣子扣上。所以它始终打不开那两扇红漆的木门。不过它从门缝也可以嗅到外面的空气，瞥见外面世界的景象。

它每天总要在门口徘徊好些时候，有两三次它还带着求助似的吼声用力抓那木门。但是门始终关着，没有人来给它帮忙。它又望着门狂吠一会儿，然后绝望地转身往园内跑。它经过我的房门，跑到后面园子里去。后面的园子比较大，那里还有房东为他们一家人建筑的防空室。可是它在那个地方只跑了两转，房东家的小孩就走来把它唤了进去。于是小门一闭，园子里又寂然了。

在上月三十日的大轰炸以后，一连几天园子里都没有狗的脚迹。我上午照例在房里读书写字等警报。有时我把疲倦的头从桌上抬起，就想起了大黄狗抓园门的事情。听不见那样的声音，我觉得寂寞。

昨天早晨，我刚刚在书桌前坐下，就听见房东家小门打开的声音。我想，大黄狗该出来罢。它果然箭也似地飞奔出来了。

虽然离开了几天，它还是没有忘记它的日课。它进园来第一件事就是抓门。自然这不会有结果。不过这一次它的渴望似乎更大了。它不住地拼命推门，它好像抱了不把门推倒不停止的决心似的。可是它刚刚把扣子摇脱，房东家的小孩就立刻跑来扣上，而且等它刚转身往后园里跑去，那个小孩便将它赶进过道，赶进小门，使它的影子消失在咿呀的闭门声里。

我想到那条得不着自由的狗的失望，心里非常不舒服。我又记起它好几次带着和善的表情望着我叫的事。两个月来它从没有用过凶恶的眼光看我。它或许是把我当作朋友来向我求助也未可知。可惜我不懂它的语言，不能够给它帮忙。我明白自由是一个生物所不可缺少的东西，不说人，便是狗也知道爱自由。然而我却不能够帮助一条狗得到自由。

写完以上的话，我又因为空袭警报跑到郊外。今天看到了可怖的轰炸。下午五点钟回到城里，在灾区走了一转，触目尽是断瓦颓垣。一个朋友告诉我，他在一间倒下的房屋前面看见一条狗的尸首，连肚肠都露在外面。

晚间我回到园子里，迎着我的只有冷冷的月光和蟋蟀的悲鸣。我站在松树下水池旁边，想起了那条爱自由的大黄狗。我不知道它是否也会得到这样的结果。我还记得它的面貌，尤其是在它和善地望着我的时候，它就像一位长发、长眉、长须的老人。

1940年10月13日在昆明

秋　夜

窗外“嘀嘀”地下着雨，天空黑得像一盘墨汁，风从窗缝吹进来，写字桌上的台灯像闪眼睛一样忽明忽暗地闪了几下。我刚翻到《野草》的最后一页。我抬起头，就好像看见先生站在面前。

仍旧是矮小的身材，黑色的长袍，浓浓的眉毛，厚厚的上唇须，深透的眼光和慈祥的微笑，右手两根手指夹着一支香烟。他深深地吸一口烟，向空中喷着烟雾。

他在房里踱着，在椅子上坐下来，他抽烟，他看书，他讲话，他俯在他那个书桌上写字，他躺在他那把藤躺椅上休息，他突然发出来爽朗的笑声……

这一切都是那么自然，那么平易近人。而且每一个动作里仿佛都有先生的特殊的东西。你一眼就可以认出他来。

不管窗外天空漆黑，只要他抬起眼睛，整个房间就马上亮起来，他的眼光仿佛会看透你的心，你在他面前想撒谎也不可能。不管院子里暴雨下个不停，只要他一开口，你就觉得他的每个字都很清楚地进到你的心底。他从不教训人，他鼓励你，安慰你，慢慢地使你的眼睛睁大，牵着你的手徐徐朝前走去，倘使有绊脚石，他会替你踢开。

他一点也没有改变。他还是那么安静，那么恳切，那么热心，那么慈祥。他坐在椅子上，好像从他身上散出来一股一股的热气。我觉得屋子里越来越温暖了。

风在震摇窗户，雨在狂流，屋子里灯光黯淡。可是从先生坐的地方发出来眩目的光。我不转眼地朝那里看。透过黑色长袍我看见一颗燃得通红的心。先生的心一直在燃烧，成了一个鲜红的、透明的、光芒四射的东西。我望着这颗心，我浑身的血都烧起来，我觉得我需要把我身上的热发散出去，我感到一种献身的欲望。这不是第一回了。过去跟先生本人接近，或者翻阅先生著作的时候，我接触到这颗燃烧的心，我常常有这样一种感觉；其实不仅是我，当时许多年轻人都曾从这颗心得到温暖，受到鼓舞，找到勇气，得到启发。

他站起来，走到窗前，发光的心仍然在他的胸膛里燃烧，跟着他到了窗前。我记起了，多少年来这颗心就一直在燃烧，一直在给人们指路。他走到哪里，他的心就在哪里发光，生热。我知道多少年轻人带着创伤向他要求帮助，他细心地治好他们的伤，让他们恢复了精力和勇气，继续走向光明的前途。

“不要离开我们！”我又一次听见了这个要求，这是许多人的声音，尤其是许多年轻人的声音。我听见一声响亮的回答：“我决不离开你们！”这是多年来听惯了的声音。我看见他在窗前，向窗外挥一下手，好像他又在向谁吐出这一句说过多少次的话。

雨住了，风也消逝了。天空不知在什么时候露出一点点灰色。夜很静。连他那颗心“必必剥剥”地燃烧的声音也听得见。他拿一只手慢慢地压在胸前，我觉得他的身子似乎微微地在颤动：我听见他激动地、带感情地说：

“忘记我，管自己生活。可是我永远忘不了你们。

“难道为了你们，我还有什么不可以拿出来的？

“难道为了你们，我还有过什么顾虑？

“难道我曾经在真理面前退却？在暴力面前低头？

“为了追求真理我不是敢说，敢做，敢骂，敢恨，敢爱？

“我所预言的‘将来的光明’不是已经出现在你们的眼前？

“那么仍然要记住：为了真理，要敢爱，敢恨，敢说，敢做，敢追求！

“勇敢地继续向着更大的光明前进！”

静寂的夜让他的声音冲破了。仿佛整个空间都骚动起来。从四面八方送过来响应的声音。声音渐渐地凝结在一起，愈凝愈厚，好像成了一大块实在的东西。不知道从哪里送来了火，它一下子就燃烧起来，愈燃愈亮，于是整个房间，整个夜都亮起来了，就像在白天一样。

那一块东西继续在燃烧，愈燃愈小，终于成了一块像人心一样的东西。它愈燃愈往上升，渐渐地升到了空中，就挂在天空，像一轮初升的红日。

我再看窗前鲁迅先生的身形，它不知道在什么时候不见了。

我连忙跑到窗前。我看出来：像初日那样挂在天空里的就是先生的燃烧的心。我第一眼只看到一颗心。可是我仰起头仔细再看，先生的慈祥的脸庞不是就在那儿？他笑得多么快乐！真是我从未见过的表示衷心愉快的笑脸！

我笑了，我也衷心愉快地笑了。

我知道鲁迅先生并没有死，而且也永不会死！

我回到写字桌前，把《野草》阖上，我吃惊地发现那一颗透明的红心也在书上燃烧。……

原来我俯在摊开的先生的《野草》上做了一个秋夜的梦。

窗外还有雨声，秋夜的雨滴在芭蕉叶上的声音，滴在檐前石阶上的声音。

可是在先生的书上，我的确看到了他那颗发光的燃烧的心。

1956年9月

诺·利斯特先生

前天看完《往事与随想》中译本第一部的校样，我又写了一篇后记(《后记二》)，现在摘录在下面：

“……五月我在巴黎两次会见赫尔岑的外曾孙，在巴斯德学院工作的诺艾尔·利斯特博士和他的夫人，……第二次他还介绍我认识他的兄弟莱翁纳尔。

“我重访巴黎的时候，脑子里并没有诺·利斯特这个人。可是他在报上看见我到达巴黎的消息，就主动地跟我联系，到旅馆来看我。他第一次看见我，仿佛看见亲人一样。我也有一见如故的感觉。我们谈得融洽，主要谈赫尔岑的事情。他送了我一些有关的资料和书籍。……他又介绍《往事与随想》的法译者达利雅·奥立维叶同我见面，并且让她带来她的法译本前两册。他知道我去尼斯扫赫尔岑墓，便打电话通知他的亲戚安·昂孚大夫在公墓等待我，要他向我说明赫尔岑夫妇葬在尼斯的一些情况。

“在我返国的前一天中午，我有别的活动，刚刚走出旅馆，诺·利斯特先生在后面追了上来，交给我一封信和赫尔岑的彩色画像的照片。像是赫尔岑的大女儿娜达丽绘的，现在在他的家里。他特地为我把画像拍摄下来。信上还说，画像的黑白照片取到后就直接寄往上海，我可以在中译本里采用。……

“我和这位和善的老人分别不过三个星期，他的亲切的笑容还在我的眼前，我刚刚根据他给我的资料校改了《往事与随想》中译本第一部的校样，我每看完一章抬起头来，好像这位老人就在旁边偏着头对我微笑，甚至在凉风吹进窗来的深夜，我也感觉到他的微笑带给我的暖意。我感谢他的深情厚谊。……

“《往事与随想》中译本第一部出版了。这只是一件巨大工作的五分之一，要做完全部工作，还需要付出更辛勤的劳动。我有困难，但是我有决心，也有信心。敬爱的远方的朋友，您的微笑永远是对我的工作的鼓励。我常常想起您的帮助，我绝不放下我的笔。让我再一次紧紧地握着您的手。”

我同诺·利斯特夫妇见面还有一次，那是在11日下午我国驻法大使馆为我们代表团举行的告别招待会上。他们来得不早，见到我显得很亲热，我也是这样，好像他们是我51年前在巴黎认识的旧友。的确，我1928年第一次买到《往事与随想》，开始接触赫尔岑的心灵。今天正是我和他们同样热爱的赫尔岑的著作、同样珍贵的赫尔岑的纪念把我们紧密地联结在一起。谈起赫尔岑一家的事情，我们好像打开了自来水的龙头，让我们谈一天一晚也谈不完。他送了一本书给我：《浪漫的亡命者》。我早熟悉书里的那些故事。在我们中国人看来，可能都是“家丑”吧。那么还是把它们掩盖起来，瞒住大家，另外编造一些假话，把丑当美，骗人骗己，终于不能自圆其说，这不就是我们的一贯做法：家丑不可外扬？法国人毕竟比我们坦白、直爽。诺·利斯特先生在书的扉页上就写着：“这本书对我的先人讲了太不恭敬而且刻薄的话，但是书中有很多《回忆录》所没有的资料。”我收下了他的赠书，不过我说我已经读过它。那些故事并不损害赫尔岑的名誉，倒反而帮助我们了解一个伟大人物的复杂性格、他的不幸遭遇和家庭悲剧。它们在他的著作里留下很深的痕迹，这是掩盖不了的。

我在尼斯待了两天。天气好，风景好。天蓝，海蓝。前两天在巴黎还飞过“五月雪”。公墓在小山上。我还记得赫尔岑自己的话：“我们把她葬在突出在海里的山坡上。……这周围也是一座花园。”十八年后他也给埋在这里。又过了两年，“他的家里人、他的朋友和他的崇拜者”在墓前竖起一座铜像。这铜像对我并不陌生，我不止一次地看见它的照片。这个伟大的亡命者穿着大衣凝望着蓝蓝的地中海，他在思索。他在想什么呢？……

我埋下头抄录墓石上的文字：他的母亲路易莎·哈格和他的幼子柯立亚乘船遇难淹死在海里；他的夫人娜塔里雅患结核症逝世；他的17岁女儿丽莎自杀死去；他的一对三岁的双生儿女患白喉死亡。他就只活了58岁！但是苦难并不能把一个人白白毁掉。他留下30卷文集。他留下许多至今还是像火一样燃烧的文章。它们在今天还鼓舞着人们前进。

1979年6月2日

小狗包弟

一个多月前，我还在北京，听人讲起一位艺术家的事情，我记得其中一个故事是讲艺术家和狗的。据说艺术家住在一个不太大的城市里，隔壁人家养了小狗，它和艺术家相处很好，艺术家常常用吃的东西款待它。“文革”期间，城里发生了从未见过的武斗，艺术家害怕起来，就逃到别处躲了一段时期。后来他回来了，大概是给人揪回来的，说他“里通外国”，是个反革命，批他，斗他。他不承认，就痛打，拳打脚踢，棍棒齐下，不但头破血流，一条腿也给打断了。批斗结束，他走不动，让专政队拖着他游街示众，衣服撕破了，满身是血和泥土，口里发出呻吟。认识的人看见半死不活的他，都掉开头去。忽然一只小狗从人丛中跑出来，非常高兴地朝着他奔去。它亲热地叫着，扑到他跟前，到处闻闻，用舌头舔舔，用脚爪在他的身上抚摸。别人赶它走，用脚踢，拿棒打，都没有用，它一定要留在它的朋友的身边。最后专政队用大棒打断了小狗的后腿，它发出几声哀叫，痛苦地拖着伤残的身子走开了。地上添了血迹，艺术家的破衣上留下几处狗爪印。艺术家给关了几年才放出来，他的第一件事就是买几斤肉去看望那只小狗。邻居告诉他，那天狗给打坏以后，回到家里什么也不吃，哀叫了三天就死了。

听了这个故事，我又想起我曾经养过的那条小狗。是的，我也养过狗。那是1959年的事情。当时一位熟人给调到北京工作，要将全家迁去，想把他养的小狗送给我，因为我家里有一块草地，适合养狗的条件。我答应了，我的儿子也很高兴。狗来了，是一条日本种的黄毛小狗，干干净净，而且有一种本领：它有什么要求时就立起身子，把两只前脚并在一起不停地作揖。这本领不是我那位朋友训练出来的。它还有一位瑞典旧主人，关于他我毫无所知。他离开上海回国，把小狗送给接受房屋租赁权的人，小狗就归了我的朋友。小狗来的时候有一个外国名字，它的译音是“斯包弟”。我们简化了这个名字，就叫它“包弟”。

包弟在我们家待了七年，同我们一家人处得很好。它不咬人，见到陌生人，在大门口吠一阵，我们一声叫唤，它就跑开了。夜晚篱笆外面人行道上常常有人走过，它听见某种声音就会朝着篱笆又跑又叫，叫声的确有点刺耳，但它也只是叫几声就安静了。它在院子里和草地上的时候多些，有时我们在客厅里接待客人或者同老朋友聊天，它会进来作几个揖，讨糖果吃，引起客人发笑。日本朋友对它更感兴趣，有一次大概在1963年或者以后的夏天，一家日本通讯社到我家来拍电视片，就拍摄了包弟的镜头。又有一次日本作家由起女士访问上海，来我家做客，对日本产的包弟非常喜欢，她说她在东京家中也养了狗。两年以后，她再到北京参加亚非作家紧急会议，看见我她就问：“您的小狗怎样？”听我说包弟很好，她笑了。

我的爱人萧珊也喜欢包弟。在三年困难时期，我们每次到文化俱乐部吃饭，她总要向服务员讨一点骨头回去喂包弟。1962年我们夫妇带着孩子在广州过了春节，回到上海，听妹妹们说，我们在广州的时候，睡房门紧闭，包弟每天清早守在房门口等候我们出来。它天天这样，从不厌倦。它看见我们回来，特别是看到萧珊，不住地摇头摆尾，那种高兴、亲热的样子，现在想起来我还很感动，仿佛又听见由起女士的问话：“您的小狗怎样？”

“您的小狗怎样？”倘使我能够再见到那位日本女作家，她一定会拿同样的一句话问我。她的关心是不会减少的。然而我已经没有小狗了。

1966年8月下旬红卫兵开始上街抄“四旧”的时候，包弟变成了我们家的一个大“包袱”，晚上附近的小孩时常打门大喊大嚷，说是要杀小狗。听见包弟尖声吠叫，我就胆战心惊，害怕这种叫声会把抄“四旧”的红卫兵引到我家里来。当时我已经处于半靠边的状态，傍晚我们在院子里乘凉，孩子们都劝我把包弟送走，我请我的大妹妹设法。可是在这时节谁愿意接受这样的礼物呢？据说只好送给医院由科研人员拿来做实验用，我们不愿意。以前看见包弟作揖，我就想笑，这些天我在机关学习后回家，包弟向我作揖讨东西吃，我却暗暗地流泪。

形势越来越紧。我们隔壁住着一位年老的工商业者，原先是某工厂的老板，住屋是他自己修建的，同我的院子只隔了一道竹篱。有人到他家去抄“四旧”了。隔壁人家的一动一静，我们听得清清楚楚，从篱笆缝里也看得见一些情况。这个晚上附近小孩几次打门捉小狗，幸而包弟不曾出来乱叫，也没有给捉了去。这是我六十多年来第一次看见抄家，人们拿着东西进进出出，一些人在大声叱骂，有人摔破坛坛罐罐。这情景实在可怕。十多天来我就睡不好觉，这一夜我想得更多，同萧珊谈起包弟的事情，我们最后决定把包弟送到医院去，交给我的大妹妹去办。

包弟送走后，我下班回家，听不见狗叫声，看不见包弟向我作揖、跟着我进屋，我反而感到轻松，真有一种甩掉包袱的感觉。但是在我吞了两片眠尔通、上床许久还不能入睡的时候，我不由自主地想到了包弟，想来想去，我又觉得我不但不曾甩掉什么，反而背上了更加沉重的包袱。在我眼前出现的不是摇头摆尾、连连作揖的小狗，而是躺在解剖桌上给割开肚皮的包弟。我再往下想，不仅是小狗包弟，连我自己也在受解剖。不能保护一条小狗，我感到羞耻；为了想保全自己，我把包弟送到解剖桌上，我瞧不起自己，我不能原谅自己！我就这样可耻地开始了十年浩劫中逆来顺受的苦难生活。一方面责备自己，另一方面又想保全自己，不要让一家人跟自己一起堕入地狱。我自己终于也变成了包弟，没有死在解剖桌上，倒是我的幸运。……

整整十三年零五个月过去了。我仍然住在这所楼房里，每天清早我在院子里散步，脚下是一片衰草，竹篱笆换成了无缝的砖墙。隔壁房屋里增加了几户新主人，高高墙壁上多开了两扇窗，有时倒下一点垃圾。当初刚搭起的葡萄架给虫蛀后早已塌下来扫掉，连葡萄藤也被挖走了。右面角上却添了一个大化粪池，是从紧靠着的五层楼公寓里迁过来的。少掉了好几株花，多了几棵不开花的树。我想念过去同我一起散步的人，在绿草如茵的时节，她常常弯着身子，或者坐在地上拔除杂草，在午饭前后她有时逗着包弟玩。……我好像做了一场大梦。满园的创伤使我的心仿佛又给放在油锅里熬煎。这样的熬煎是不会有终结的，除非我给自己过去十年的苦难生活作了总结，还清了心灵上的欠债。这绝不是容易的事。那么我今后的日子不会是好过的吧。但是那十年我也活过来了。

即使在“说谎成风”的时期，人对自己也不会讲假话，何况在今天，我不怕大家嘲笑，我要说：我怀念包弟，我想向它表示歉意。

1980年1月4日

耶稣和他的门徒

在新加坡不仅走了一位程君，同时还少了两个波斯教士，其中一个年长的曾经被我们称为“耶稣·基督”。

这两个波斯教士本来是到西贡去的，但是他们并没有在西贡登岸。船刚到西贡时，我们看见一个法国警察在甲板上和他们谈话。那个警察问他们到西贡去干什么。他们的答语我听不出来，然而看他们的神情，像是很受窘了。

这两个教士里面年长的有五十多岁，年轻的一个不过二十几。年长的教士的面貌很像图画里的耶稣。我起初并不曾留意，有一天卫向我提起，我才觉得他的话不错。从此我们就叫他做耶稣，而叫他那个年轻同伴做耶稣的门徒。

这位耶稣是一个苦行者。他永远是那一副受苦的面貌。每天他和“门徒”一起在甲板上散步，讲我们不懂的波斯话。他们没有买帆布椅，别人都躺着的时候，他们仍然站在甲板上。甚至在风浪较大，老人受不住了时，虽然有空着的帆布椅，他也不坐。他抱着一块木头睡在地上，瘦脸上露出无穷的痛苦，似睡非睡地半张开口发出微弱的呻吟。我在旁边看见他这个样子，心里很不好过，就站起来走下舱去了。我把我的椅子拉到他的身旁，暗示着让给他坐的意思。

他们本来住在上一层的房间里，但是船要离开西贡时，他们忽然搬到我们的房里来了。据说他们原来买的是到西贡的船票，如今在西贡不能上岸，改到新加坡，补了票，而床位却已经卖出去了，他们只得搬到下面来。他们搬下来的时候，茶房的脸上露出不高兴的表情，把他们的行李胡乱堆着，并且把帽子塞在床底下。他们找不到帽子，叫茶房来问，茶房却把他们教训了一顿。他们一句话也不说。但是不知道怎样第二天他们又搬到另一个房间去了。

天气更加热起来了。他们依旧穿着那一身厚西装，照常地走，照常地睡。他们忍受着一切。

这位耶稣有一次用英语对程说："抽烟是恶事，喝酒是恶事。"当时他的声音严厉，态度庄严。他的受苦的脸一直在我的眼前摇晃。他的脸上表现出他过去所受的无数的痛苦，还预言着他将来所要受的更多的痛苦。

这位耶稣到了新加坡，便带着他的"门徒"上岸了，这个地方还没有拒绝他们。他们可能是到那里去继续过受苦的传道生活。然而你这位波斯的耶稣啊，你以为你这样就会拯救人类吗？不，不，除了反抗而外，再没有别的方法可以使人类得救。你，你一味地忍受，到后来你也会被人钉死在十字架上。这"忍受"会判决你的死刑。在这个世界上我们不能够忍受，我们也不应当忍受。

第三辑

人生如逆旅，
我亦是行人

我的眼泪

正是在旧历新年，我接到了朋友蔡从远迢迢的美洲寄来的书，这是两个意大利人（一个鞋匠和一个鱼贩子）的书信集。淡黄色的封套上面印了某杂志的评语，读出来是：“不预备为着生活的恐怖与美丽一哭的人就不要读它。”

可是我还不曾翻开书页，我还不曾读到书中的第一句话，我的眼泪便流出来了。不能够忘掉的四年前的旧事又来到了我的心头。我仿佛回到过去那些日子里去了。

那时我住在巴黎拉丁区一家旅馆的五层楼上。不论是在白天或者黑夜我都把窗门大打开。下面是一条清静的街。街角有一家小咖啡店，从我的窗里可以望见人们在大开着的玻璃门里进出。正对面耸立着一座高大的楼房，它不但拦住了我的视线，还给我遮住了阳光，使我的房间里变得更忧郁、更阴暗了。

我出生在温暖明媚的国土，我又来自山明水秀的江南，现在我却定居在这个不日之城，又是在这阴雨连绵的时候。

在这个城里我也有几个朋友。他们常常来看我，有时候一个来，有时两三个来，有时五六个一齐来，我们便有一个欢乐的聚会，使我暂时忘记了寂寞。但是这样的事一个星期里也只有两三次，因为朋友们都有自己的事，有的在大学里读书，有的在工厂里做工。晚上在朋友们不来或者来了又去的时候，我的心就被一阵难堪的孤寂紧紧抓住了。充满了煤气臭的屋子变得更气闷。我从窗户望出去，高耸的古建筑物挡住了一切，下面躺着雨湿的街道，阴暗而清静。有时候在一阵静寂之后忽然空气震动了，街道震动了，连我的房间也震动了。耳边只是一片隆隆的声音。如果有人在房里谈话，我也听不见他的声音。我只有等待着。并不要多久，这些声音就消失了。经验告诉我：一辆载重的卡车又过去了。一切又回到静寂里来。我立在窗前，埋下头看那在微暗灯光下的街道，或者街角的咖啡店，听人们在说话或者偶尔经过的男女在哼小曲，我觉得自己好像是在另外一个世界里面。

不知道什么缘故，我的心里突然变得很空虚了，好像胸膛里并没有什么东西存在一般。无论如何我不能在房里停留下去，似乎多留一刻就会使身子僵硬。于是我拿了帽子，披了外套，急急地跑出房门，下了楼梯走到街心去。

立在街心，我不知道应该到什么地方去。我踌躇了。我呆呆地立着，帽子遮住了我的头，外套保护了我的身体。但是雨点还时时向我的脸飘来，我终于向咖啡店那边走了。

进了咖啡店，我似乎感到一阵温暖。我立在柜台前要了一杯黑咖啡，一面望着旁边几个穿粗布工衣的人的诚实的脸，我把杯里的咖啡喝光了，付了钱又踉跄地走出来。虽然咖啡店里有亮光，有温暖，有人声，但是我却一点也不顾惜地抛弃了它们，向着清静的、阴暗的、雨湿的街中走去。我究竟去追求什么呢？我自己也说不出来。

我只是无目的地走着。街上只有寥寥的三两个行人，尤其是国葬院旁边一段路最清静，而且有点阴森可怕。我走过国葬院前面，走到卢骚铜像的脚下。我抚摩那个冰冷的石座，我差不多要跪下去了。我抬起头仰望那个屹立的巨人，喃喃地说了许多话。这些话的意义我自己也不明白，不过我知道话是从我的心里吐出来的。在这里，在这一个角落里，并没有别人，只有那个手里拿着书和草帽的“日内瓦公民”[①]和我。一直到圣母院的沉重、悲哀的钟声响了，我才踉跄地站起来，向着热闹的圣米雪尔大街的方向走了。

我走着，在微雨下面走着，我不想到什么人家里去，也不想找人谈话。我走过热闹的街，我也走过清静的街。我看见了不少的人，许多愉快的面貌在我的眼前过去了，接着又有许多忧愁的面貌。在我的耳边响起来咖啡店的音乐、笑语和歌声，同样我也听见悲哀的谈话和诉苦。

---

①指卢骚铜像。卢骚（J.J.Rousseau，1712—1773）是18世纪的法国杰出的思想家。

这一切于我是亲切的，但又是陌生的，它们增加了我的心痛。这个城市并不是坏地方。但是我在这里却是一个陌生的人。我找不到我所追求的东西。每个人，每所房屋对我都保守着秘密，无论是欢乐或愁苦，他们都不肯同我分享。我彷徨着，好像一个失掉向导的盲人一样，一直走到快要迷失了方向，我才绝望地回到自己的住处去。

像这样的事在我也并不是偶然的。白天我也进大学去听课，到图书馆里去抄书。我想在课堂里和书本上找到一点东西，结果依旧剩下我这颗空虚的心。夜里，没有朋友来的时候，寂寞便突然袭来，我又像盲人一样地在街中彷徨。我的孤寂一夜一夜地增加，而且同样我的心也痛得更厉害了。我的眼里只看见被工作摧残了的忧愁的面貌，我的耳里只听见一片悲哀的哭声，甚至在那些从前的愉快的面貌上我也找到了悲哀的痕迹。我的眼前的黑暗一天一天地增加了。从报纸上我知道某一处有许多人在为饥饿而哭，某一处又有许多人像猪羊一样被人屠杀，甚至最僻远的地方也送来了悲惨的消息。这是大批的人的灾祸。此外还有个人的不幸，谋杀，自尽，纠纷，诉讼，失业……差不多每一条新闻都在诉说一段悲惨的故事。报纸上似乎发出了血的气味。眼泪，呻吟，哭泣，简直没有终结。好像整个西方世界都沉落在黑暗的苦海里了，无论在什么地方都找不到一线的光明。我怀着一颗空虚的心到处彷徨。我的生活完全失去了目标。我每夜立在卢骚的像前，对那个巨人诉说我的绝望，可是他永远不能给我一个回答。

后来我不常到大学里去了，图书馆里也少了我的脚迹。我只是到处彷徨，像一个没有向导的盲人一样，准备着失脚踏进那个不可挽救的深渊里去。

我看着就要灭亡了，忽然有一天在一个书铺里见到了一个意大利鱼贩子著的一本英文小书，里面有这样的一段话：

“我希望每个家庭都有住宅，每张口都有面包，每个心灵都受到教育，每个人的智慧都有机会发展。”

好像大雨往后的天空那样，我的心豁然开朗了。我把这本小书买了回去，同时还买了两三本跟这个鱼贩子有关的小书。我读着，重读着，我读完了这个意大利鱼贩子的自传，《一个无产阶级的生活的故事》。

在我的面前突然出现了一个人，他开始向我叙述他的故事。他出生在阳光明媚的南欧的乡村，在双亲的膝下一直生活到13岁，后来被父亲送到别处去当学徒，受了6年的苦，患了重病，才由父亲接回家受母亲的看护。他的病好了不久，母亲却病倒了。在她的病中一点轻微的声音也会使她发生剧烈的痉挛，因此他不得不时常跑到街上去哀求散步的青年或者过往的行人另走一条街，不要惊动他的母亲。母亲的病愈来愈重，父亲同亲戚都不敢挨近她，只有这个20岁的青年终日守在病榻旁边尽力安慰她，服侍她。他整整有两个月不曾脱衣服安静地睡过一夜。然而“科学没有用，爱也没有用”，他的母亲病了三个月，终于死在他的怀里。他亲手把她放进棺材，埋葬了她。他不能够在故乡住下去了。他决定到那个所谓“希望之国”的美国去。临行时他的父亲悲痛得说不出一句话，他的妹妹痛哭。邻居们都来看他。每个人都送来了一些希望的话，一些祝福，一串泪珠。他们成群地跟着他走了很远的路。到了美国，他没有一个朋友，孤独地上了岸，带着几件破衣服，身边只有很少的钱。他后来在一家大饭店里做洗碗碟的工作，每天在那个地狱似的厨房里做12小时以上的工，吃的食物几乎赶不上狗所吃的。工作的地方更可怕。“一扇窗也没有，终日点着电灯。……在洗碟子、锅、刀、叉、匙的地方，沸水的蒸汽凝结在天花板上，变成了大的水点，挟带着灰尘和脏东西慢慢地落到人的头上。在工作的时间里，厨房真热得可怕，客人吃剩了的残汤剩菜都倒在桶里，一桶一桶地堆在厨房旁边，时时发出使人作呕的臭气。污水槽又不直接通到阴沟。污水常常满溢而倒流回来，流到地板上。厨房的中央有一根排水管，到晚上管子就会给堵塞住了，油水愈积愈高，人只得在油腻的水中走来走去。”他害怕会得肺病，在那里做了八个月以后就离开了。他四处漂游，做了各种各样的工作，最后做了一个鱼贩子。

他的故事就这样简单地结束了。最后他又告诉我们他的精神生活：他在每天繁重的劳动以后又去探求知识。许多个晚上他伏在案头读书，在颤抖的煤气灯光下一直读到天明。他读了各种各样的书，常常跟着书中人一起流泪。天一亮他就合上书，把头靠在枕上。并没有多久，工厂中的放汽声响了起来，他便拖着疲倦的身子到工厂或者矿里去。

这样他竟然变成了“全世界最优美的精神”，像小说《波士顿》[①]的作者所描

①《波士顿》是美国作家阿普顿·辛克莱（U. Sinclair，1878—）的长篇小说。当时他还是进步的作家。

写的。他在那本小书里用了四页的篇幅写出他的精神生活与信仰：

“我心里生长了爱的萌芽，我怀着人类爱的观念……我在众人的自由中求我的自由；在众人的幸福中求我的幸福。……我用我的诚实的汗挣来我的面包。我的手上从不曾染过一滴他人的血，我的良心也是极其清白的。”

伟大的心灵常常来自人民中间！

这样的一个人居然被捕了。他在32岁的时候，同一个朋友一起被捕。别人说他们是杀人的强盗，说他们在大街上抢劫别人的钱，法庭判决了他们的死刑。有如下的理由：他们有“犯罪的意识”；他们不相信上帝，不相信掠夺制度；他们在欧战时期不肯到法国去替美国资本家打仗，却逃到墨西哥去；他们是下贱的外国人。第一次请求再审，被驳回了，……一连被驳七次，所有新的证据都一律抹杀了。被告律师最后根据真正凶手的自白，作第八次的请求，也没有用。在死囚牢中被“希望的刑罚”折磨了六年之后，那个鱼贩子和那个鞋匠终于得到了最后的决定——七月十日，电椅。

然而反抗的呼声起来了。各阶层、各党派的人从世界各地伸出了援救的手，发出要求“宽恕”或者要求“正义”的喊声。似乎整个世界都为了一个鱼贩子和一个鞋匠的缘故活动起来了。

我的生活里发生了一个大的变动。我每次翻读那本鱼贩子的自传，我的眼前就出现了囚室里的景象，一个中年人的朴实的脸，浓浓的眉，安静的眼光，浓密的须髭，接着又是一双肥大的手遮住了一切。这双肥大的手消失了以后，我的眼前又换了数不清的小手：男人的手，女人的手，老人的手，小孩的手。这无数的手一齐挥动，成了一幅非常动人的图画。

街上到处贴着大张的广告，在《死囚牢中的六年》这个大题目下印了什么“演讲会”“援救会”“抗议会”的宣言和会议程序。这些广告上常常有全世界景仰的学者的名字。在咖啡店的柜台前或者公园的门口，我常常听见人们激动地谈起那个鱼贩子和那个鞋匠的名字。在报纸上我看见许多人为他们募集了捐款。

于是我不再在卢骚的铜像前哀诉了。我不再是失了向导的盲人了。我不再徘徊了。我已经找到了我的向导。那个德丹监狱里的囚徒，意大利的鱼贩子在我的眼前变成了比“日内瓦公民”还要伟大的巨人。“全世界中最优美的精神”如今不存在于大学里、学院里、书斋中、研究室里了。他是在金圆国家的一个监狱内，一个刑事犯的囚室内。

于是我怀着感动而紧张的心情，像朝圣地的进香客那样地虔诚，坐在我的寂寞冷静的屋子里，用大张的信纸将我的胸怀，我的悲哀，我的挣扎，我的希望……完全写下来，写给那个德丹监狱里的囚徒。我的眼泪和希望都寄托在那些信笺上面。

信发出了，恐惧又来压迫我了。我害怕我的信不会达到德丹监狱，我害怕金圆国家的人真会把他们烧死，虽然在全世界中有许多万许多万人要救他们的性命。报纸上关于他们的消息一天一天地多起来了，在报上我常常读到女人和儿童写的动人的信。整个“不日之城”都因为这两个人的生命骚动起来了。同时那个鱼贩子又不断地从监狱里写信到世界各处，这些信都是不朽的崇高的文献，里面充满了生活的恐怖与美丽，每个人读了都要流泪的。

7月10日逼近了，我的恐惧也增加了。我的眼前时常现出电椅的可怕的形象。这其间一个阴雨的早晨我得到了从波士顿寄来的邮件，除了一包书外，还有一封英文长信，一共是四张大的信笺，而且是两面写的。我看见颤抖似的笔迹和奇怪的拼字法与文法，我的眼泪就流出来了。我热烈地读着这封信，声音和手都抖得厉害，我每读几行就要停顿一下，因为有什么东西堵塞了我的咽喉。

他的信是以感谢的句子开始的。他感谢我的同情和信任，他说：“青年是人类的希望。”又说：“你必须再生活若干惨痛的岁月，才可以懂得你给了垂死的老巴尔托以何等的快乐和安慰。”接着他又用诚恳的话来安慰我，劝勉我，叫我“要快乐起来，不要灰心”。于是他用他的有力的论证跟我谈起现在社会制度的弊病和未来的革新，人类的进化和将来的趋势。他又跟我谈起但丁、莎士比亚、巴尔扎克，以及别的许多人。他跟我谈话像父亲对儿子，哥哥对兄弟。他说他应该使我明白这一切，以后我才会有勇气来面对生活的斗争，不致感到幻灭。他叫我要忠实地生活，要爱人，帮助人。最后他还以兄弟般的快乐的心情拥抱我。

四页信笺就这样地结束了。我痴痴地坐在桌子前，好像是在做梦。我把信拿在手里，读了又读。我终于伏在桌上哭了。

从此我的生活有了目标，而我也有面对生活斗争的勇气了。我说我要生活下去，而且要经历惨痛的岁月，即使那个“全世界中的最优美的精神”会消灭在电椅上，我也要生活下去，我要做他所叫我做的事。

这其间好的消息传来了。麻省省长把那两个无罪的人的刑期延迟了一个月，又聘请了一个“顾问团”来审查这个案件。这三个委员是现任哈佛大学校长，现任麻省工业专门学校校长和一个退职的老法官。希望来了。谁也不会相信哈佛大学校长甘心做杀人犯。大家以为他们一定会把两个无罪的人救出来。有一天，我在一个咖啡店门前看见人们互相握手庆祝。他们以为公道就要出现了。这时候“宽恕”与“正义”的呼声更漫天地响了起来。

然而晴天里忽然起了一个霹雳，御用的学者们露出了他们的真面目。一个哈佛大学出身的小说家写信给他的校长说：“你使你自己也做了一个政治谋杀犯，而且还以一个残酷愚妄的、反对人道与文明的罪恶来玷污哈佛大学了。”一个大杂志的主笔也说：“哈佛大学将来会被人称为养成刽子手的地方了。”原来学者们审查的结果是——哈佛大学校长说：“总之……有罪；”麻省工业专门学校校长说：“是的；”退职的老法官说：“法庭不应当受人指摘。”自然省长也同意他们的主张，他的决定接着也发表了。

8月10日来了，虽然“正义”与“宽恕”的呼声越来越响亮，然而在那边，金圆国家里的“贵族”们是听不见的。决定的日子终于来了。波士顿的中夜是巴黎的早晨五点钟，这个晚上不知道有若干人流了眼泪，不知道有若干人不曾合眼。我自己已经没有眼泪可流了。我无目的地在街头彷徨。在我的眼里一切都好像是梦景。我望着“不日之城”的红天，望着那两个整日整夜哀鸣的圣母院的钟楼。我一直徘徊到深夜。

我回到家里不能够闭眼。我找出了刊载那个鞋匠给他6岁女儿写的信的报纸。我读着：

“……我非常爱你，爱你哥哥，爱你母亲。我若得和你们同住在一处，在一所小小的田庄上，跟你学习你的真诚的语言和温柔的爱情，那就是我的艰苦生活中最大的幸福了。在夏天的日子我们都在家里，我坐在橡树的浓荫下，你坐在我的膝上；我开始教你读书写字，或者看你在绿的田野上跳荡，欢笑，唱歌，在树丛中摘取花朵，从这一株树跑到另一株，又从清朗、活泼的溪流跑到你母亲的怀里。我梦想我们一家人能够过这样的幸福生活，我也希望一切贫苦人家的小孩们都能够快乐地同他们的父母过这种生活。然而事实并不是这样，下层阶级的梦魇已经使你父亲的心灵变成非常愁苦的了。本来世间一切美与善的东西都是大自然母亲给与我们大家的，为着让大家自由享用。但是这个垂死的旧社会的人却把我生生地从你哥哥和你可怜的母亲的怀里拖走了……”

我不能够再读下去。我想象着临刑的一刹那。我想着那个从故乡赶来巴黎，再越过大西洋去和她分别了19年的哥哥诀别的女郎。我想着那个为着丈夫的生命奋斗了7年的女人。我又把旧报纸找出来翻读，无意间读到了“援救会”的两个电报。

一个是给鞋匠的：

“刚刚读了你给你小女儿的告别信；它使得一切有良心的人都感动了。人家读了这封信以后还能够杀你吗？我们爱你，我们怀着希望。”

另一个是给鱼贩子的：

“我们很悲痛，然而全世界都站在你们这一边，我们不相信美国就会立在反对地位。你们要活下去。你的妹妹今晚上船，她应该来得及把你抱在怀里，并且替我们来吻你。”

我的心啊！

这一晚终于过去了。第二天早晨我没有勇气出去买报。一个人坐在家里思索。朋友吴走了进来，并不敲门。他一把握着我的手，欢喜地、热烈地说：“他们还活着！他们绝不会死。”

我才知道昨晚临刑前26分钟，就是在全世界的良心万分痛苦的时候，省长又宣布了延期12天的决定。

“好一个‘希望的刑罚’，跟中世纪西班牙宗教裁判所采用的差不多！”我冷笑道，但是仍然掩不住心里的快乐。

朋友吴还抱着乐观主义，他诚恳地、快乐地对我说："我给你担保，他们不会杀死这两个人。"他的眼里闪着发光的东西，他喜欢得流泪了。

于是我又经历了12天的希望与恐惧。

希望一天一天地淡了。在各处我都看见那个可怕的阴影。"不日之城"被一种空幻的色彩笼罩着，人和物都好像在梦里一样。在我的耳边依旧响着"正义"与"宽恕"的呼声。但是声音比从前抖得厉害了，里面充满了眼泪和愤怒。在街头，在咖啡店里，在公园内，在各处，人们常常用带泪的声音谈起死囚牢中六年的故事。似乎整个巴黎，整个享乐的巴黎都为那两个人哀哭了。

我一生也曾经历过不少惨痛的日子，也许还要经历更长久的时间，更惨痛的岁月。但是我从来没有像在这12天里面这样地懂得生活的美丽与恐怖的。

希望完全失掉了。总统钓鱼去了。省长玩高尔夫球去了。联邦法庭的首席法官到加拿大避暑去了。在那个可怕的8月22日的夜晚，人们还能够有什么希望呢？法律是要执行的。在全巴黎的悲哀、恐惧与骚动中我度过了这个痛苦的夜晚。

我没有梦，我也不能够有梦了。

我害怕看见第二日的天明。

阳光射进我的窗户，我躺在床上，很安全。我痴痴地望着窗玻璃，不明白我是在什么地方。我半昏迷地出去买了一份报纸。我疑心我的眼睛花了。在第一版上我看见下面的一些大字：

"全世界的良心从没有像今天早晨两个无罪的人被害的消息传来时这样地空虚的。"

我几乎要把报纸落在地上了。

我又读了一遍，我知道"全世界中最优美的精神"在波士顿，查尔斯顿监狱里灭亡了。

我连忙回到旅馆，朋友吴已经在我的房里了。他把头伏在报纸上，听见我的脚步声，便抬起头来对我说了一句："他们死了。"他忍不住哭起来。

我不回答，我只是咬着嘴唇，接着是一阵难堪的沉默。

“七年前法律说他们的举动像罪人一样，便发现他们犯了谋杀罪。然而在临死时他们的举动又跟历史上的另一个人（耶稣）的举动一样，而且也像他那样地说：‘我宽恕你们！’可惜太迟了。没有重新判决的机会了。”朋友吴忽然翻开他带来的报纸用抽泣的声音读出了上面的一段话。他又接连地说了两句，“可惜太迟了，”便站起来摸出手巾揩眼泪。

他去了，留下我一个人在屋里。我没有出门，我也不想吃饭。我写了一整天的信。我要把这个消息，把我所感到的一切告诉所有我的朋友。我要向全世界大声说：“两个无罪的人被害了！”

到了夜深我还在写信，朋友卫气咻咻地推了门进来。我不见他有一个多星期了，很奇怪他为什么在这夜深跑来，而且衣服凌乱，头发飘散，面孔通红，他那副平日离不掉的宽边眼镜也没有了。

“什么事？你这个样子？”等他坐好我便问道。

“我才知道法国政府也是站在杀人犯那边的，”他愤愤地说。

我惊奇地望着他。

“我跟着朋友们到美国领事馆去示威……那么多的人……挤满了好几条街……群众大声叫着‘杀人犯’。声音跟响雷一样……警察保护着领事馆，要群众散去。……后来起了冲突，秩序乱了……几个报摊子也被挤倒了……大队的警察赶来解散群众……我和吴被挤到一个咖啡店里，接着又来了一些参加示威的人……忽然这个咖啡店被包围了。大队警察守在门口叫里面的人全出去。出去一个打一个，所有的人都挨了警察的警棒。……我看见吴挨了几下打。我跟警察冲突起来。后来我跌倒在地上。他们用脚踢我。我刚起身，就被一群人拥起走了。我的眼镜也不知道落在什么地方。……我去找吴。我看见一个警察在追他。他吓得乱按人家的门铃。……后来他找到我了。我看见他很萎顿，便把他送回家，然后到你这里来。……我倒没有受伤……那些狗……”愤怒堵塞了他的咽喉。

我们对望着，我们用眼睛表示了不能用语言表达的感情，我们互相了解了。

圣母院的钟突然哀鸣起来，已经到了中夜。

“卫，回去罢。”我短短地说。

他突然站了起来。他伸出手，把我的手紧紧地握住。他用极其坚定的声音说：

“金，我们还要活下去，我们还要活更多的年月，我们还要经历更惨痛的岁月，我们永远不要忘记这一晚罢。”

他毅然地去了。

如今四年又过去了，朋友吴已经离开了这个世界，他是被伤寒症毁了的。他故乡的家里还剩下年老的母亲和年轻的妻子，我不知道她们靠什么生活。朋友卫还在巴黎，我不得他的消息也快一年了。不知道他现在生存或者已经死亡。我自己呢，我漂泊了一些地方，我又回到山明水秀的江南。我经历了多变化的生活，我有过好梦，我也有过梦魇。而且我也有过——“原野的新绿，海洋的碧波，花的香，果的甜，湖水里映出的蓝天，歌唱的激流，微语的小溪，山谷和峻岭，神秘的黎明，玫瑰色的晨光，美丽的月亮，落日，黄昏，星夜，”如那个鱼贩子所曾有过的。但是无论在什么地方，在什么时候，我总不能够忘记那个给了我巨大影响的人。每一想起他，我就被一个思念折磨着：我辜负了我的“先生”，我忘记了他教给我的话，我并不曾履行我给他的诺言。我把四年的光阴完全浪费掉了，也许我将来还会浪费掉更多的光阴。然而我的美丽的青春快要完结了，它是不会再来的了。

在这种情形下面我接到蔡从远迢迢的美洲寄来的“先生”的通信集，我能够不流眼泪么？

1931年

我　们

外面是火光，枪声，兽的叫喊，人的哭泣……

屋子里是黯淡的灯光，急促的呼吸。

我陪伴着躺在病榻上的弟弟。

我失掉了父亲和母亲。在我的生活里唯一的亲人就是这个13岁的小弟弟了。

外面街上，那些新进城的高举太阳旗的兵在抢劫，在放火，在杀人。受害的就是我们那些贫苦的弟兄，也就是我常常在街上看见的那些人。我听见他们的哀号和求救声。声音响成了一片，里面也有妇人和小孩的声音。我明白我们的弟兄们遭到残酷的屠杀了。

那些血，那些尸体，那些毁了的家——我不敢想。

我守住弟弟的病榻，不敢出去。

我等着太阳旗进来，我又祈祷着太阳旗不要进来，为了我的弟弟。

弱者的恐怖，弱者的耻辱，弱者的悲哀——我全感到了。

外面仍然是火光，枪声，兽的叫喊，人的哭泣……

“哥哥，”弟弟忽然坐起来，高声狂叫。他那只发烫的手紧紧捏住我的手。他望着我的眼睛。我连忙把眼睛掉开，我害怕看到他眼里的强烈的火光。

“哥哥，在这个世界上再没有比人更高贵的生物罢，是不是？”

我默默地点了点头。

“那么我们算不算是人呢？为什么还有比我们更高贵的呢？”

对于这样简单的问话我平日不假思索就可以答出来。然而现在我能够说什么呢？外面街上是火光，枪声，兽的叫喊，人的哭泣……我们的弟兄们让人任意侮辱，残杀，像一只狗，一头猪。我在屋子里怀着恐怖的心情等待死亡。我能够回答弟弟说，我们是人吗？

“为什么我们应当像猪似地让人宰杀呢？为什么我们应当做别人的枪靶子呢？”他不肯放松地追问下去，他用力摇我的胳膊。“我们不也是人吗？为什么我们生来就受虐待、受侮辱呢？哥哥，告诉我，为什么他们要来占我们的土地、屠杀我们呢？”

我没法回答他。他的叫声刺痛了我的心。

“为什么不回答呢？你这个胆小鬼！”弟弟狂怒地骂起我来。他捏紧小拳头朝我的身上乱打。我一点儿也不躲避：我的心痛得更厉害了。

弟弟终于拿开了手。然而他低声哭了起来，而且哭得很伤心。

“哥哥，你把我杀死罢！”弟弟忽然大声央求我。“这种做别人的枪靶子的生活，我不要再过下去了。我迟早会被他们杀死的。……那么还是请你杀死我罢。死在哥哥的手里倒强似活着去吃别人的刀尖和子弹……”他抓住我的胳膊哀求，狂叫。

“轻声点，不要让日本兵听见，他们会跑进来的，”我恐怖地说，就伸出手去蒙他的嘴。

他推开我的手，只管说下去：

“哥哥，我们和他们不是一样的人吗？在这个世界上不全是一样的人吗？……为什么别人的孩子就有光，有热，有花，有爱，我却应当做枪靶子呢？为什么我们的亲人要被他们杀死，我们的房屋要被他们烧光呢？……哥哥，为什么呢？学堂里、教科书上明明说我们的身体构造和他们的完全一样，我们和他们都是一样的人，那么为什么我们不能够好好地活下去？我们应当把自己养肥来给别人做枪靶子呢？哥哥，我不要活了，请你把我杀死罢。……你哭了！哥哥，我知道你爱我。你不肯杀我。那么你愿意让日本兵来杀死我吗？……”

我望着我的手，我的手在打颤。我抚摩我的胸膛，我的心也在颤栗。我害怕我真会用我自己这双手杀死我的弟弟。

弟弟说得对。他活着，没有光，没有热，没有花，没有爱。他活着，只是为了给别人做枪靶子。像这样地活下去，还不如死了好。与其留着给高举太阳旗的兵开刀，还不如由做哥哥的我亲手杀死。

然而我看见弟弟那张可爱的脸，那张让眼泪打湿了的、被热情烧红了的圆圆脸，我的心又软了。我连忙扑过去，抱着我的弟弟，我狂吻他的脸颊。我坚决地说，我要保护他，决不让日本兵来伤害他。我要用尽一切力量不让他受到丝毫的损害……

外面是火光，枪声，兽的叫喊，人的哭泣……

1931年9月29日深夜

我的梦

我不喜欢夜。我的夜里永远没有月亮，没有星，有的就是寂寞。然而不知道从什么时候起我有了一个朋友。

我的心上常常起了轻微的敲声。我知道那个朋友来了，他轻轻地推开了心的门，进到我的心里面，他就昂然坐了下来。和平常一样我就只看见他的黑影子。

“你放下笔！”他命令说。

我顺从地放下了笔。

“你今天又写了几千字了！”他嘲笑地说。

我默默地看我手边的原稿纸，一共有十几张，全是今天写的。

“这有什么用处？谁要读你的文章？”他继续说下去。“几千字，几万字，几十万字，几百万字，你不过浪费了你自己的生命。你本来可以用你这年轻的生命做别的有用的事情，你却白白地把它糟蹋了！”

我沉默着。

“你整天整夜地乱涂着，你的文章在吸吮你自己的血，吸吮排字工人的血，吸吮那些年轻读者的血。你真是在做梦啊！你以为你的文章可以感动成千成万的新的灵魂吗？你这个蠢人！他们需要的全不是这一类的东西。

“你不记得一个青年写过信给你，说他爱你他又恨你吗？他爱你因为你使他看见了一线的光明；他恨你，因为你使他看见更多的黑暗，他要走去接触光明，却被更多的黑暗绊住了脚。你单单指了光明给他看，你却让他永远在黑暗的深渊里挣扎。你带给他的只有苦恼。你这个骗子，你真该诅咒啊。

“你不记得一个青年写过信给你，说他愿意跟你去死吗？你拿了什么给他呢？家庭束缚他，教育麻醉他，社会宰割他。你把他唤醒了。你让他瞥见了一个幸福的幻景，但你又把它拿走了。那个幻景引诱着他的心。他不能够再闭上眼睛躺下去，他愿意跟着你去追求那个幸福的幻景，一直到死。然而你却撇弃他不管了！你，你这懦夫，你真该诅咒啊！

“你不记得许多许多的青年曾经怀着痛苦的心求助于你吗？他们是年轻的，纯洁的，天真的。他们到你这里来，是因为周围的血快淹没了他们，周围的黑暗快窒息了他们。他们像遭难的船要把你这里当作一个避风的港口。然而你拿了什么给他们呢？你说：‘你们应该忍耐！永远忍耐。’本来在同样的环境里面丹东曾经对法国青年说过：‘大胆，大胆，永远大胆！’你却拿忍耐封锁了你的港口，把那些破船全赶走了，让它们漂流在无边的海洋上，受狂风暴雨的吹打。你，你这残酷的人，你真该诅咒啊！

“你说你那些文章使人家看见了光明，看见了爱，看见了自由，看见了幸福，甚至看见了一个值得献身的目标。然而你自己呢？当一些人正为着光明、爱、自由、幸福，为着那个目标奋斗、受苦以至于死亡的时候，你却躲在你自己写成的书堆里，让原稿纸消耗你的生命，吸吮你的青年的血。你抛弃了光明，抛弃了爱，抛弃了自由，抛弃了幸福，甚至抛弃了那个目标。你永远把你的行为和你的思想隔开，你永远任你的感情和你的理智冲突，你永远拿矛盾的网掩盖你的身子！你，你这个伪善者，你真该诅咒啊！

“文章和话语有什么用处？自从有人类社会一直到现在，所说过的话，所写过的文章倘若都能够遗留下来，堆在一起也可以淹没了世界。然而到现在人类还被囚在一个圈子里面互相残杀。流血、争斗、黑暗、压迫依旧包围着这个世界，似乎永远就没有终结。文章粉饰了太平，文章掩盖了罪恶，文章麻醉了人心。那些呼声至今还是响亮的，它们响得那么高，就压倒了你的轻微的呼号。你不久就会过去了，然而那些青年的灵魂是要活下去的。你说你唤醒了他们，你却又抛弃他们走开了，让他们留在黑暗的圈子里面梦想那些光明、爱、自由、幸福的幻景。你完全忘记了他们，让各种打击破碎了他们的肢体。你，你这个制造书本的人，你真该诅咒啊！

“我恨你，我诅咒你，我愿意我永远不再看见你！我愿意我能够毁掉你那些原稿纸！我愿意我能够毁掉所有你写的书！我愿意我能够毁掉你的身子！”

那个朋友站起来，向门口走去。他气愤地关上我的心的门。他走了，留下我一个人在寂寞里。在我的手边无力地躺着那十几页原稿纸。

我记起来一件事情，这是那个朋友忘记了说的。半年前一个15岁的孩子写信给我，说：“有人告诉我说，你将来会自杀，我希望你能够明白自杀是一件愚蠢的举动。”同时另一个女孩子却带着同情来信说：“我怜悯你，因为我知道你的心实在太苦了。”

这些天真的、幼稚的、纯白的心越过了那许多栏栅到我的身边来了。他们大量地拿安慰来萦绕我的梦魂。我不是一个忘恩的人，我也知道感激的意义。但是我不禁绝望地问：“我果然需要人来怜悯么？”

“我究竟做过了什么举动会使人相信我要自杀呢？难道我是一个至死不悟的人么？”

欺骗的，懦弱的，残酷的，伪善的，说教的，值得怜悯的，至死不悟的……这些形容词渐渐地一齐逼过来，压在我的心上，把心的门给我堵塞了。

我不能够再打开心的门，看见我自己的心。我不能够回答我自己的问话。

但是我并没有哭，因为我知道眼泪是愚蠢的。

我抛下笔，我把原稿纸全掷到地上。我说，以后不再写文章了。于是我默默地取了一本书，翻开来，看见上面有这样的一些字：

“我驱走了一切的回忆；我把它们全埋在一座坟墓里面。十年来我埋葬了它们，十年来我努力忘记了一切。……悲哀死了，爱也死了，雪落下来，用它的白色的大氅覆盖了过去的一切。我呢，我还活着，我还很好。”[①]

我希望我能够懂得这些字的意义。

1933年冬在北平

① 引自俄国民粹派女革命家薇·妃格念尔的《回忆录》。

生　命

我接到一个不认识的朋友的来信，他说愿意跟我去死。这样的信我已经接过好几封了，都是一些不认识的年轻人寄来的。现在我住在一个朋友的家里，是一个很安静的地方。我的窗前种了不少的龙头花和五色杜鹃。在自己搭架的竹篱上缠绕着牵牛花和美国豆的长藤。在七月的大清早，空气清新，花开得正繁，露出一片欣欣向荣的景象。对面屋脊上站着许多麻雀，它们正吵闹地欢迎新生的太阳。到处都充满着生命。我的心也因这生命的繁荣而快活地颤动了。

然而这封信使我想起了另一些事情。我的心渐渐地忧郁起来。眼前生命的繁荣仿佛成了一个幻景，不再像是真实的东西了。我似乎看见了另一些景象。

我应该比谁都更了解自己罢。那么为什么我会叫人生出跟我去死的念头呢？难道我就不曾给谁展示过生命的美丽么？为什么在这个充满了生命的夏天的早晨我会谈到这样的信呢？

我的心里怀着一个愿望，这是没有人知道的：我愿每个人都有住房，每个口都有饱饭，每个心都得到温暖。我想揩干每个人的眼泪，不再让任何人拉掉别人的一根头发。

然而这一切到了我的笔下都变成另一种意义了。我的美丽的愿望都给现实生活摧毁干净了。同时另一种思想慢慢地在我的脑子里生长起来，甚至违背了我的意志。

我能够做什么呢？

“我就是真理，我就是大道，我就是生命。”能够说这样话的人是有福的了。

“我要给你们以晨星！”能够说这样话的人也是有福的了。

但是我，我什么时候才能够说一句这样的话呢？

1934年7月在北平

神

还不到十点钟，但在山上已经是静夜了。我把久俯在书上的头抬起来，用疲倦的眼光看窗外的黑暗，想听听静夜的气息。常常在这时候便响起了金属敲着火石的声音，清脆的，一声，两声。我吃了一惊，又绝望地把眼光放回到书上。事情是很平常的，我那位朋友又在唪经，而我的安静又被他扰乱了。

这朋友是一个安分守己的好人。但我的朋友中信神的，他是唯一的了。我以前并不知道这个，倘使知道，我们也许不会做朋友吧。又，这朋友虽说是一个虔诚的拜物教徒，而其实信神也只有几个月的光景，我若是早同他做朋友，也许可以挽救他罢。现在迟了。

我是神的敌人。这也是无足奇怪的。因为无神论的思想在今天已经是很平常的了。这个世界里没有神存在的事实，稍有知识的人也都明白。

然而这种人又是多么愚蠢啊：本来生在这个世界上，却又想精神地生活在另一个世界中；在这个世界里所没有得到的东西，却又希望能够在另一世界中获得。把自己的一切大量地贡献给空虚里的神，想从那里得到更多的报酬。这样对同类的人就没有丝毫顾念的余暇了。所以信神的人常常是自私的。譬如中国的许多无知的女人就是这样地行为着，结果依旧劳苦贫困地死在空虚里，留下永不能实现的希望给她们的亲人。没有人知道这是一个欺骗。然而我在一个温情的异邦女人的信函中看到了“信神的人的伟大”一句话，这是多么大的错误啊。将懦弱看作伟大，将愚蠢看作崇高，将自私看作仁慈，将空虚当作实在，人类的历史就几乎陷落在泥淖里拾不来了。

然而还亏了那无数的能够面对生活的勇敢的人，他们在语言和行动里表现了真理，他们把历史从泥淖里拾了起来。他们给我们的东西比那般信神的人希望从神那里得到的还更多。无论在什么时候，人的力量都显得比假想的神更伟大，这是极其常见的事实，我们用不着去读雨果[1]的《诸世幻的传说》（La Legende dessiecles）里赞颂人类的伟大的诗篇了，也用不着在北欧神话里找神的灭亡的故事了。

但是到今天在知识分子中间还有着信神的人，这事情将怎样解释呢？其实如果我们将这个包含着无数矛盾的社会仔细考察一下，就能够容易地明白这一切了。

然而信神的路终于是懦弱的路。不满意现状，而逃避现实去求救于神，这样愚蠢的行为是不会有好处的。所以对于做出了种种可笑的行为的这位朋友，我常常怜悯地起了救助的心思。自然他不知道，而且也许他还以为我更需要向他求助呢！他有一次就对我暗示了要我信神的意思。但后来他也知道这只是徒然的努力了。

现在夜已深了，我又听见他在苦苦地唪经，同时我想起了那个温情的女人的话。她至今还站在神的门外，不知道什么缘故会使她在信里写了那样的话。我无意间想到她将来也会像这位朋友一样地信神时，我就为一种绝望所压倒了。前几天我已经在这里看见了一个新改宗的人。那是一个学生。我看见他穿着制服跪在地上念经的样子，就仿佛看见一个人在受苦刑。这个景象是很残酷的。我一面怜悯他，而一面对使他改宗的这位朋友的一群（虽然我知道他们的行为也是出于好意）起了反感。但是如今从第三个人，而且是一个温情的女人的口里又来了“信神的人的伟大”的话了。这是多么残酷的事实啊！

起来，更努力地从事你们的工作！显出比神的更伟大的力量来！——这是对于每个有真诚的心的年轻人的警告。

从空虚里出来的神还是把它送回到空虚里去吧。这时候是岛上的冬夜，寒风正吹着屋后的树林飒飒地响。那几树山茶花在一夜里会给吹落多少罢。我忽然想到写了《神的灭亡》三部曲的郭源新君[2]，不觉起了感激的怀念。

1934年12月在横滨

---

①雨果（Y.Hugo，1802—1885）：法国伟大作家。他的长诗集《诸世纪的传说》（或译作《历代传说》），共三卷。

②郭源新：郑振铎的笔名。《神的灭亡》是他的小说集《取火者的逮捕》中的一篇。

沉　落

离开上海以前我为《文学》杂志写了一篇《沉落》，给一个朋友看见了，他说这篇小说可能得罪不少的人。我原先并没有想到这个。给他这么一说，我倒有些为难了。这个短篇会给我招来许多意外的误解，这是很可能的。但是我终于毅然地把文章交出去了。另一个朋友劝我改用一个笔名，我也没有听从他的话。

这篇小说发表后不久，果然从北平一个关心我的朋友那里来了劝告。他以为这文章可以不必写，写出来不是和《剪影》[①]之类的东西差不多么？他的最重要的一句话：写文章难道是为着泄气？

我诚心地感谢这位朋友。我是常常把他当作畏友的。但是对于他这个劝告，我却不得不原封地璧还，因为他似乎还不曾了解我那篇文章的主要思想。

我只是一个平凡的人。但是和无数的平凡人一样，我有血，有肉，有感情，有激情。我的眼睛也能够像平常人的那样地看，我的脑子也能够像平常人的那样地思维。所以即使我把自己关在坟墓一般的房间里，在白纸上消磨自己的生命，我依旧是一个平凡的人。我的血依旧要沸腾，我的激情依旧要燃烧，我依旧要哭，我依旧要笑，我依旧要发怒，我依旧要诅咒。所以我永远写不出冷静的文章，所以我永远不能抱着艺术的招牌做白日的好梦。老实说我写文章，没有一次不是为着泄气。即使我没有能力，但是我的确想过拿我的笔尖做武器。虽然我不断地在文章里犯错误，但是从我那十几本没有艺术价值的小说里面，贤明的读者

①《剪影》：指当时的报纸副刊和小报上发表的那些《文人剪影》等等。

总可以看出我的本意来罢。

然而这里所谓“泄气”和我那朋友所说是不同的。我个人并没有仇敌，反而我有着无数的慷慨的朋友。而且我从这个社会所得到的一切已经大大地超过我应得的了。就个人来说，我对这社会、对这生活、对人不应该有什么不满，什么怨言。然而在这个时代个人的一切算得什么？个人是随时随地都会灭亡的，可是社会却将永远存在下去。那么对于目前的种种阻碍社会进步的倾向、风气和努力，我无论如何也不能够闭着眼睛放过它们。我说这话自然有点夸张，因为事实上我并没有做到这样。但是如果能够向着这方面努力，即使遭遇更多的误解不也是很好的事情么？至少我自己是从“沉落”的境地中爬起来了。

从这一点来看《沉落》，我至今仍然觉得我没有错。《沉落》所攻击的是一种倾向，一种风气：这风气，这倾向，正是把我们民族推到深渊里去的努力之一。这一点是那位朋友没有见到的罢。他的眼光也许比我的更远一点，他似乎看漏了我们民族当前的危机而仅仅迷信着将来。事实上这将来还得看我们今天的年轻人的努力。要是我们能够把这个正在“沉落”的途中挣扎的民族拉起来，那么将来才有黎明留给我们，否则一批教授和博士也救不了谁的。四万万人以及后来无数的子孙的幸福与目前的教授、博士们的光荣比起来，这其间的轻重是很容易分辨的罢。我现在比以前看得更清楚些。那危机显得比任何时候都更可怕了。假如说我写文章是为着泄气，那么我是替现在和未来的无数的青年悲愤地叫出了一声：“少为我们造下一点孽罢！”或者更狂妄地嚷道：“我们要活！”

这一点是我无日无夜不痛彻地感觉到的。若说像我这样的人会如此地关心到一个民族的命运，也许不会有人相信罢。那么把我当作乱咬人的疯狗看，这种人是一定有的了。

但是，朋友，你该不会这样地看待我吧。那么即使我辜负了你的好意，固执地走那条使你为我担心的路，你也可以原谅我吧。然而如果我更进一步，要你也做一两件事情，来拯救我们这个在“沉落”中挣扎的民族，你会怎样地回答我呢？你会以为这也是疯狗的狂吠么？朋友，请你原谅我。

1935年1月在横滨

死

像斯芬克司[①]的谜那样，永远摆在我眼前的是一个字——死。

想了解这个字的意义，感觉到这个字的重量，并不是最近才有的事。我如从忙碌的生活中逃出来，躲在自己的房间里，静静地思索片刻，像一个旁观者似地回溯我的过去，我便发现在1928年我的日记的断片中，有两段关于死的话。一段的大意是：忽然想到死，觉得死逼近了，但自己却不甘心这样年轻地就死去。自己用了最大的努力跟死挣扎，后来终于把死战胜了。另一段的大意是：今天一个人在树林中散步，忽然瞥见了死，心中非常安静，觉得死也不过如此。……我那时为什么要写这样的话？当时的心情经过八九年岁月的磨洗，已经成了模糊的一片。我记得的是那时过着秋水似的平静的生活，地方是法国玛伦河畔的一个小城镇。在那里我不会看见惊心动魄的惨剧。我所指的“死”多半是幻象。

幻象有时也许比我所看见的情景更真切。我自小就见过一些人死。有的是慢慢地死去，有的死得快。但给我留下的却是同样的不曾被人回答的疑问：死究竟是什么？我常常好奇地想着我要来探求这个秘密。然而结果我仍是一无所得。没有一个死去的人能够回来告诉我死究竟是怎么一回事情。

有时我一个人关在房里，夜晚不点灯，我静静地坐在椅子上，两只眼睛注意地望着黑暗。我什么也看不见。但是我依旧注意地望着。我也不用思想。这时死

①希腊神话：斯芬克司是狮身女面、有双翼的怪物，常常坐在路旁岩石上，拦住行人，要他们猜一个难解的谜，猜不中的人便会给她弄死。

自然地来了，但也只是一刹那间的事，于是它又飘飘然走了。死并不可怕。自然死也不能引诱人。死是有点寂寞的。岂止有点寂寞，简直是十分寂寞。

我那时的确是一个不近人情的孩子（以后自然也是）。我把死看作一个奇异的所在。我一两次大胆地伸了头在那半掩着的门前一望。门里是一片漆黑。我什么东西都看不见。这探求似乎是徒然的。

有一次我和死似乎隔得很近。那是在成都发生巷战的时候。其实说巷战，还不恰当，因为另一方面的军队是在城外。城外军队用大炮攻城，炮弹大半落在我们家里，好几间房屋毁坏了，到处都是灰尘，我们时时听见大炮声、屋瓦震落声与家人惊叫声。一家人散在四处，无法聚在一起，也不知道彼此的生死。我记得清楚，那是在1923年2月12日（阴历），也就是所谓“花朝”（百花生），午前11点钟的光景。我起初还在大厅上踱着，后来听说家里的人大半都躲到后面新花园里去了，我便跑到书房里去。教书先生在那里，不过没有学生读书。不久三哥也来了。我们都不说话，静静地听着炮声。窗外是花园，从玻璃窗望出去，玉兰花刚开放，满树满枝的白玉花朵已经引不起我们的注意。他们垂着头坐在书桌前面。我躺在床上，头靠着床背后的板壁。炮弹带着春雷似的巨响从屋顶上飞过。我想，这一次它会落到我的头上来罢。只要一瞬的功夫，我便会落在黑暗里。从此人和我隔了一个世界，留给我的将是无穷的寂寞。……这时我的确感到很大的痛苦。死并不使我害怕。可怕的是徘徊在生死之间的那种不定的情形。我后来想，倘使那时真有一个炮弹打穿屋顶，向着我的头落下来，我会叫一声“完了”，就放心地闭上了眼睛，不会有别的念头。我用了“放心地”三个字，别人也许觉得奇怪。但实际上紧张的心情突然松弛了，什么留恋、担心、恐怖、悔恨、希望，一刹那间全都消失得干干净净，那时心中确实是空无一物。爱德华·加本特在他的一本研究爱与死的书里说“在大多数的场合中，它（指死）是和平的，安静的，还带着一种深的放心的感觉”[①]，这是很有理由的。

我还见过一次简单的死。川、黔军在成都城内巷战的时候，对门公馆里的一个轿夫（或者是马弁，因为那家的主人是什么参议、顾问之类）站在我家门前的太平缸旁边，跟人谈闲话。一颗子弹落在街心，再飞起来，打进了那个人的胸

①见英国作家爱·加本特（1844—1929）的《爱与死的戏剧》。

膛。他轻轻叫了一声，把手抚着胸倒在地上。什么惊人的动作也没有。他完结了，这么快，这么容易。这一点也不可怕，我又想起加本特的话来了。他说死人的脸上有时还会闪着一种忘我的光辉，好像新的生命已经预先投下它的光辉来了。他甚至在战地遗尸的脸上见过这样的表情。他以为死是生命的变形内的生命的解脱。

据说加本特的研究方法是科学的，但是“死”这个谜至现在为止似乎还不曾得到一个确定的解答。我更爱下面的一种说法：死是“我”的扩大。死去同时也就是新生，那时这个“我”，渗透了全宇宙和其他的一切东西。山、海、星、树都成了这个人的身体的一部分，这一个人的心灵和所有的生物的心灵接触了。这种经验是多么伟大，多么光辉，在它的面前一切小的问题和疑惑都消失了。这才是真正的和平，真正的休息。

这自然是可能的。我有时也相信这种说法。但是这种说法毕竟太美丽了。而且我不曾体验到这样的一个境界。我想到“死”的时候，从没有联想到这一个死法。我看见的是黑的门，黑的影子。倒是有一两次任何事情都不去想的时候，我躺在草地上，望着傍晚的天空和模糊的山影，树影，我觉得自己并不存在了，我与周围的一切合在一起变成了一样东西。然而这感觉很快地就消失了。要把它捉回来，简直不可能。但这和死完全没有关系，并不能证实前面的那种说法。

我忽然想起了一件事。我在前面说过没有一个死了的人能够回来告诉我关于死的事情。对于这句话我应该加以更正。我有一个朋友患伤寒症曾经死过几小时，后来被一位名医救活了。在国外的几个友人还为他开过一个追悼会。他后来对我谈起他的死，他说他那时没有一点知觉，死就等于无梦的睡眠。加本特认识一位太太，她患重病死了两三个钟头，家人正要给她举办丧事，她忽然活转来了。此后她又活了三四年。据说她对于死也没有什么清晰的感觉。但有一点她和我那位朋友不同。她是一个意志力极坚强的女人，她十分爱她的儿女，她不能舍弃他们，所以甚至在这无梦的睡眠中她还保持着她的“求生的意志”。这意志居然战胜了死，使她多活了几年。诗人常说“爱征服死”。爱的确可以征服死，这里便是一个证据。若就我那位朋友的情形来说，那却是“科学把死征服”了。

像这样的事情倒是我们常常会遇见的。然而从死过的人的口里我们却不曾听过一句关于死的恐怖的话。许多人在垂危的病中挣扎地叫着“我不要死”，可是等到死真的来了时，他（或她）又顺服地闭了眼睛。的确这无梦的睡眠，永久的安息，是一点也不可怕的。可怕的倒是等死。而且还是周围那些活着的人使“死”成为可怕的东西。那些眼泪，那些哭声，那些悲戚的面容……使人觉得死是一个极大的灾祸。而天堂地狱等等的传说更在“死”上面罩了一个可怕的阴影。我在小孩时代就学会了怕死。别的许多人的遭遇和我的不会相差多远。

世间不知道有多少人因为怕死甘愿低头去做种种违背良心的事情。真正视死如归的勇士是不多见的。像耶稣被钉在十字架，布鲁诺上火柱[①]……像这样毫不踌躇地为信仰牺牲生命的古往今来能有几人！

人怕死，就因为他不知道死，同时也因为不知道他自己。其实他所害怕的并不是死，我读过一部通俗小说[②]，写一个被百口称作懦夫的人怎样变成勇敢的壮士。这是一个临阵脱逃的军官。别人说他怕死，他自己也以为他怕死。后来为环境所迫，他才发现了自己的真面目。他并不是一个怕死的人。他怕的却是“怕死”的“怕”字。他害怕自己到了死的时候会现出怯懦的样子，所以他逃避了。后来他真正和死对面时却没有丝毫的畏惧。许多人的情形大概都和这个军官的类似。真正怕死的人恐怕也是很少很少的罢。倘使大家都能够明白这个，那么遍天下皆是勇士了。

“死”不仅是不可怕，它有时倒是值得愿望的，因为那才是真正的休息，那才是永久的和平。正如俄国政治家拉吉穴夫所说：“不能忍受的生活应该用暴力来毁掉。”一些人从“死”那里得到了拯救。拉吉穴夫自己就是服毒而死的（在1802年）。还有俄罗斯的女革命家，“五十人案”中的女英雄苏菲·包婷娜后来得了不治之病，知道没有恢复健康的希望了，她不愿意做一个靠朋友生活的废人，便用手枪自杀。那是1883年的事情。去年夏天《狱中记》[③]的作者柏克曼在法国尼斯用手枪结束了自己的生命。他患着重病，又为医生所误，两次的手术都没有用。他的目力也坏了。他不能够像残废者那样地过着日子。所以有一次在他发病

①不用说，这是指旧社会中说的。乔·布鲁诺是意大利伟大的思想家，因传播无神论，批评宗教和教皇的特权等受到宗教的审判，1600年在罗马受火刑，活活地烧死在火柱上。

②即《四羽毛》，这是一本宣扬英帝国主义“功绩”的坏书。

③这是一个年轻人在美国监狱中14年生活的记录。

的时候，他的女友出去为他请医生，躺在病床上的他却趁这个机会拿手枪打了自己。44年前他的枪弹不曾打死美国资本家亨利·福利克，这一次却很容易地杀死了他自己。在他留下的短短的遗书里依旧充满着爱和信仰。他这个人虽然只活了六十几岁，但他确实是知道怎样生，知道怎样死的。

在这样的行为里面，我们看不见一点可怕或者可悲的地方。死好像只是一件极平常、极容易、极自然的事情。甚至在所谓“卡拉监狱的悲剧”[1]里，也没有令人恐怖的场面。我们且看下面的记载：

“……波波何夫与加留席利二人都吞了三倍多的吗啡，很快地就失了知觉。夜里波波何夫还醒过一次。他听见加留席利喉鸣，他想把加留席利唤醒。他抱着他的朋友，在这个朋友的脸上狂吻了许久。后来他看见这个朋友不会再醒了，他又抓了一把鸦片烟吞下去，睡倒在加留席利的身边，永闭了眼睛。”

谁会以为这是一个令人伤心断肠的悲剧呢？多么容易，多么平常（不过对于生者当然是很难堪的）。美国诗人惠特曼在美国内战的时期，曾在战地医院里服务，他一定见过许多人死，据他说在许多场合中“死”的到来是十分简单的，好像是日常生活里一件极普通的事情，“就像用你的早餐一样”。

关于“死”的事情我写了八张原稿纸，我把问题整个地想了一下，我觉得我多少懂得了一点“死”。其实我果真懂得“死”吗？我自己也没有胆量来下一个断语。我的眼光正在书堆中旅行，它忽然落到了一本日文书上面，停住了。我看书脊上的字：

“《死之忏悔》　古田大次郎”[2]

我不觉吃了一惊。贯穿着这一本将近五百页的巨著的不就是同样的一个“死”字么？

---

①这是为了给一个女囚人雪耻的同盟自杀，参加者女囚人3个（先死），和男囚人14个。事情发生于1889年，雷翁·独意奇的《西伯利亚的十六年》中有详细的记载。

②日本东京春秋社出版（1926年）。

“死究竟是什么呢？”

那个年轻的作者反复地问道。他的态度和我的是不相同的。他并不是一个作家，此外也不曾写过什么东西。其实他也不能够再写什么东西，这部书是他在死囚牢中写的日记，等原稿送到外面印成书时，作者已经死在绞刑台上了。我见过一张作者的照片，是死后照的。是安静的面貌，一点恐怖的表情也没有。不像是死，好像是无梦的睡眠。看见这照片就想到作者的话：“一切都完了。然而我心里并没有受到什么打击，很平静的。像江口君的话，既然到了那个地步，不管是苦，不管是烦闷，我只有安然等候那死的到临。”这个副词“安然”用得没有一点夸张。他的确是安然死去的。他上绞刑台的时候，怀里揣着他妹妹寄给他的一片树叶，和他生前所喜欢的一只狗和一只猫的照片。这样地怀着爱之心而死，就像一个人带着宽慰的心情静静地睡去似的。这安然的死应该说是作者的最后胜利。

然而我读了这两百多天的日记[①]，我想到一个26岁的青年在狱中等死的情形，

---

①《死之忏悔》中的日记到九月十七日为止，作者于十月十五日受绞刑。日记原稿共三十三册。作者自己说只有第三十三册才是“真正的死刑囚的狱中记”，那是判决死刑以后的日记。据古田生前的辩护律师布施辰治在序文中说，这一册日记当局不许拿出去发表。然而后来它终于被领出来而且秘密出版了。我得到一册，曾读过一遍。书名是《死刑囚的回忆》，但在一·二八的沪战中被炮弹打毁了。这一册的内容和以前的三十二册差不多，不过调子有点不同。写以前的三十二册时作者已经知道死刑是无可避免的了。然而判决究竟不曾确定。死虽然就在他的眼前，希望纵然极其微弱，却也不曾完全消灭。所以那时有疑惑，有挣扎，有呻吟，有眼泪。作者当时还不大认识死的面目。最后临到了写第三十三册，一切都决定了，从此再没有从前那种不安定，从前那种苦苦的挣扎。的确如布施辰治所说，确定了舍弃生命以后，心境和态度都是更为沉静，真有超越生死之慨。因此无怪乎有人会以为这一册“真正的死刑囚的狱中记”反不及以前的三十二册中文笔之清丽和表现之沉痛了。

古田大次郎自称为一个恐怖主义者。倘使把他的日记当作一个恐怖主义者的心理分析的记录看倒很适当。或者把它看作一个人的最真挚的自白看也无不可。所以加藤一夫读了它，就“觉得我的灵魂被净化了。我真的由于他的这记录而加深了我对于生活的态度”。加藤一夫称古田为一个“真诚的，真实的而又充满温情的纯真的灵魂”。他说《死之忏悔》是一本“非宗教的宗教书”。

我读完这本书，我的心灵受到了强烈的震动。但是我不能不有一种惋惜的感觉。像古田那样的人不把他的希望寄托在有组织的群众运动上面，却选取了恐怖主义的路，在恐怖主义的境地中去探求真理，终于身死在绞刑台上。这的确是一件很可痛惜的事。

我在字句间看出了一个人的内心的激斗，看出了血和泪的交流。差不多每一页、每一段上都留着挣扎的痕迹。作者能够达到那最后的胜利，的确不是容易的事。

我感着生的倦怠么？不！

“对于死的恐怖呢？曾经很厉害地感着。现在有时感到，有时感不到。把死忘记了的时候居多。只是死的瞬间的痛苦还是有点可怕。”

作者这样坦白地承认着。他常常在写下了对于死的畏惧以后，又因为发觉自己的懦弱而说些责备自己的话。然而在另一处他却欣喜地发现：

“死是不可思议的，然而也是伟大的。……”

后来作者又疑惑地问道：

“死果然是一切的终结吗？死果然会赔偿一切吗？我为什么要怕死呢？”

“死并不可怕，只是非常寂寞。我为什么憎厌临死的痛苦呢？我想那样的痛苦是不会有的罢。”作者又这样地想道。

“我想保持着年轻的身体而死去。”这是作者的希望。

我不想再引下去了。作者是那样的一个厚于人情的青年，他有慈祥的父亲，又有可爱的妹妹，还有许多忠诚的友人。要他把这一切决然抛弃，安然攀登绞刑台，走入那寂寞的永恒里，这的确不是片刻的功夫所能做到的。这两百多天的日记里充满着情感的波动。我们只看见那一起一伏，一潮一汐。倘使我们不小心翼翼一步一步地追随作者的笔，我们就不能了解作者的心情。

只有26岁的年纪。不愿意离开这个世界，而又不得不离开。不想死，而被判决了死刑。一天天在铁窗里面计算日子，等着死的到来。在等死的期间想象着那个未知的东西的面目，想象着它会把他带到什么样的境界去。在这种情形下写成的《死之忏悔》，我们可以用一个“死”字来包括。他谈死，他想了解死，他觉到死的重量，和我完全不同。他的文字才是充满着血和泪的。在那本五百页的大书里作者古田提出许多疑问，写出许多揣想，作者无一处不论到死，或者暗示到死。然而我却找不到一个确定的答案，一个结论。

古田大次郎为爱而杀人，而被杀，以自己的血偿还别人的血，以自己的痛苦报偿别人的痛苦。他以一颗清纯的心毫不犹豫地攀登了绞刑台。死赔偿了一切。死拯救了一切。

我想："他的永眠一定是安适而美满的吧。"我突然想起50年前芝加哥劳工领袖阿·帕尔森司[①]上绞刑台前作的诗了：

到我的墓前不要带来你们的悲伤，
也不要带来眼泪和凄惶，
更不要带来惊惧和恐慌；
我的嘴唇已经闭了时，
我不愿你们这样来到我的坟场。

我不要送葬的马车排列成行，
我不要送丧的马队，
头上的羽毛飘动荡漾；
我静静地放我的手在胸上，
且让我和平地安息在墓场。

不要用你们的怜悯来侮辱我的死灰，
要知道你们还留在荒凉的彼岸，
你们还要活着忍受灾祸与苦辛。
我静静地安息在坟墓里面，
只有我才应该来怜悯你们。

人世的烦愁再不能萦绕我心，
我也不会再有困苦和悲痛的感情，
一切苦难都已消去无影。

①帕尔森司（1848—1887）：美国芝加哥劳工运动的一个领导人。1886年5月4日芝加哥干草市场发生炸弹事件。帕尔森司是当日群众大会的一个演说者，因此被法庭悬赏五千元通缉。6月21日他到法庭自首。第二年11月11日与同志司皮司、斐失儿、恩格尔同受绞刑。1893年伊里诺斯省新省长就职，重查此案，发现真相，遂发出理由书，宣告法官枉法，并替帕尔森司等洗去罪名。这是帕尔森司上绞刑台前数小时内写成的诗。

我静静地安息在坟墓内，
我如今只有神的光荣。

可怜的东西，这样惧怕黑暗，
对于将临的惨祸又十分胆寒。
看我是何等从容地回到家园。
不要再敲你们的丧钟，
我现在已意足心满。

这篇短文并不是“死之礼赞”。我虽然写了种种关于“死”的话，但是我愿意在这里坦白地承认：

“我还想活！”因为我正如小说《朝影》中的青年奈司拉莫夫所说：“我爱阳光，天空，和春光，秋景；我爱青春，以及自然母亲所给予我们的和平与欢乐。……”

1937年3月在上海

醉

我不会喝酒，但我有时也尝到醉的滋味。醉的时候我每每忘记自己。然而醉和梦毕竟是不同的。我常常做着荒唐的梦。这些梦跟现实离得很远，把梦景和现实的世界连接起来就只靠我那个信仰。所以在梦里我没有做过跟我的信仰违背的事情。

我从前说我只有在梦中得到安宁，这句话并不对。真正使我的心安宁的还是醉。进到了醉的世界，一切个人的打算，生活里的矛盾和烦忧都消失了，消失在众人的“事业”里。这个“事业”变成了一个具体的东西，或者就像一块吸铁石把许多颗心都紧紧吸到它身边去。在这时候个人的感情完全溶化在众人的感情里面。甚至轮到个人去牺牲自己的时候他也不会觉得孤独。他所看见的只是群体的生存，而不是个人的灭亡。

将个人的感情消融在大众的感情里，将个人的苦乐联系在群体的苦乐上，这就是我的所谓“醉”。自然这所谓群体的范围有大有小，但“事业”则是一个。

我至今还记得我第一次的沉醉。那已经是十七八年前的事了，然而在我的脑子里还是十分鲜明。那时我是个孩子。我参加一个团体的集会。我从来没有像那样地感动过。谈笑，友谊，热诚，信任……从不曾表现得这么美丽。我曾经借了第三者的口吻叙述我当时的心情：这次十几个青年的茶会简直是一个友爱的家庭的聚会。但这个家庭里的人并不是因血统关系、家产关系而联系在一起的；结合他们的是同一的好心和同一的理想。在这个环境里他只感到心与心的接触，都是赤诚的心，完全脱离了利害关系的束缚。他觉得在这里他不是一个陌生的人，孤独的人。他爱着周围的人，也为他周围的人所爱。他了解他们，他们也了解他。他信任他们，他们也信任他[①]。……

这是醉。第一次的沉醉以后又继之以第二次、第三次……这醉给了我勇气，给了我希望，使我一个幼稚的孩子可以站起来向旧礼教挑战，使我坚决地相信光明，信任未来。不仅是我，我们那个时代的青年都是这样地成长的。而且我相信每个时代的青年都会在这种沉醉中饮到鼓舞的琼浆。

时间是駸駸地驰过去了。醉的次数也渐渐地多起来。每一次的沉醉都在我的心上留下一点痕迹。有一两次我也走过那黑门[②]，我的手还在门上停了一下。但是我们并没有机会得到那痛快的壮烈的最后。这是事实。一个人沉醉的时候，他会去干一些勇敢的事情，至少他会有这样的渴望。我们那时也就处在这样的境地。南国的芳香沁入我们的心灵，火把给我们照亮黑暗的窄巷。一堵墙、一扇门关不住我们的心。一个广场容纳不了我们的热情。或者一二十个孩子聚在一个小房间里，大家拥挤地坐在地上；或者四五个人走着泥泞的乡间道路。静夜里，石板路上响着我们的脚步声。在温暖的白昼，清脆的笑语又充满了古庙。没有寂寞，没有苦闷，没有悲哀。有的只是一个光明的希望。每个人的胸膛里都有着同样的一颗心。

这是无上的“沉醉”，这是莫大的“狂喜”，它使我们每个人“都消失在完全的忘我里面”。所以我们也曾夸大地立下誓言：要用我们的血来灌溉人类的幸福，用我们的死来使人类繁荣。要把我们的生命联系在人类的生命上面。人类生命的连续广延永远不会中断，没有一种阻力可以毁坏它。我们所看见的只有人类的繁昌，并没有个人的死亡。

我不能否认我们的狂妄，但是我应该承认我们的真挚。我们中间也有少数人实行了他们的约言。剩下的多数却让严肃的工作消蚀他们的生命。拿起笔的只有我一个。我不甘心就看着我的精力被一些方块字消磨干净，所以我责备自己是一个弱者。但是这个意思也很明显，这里并没有悲观，也没有绝望。若有人因此说我“在黑暗中哭泣”，那是他自己看错了文章。我们从没有过哭泣的时候。那不

---

①见长篇小说《家》第二十九章。

②指死。

是我们的事情。甚至跟一个亲密的朋友死别，我们也只有暗暗地吞几滴眼泪。我们自然不能否认黑暗的存在。然而即使在黑暗的夜里。我们也看见在远方闪耀的不灭的光明，那是“醉”给我们带来的。

我常常用我自己的事情做例子，也许别人会把这篇《醉》看作我的自白。其实《死》和《梦》都不是我的自白，《醉》也不是。我可以举出另一些例子。我手边恰恰有几封信，我现在从里面引出几段，我让那些比我更年轻的人向读者说话：

“那天夜里，正是我异常兴奋的一天。在学校里我们开了一个野火会。天空非常地黑沉，人们的影子在操场上移动着，呼喊着。它的声波冲破这沉寂的天空！

“一堆烈火盛燃起来了。那光亮的红舌头照亮了每个人的脸，我们围绕着火堆唱歌。我们唱《自由神》《示威》等等，这个兴奋的会一直到火熄灭了为止。”

这不也是“醉”么？

“在十二月××日，一个温暖的北方天气，阳光是那么明亮，又那么温暖，在这天我们学生跑到××（一个小乡村）去举行扩大行军。这项新鲜而又兴奋的工作弄得我一夜都没有睡好。

“大概八点钟吧。我们起程了，空着肚子，悄悄地离开了学校。我们经过了热闹的街市，吵嚷的人群，快到十点的时候才踏进乡村的境界。

“一条黄土道，向来是静寂得怕人，今天却有些改变了。一群学生穿着蓝布衫，白帆布球鞋，脸上露出神秘而又兴奋的微笑，拖着大步踏着这条黄土道。‘一——二——一’不知道是谁这样喊着，我们下意识地跑起来。

“到那里已是晌午了。我们群集在一个墓地里，后面是一带大树林，前面有几间小茅屋。农夫们停止了工作都出来看望。啊，是那么活跃着的一群青年！行军的号筒响了，雄壮的声音提起了每个人的勇气。我们真的像上了战场一样。

“战斗的演习继续到三点钟才完毕。因为环境不允许，我们的座谈会没有举行，就整队回校了。一路上唱着歌喊着热烈的口号。”

这是“醉”，令人永不能忘记的“沉醉”。它把无数青年的心联结在一起了。还有：

“的确我不会是寂寞，我不会是孤独。我们永久是热情的，那么多被愤怒的火焰狂炽着的心永久会紧紧联系在一起的。啊，我想起了一件事情。我真不能够忘记。就是在去年下半年我们从先生的口中和报纸上知道了北平学生运动的经过情形，而激起了我们的请愿的动机。那时在深夜里我们悄悄地计划着，我们紧紧地携着手，在黑暗中祝福第二天背着校方的请愿成功。我们一点也不怕的在微弱的电筒光下写着旗子和施行的步骤。我们一夜没有睡。当天将亮的时候，我和另一个同学轻轻地在每一个寝室的玻璃窗上敲了两下，于是同学们都起来了。我们整齐了队伍，在微雨的早晨走出了校门。在出发的时候，我因为走得太忙，跌了一个筋斗，一个高一班的同学拉了我起来，我们无言的亲密的对笑着。一群孩子如一条粗长的铁链冲出了学校。虽然最后我们失败了。但那粗长的铁链使我们相信了我们自己。我们怎会寂寞，怎会孤独呢？”

这是年轻的中国的呼声。我们的青年就这样地慢慢成长了。——那个“孩子”说得不错，在这样的沉醉中他们是不会感到寂寞和孤独的。让我在这里祝福他们。

1937年5月在上海

生

死是谜。有人把生也看作一个谜。

许多人希望知道生，更甚于愿意知道死。而我则不然。我常常想了解死，却没有一次对于生起过疑惑。

世间有不少的人喜欢拿“生是什么”“为什么生”的问题折磨自己，结果总是得不到解答而悒郁地死去。

真正知道生的人大概是有的；虽然有，也不会多。人不了解生，但是人依旧活着。而且有不少的人贪恋生，甚至做着永生的大梦：有的乞灵于仙药与术士，有的求助于宗教与迷信；或则希望白日羽化，或则祷祝上登天堂。在活着的时候为非作歹，或者茹苦含辛以积来世之福——这样的人也是常有的。

每个人都努力在建造“长生塔”，塔的样式自然不同，有大有小，有的有形，有的无形。有人想为子孙树立万世不灭的基业；有人愿去理想的天堂中做一位自由的神仙。然而不到多久这一切都变成过去的陈迹而做了后人凭吊唏嘘的资料了。没有一座沙上建筑的楼阁能够稳立的。这是一个很好的教训。

一百四十几年前法国大革命中的启蒙学者让·龚多塞不顾死刑的威胁，躲在巴黎卢森堡附近的一间顶楼上忙碌地写他的最后的著作，这是历史和科学的著作。据他说历史和科学就是反对死的斗争。他的书也是为征服死而著述的。所以在写下最后两句话以后，他便离开了隐匿的地方。他那两句遗言是：“科学要征服死，那么以后就不会再有人死了。”

他不梦想天堂，也不寻求个人的永生。他要用科学征服死，为人类带来长生的幸福。这样，他虽然吞下毒药，永离此世，他却比谁都更了解生了。

科学会征服死。这并不是梦想。龚多塞企图建造一座为大众享用的长生塔，他用的并不是平民的血肉，像我的童话里所描写的那样。他却用了科学。他没有成功。可是他给那座塔奠了基石。

这座塔到现在还只有那么几块零落的基石，不要想看见它的轮廓！没有人能够有把握地说定在什么时候会看见它的完成。但有一件事实则是十分确定的：有人在孜孜不倦地努力于这座高塔的建造。这些人是科学家。

生物是必死的。从没有人怀疑过这天经地义般的话。但是如今却有少数生物学者出来企图证明单细胞动物可以长生不死了。德国的怀司曼甚至宣言："死亡并不是永远和生物相关联的。"因为单细胞动物在养料充足的适宜的环境里便能够继续营养和生存。它的身体长大到某一定限度无可再长的时候，便分裂为二，成了两个子体。它们又自己营养，生长，后来又能自己分裂以繁殖其族系，只要不受空间和营养的限制，它们可以永远继续繁殖，长生不死。在这样的情形下面当然没有死亡。

拿草履虫为例，两个生物学者美国的吴特拉夫和俄国的梅塔尼科夫对于草履虫的精密的研究给我们证明：从前人以为分裂二百次便现出衰老状态而逼近死亡的草履虫，如今却可以分裂到一万三千次以上，就是说它能够活到二十几年。这已经比它的平常的寿命多过七十倍了。有些人因此断定说这些草履虫经过这么多代不死，便不会死了。但这也只是一个假定。不过生命的延长却是无可否认的。

关于高等动物，也有学者作了研究。现在鸡的、别的一些动物的、甚至人的组织（tissue）已经可以用人工培养了。这证明：多细胞动物体的细胞可以离开个体，而在适当的环境里生活下去，也许可以做到长生不死的地步。这研究的结果离真正的长生术还远得很，但是可以说朝这个方向前进了一步。在最近的将来，延长寿命这一层，大概是可以办到的。科学家居然在显微镜下的小小天地中看出了解决人间大问题——生之谜的一把钥匙。过去无数的人在冥想里把光阴白白地浪费了。

我并不是生物学者，不过偶尔从一位研究生物学的朋友那里学得一点点那方面的常识。但这只是零碎地学来的，而且我时学时忘。所以我不能详征博引。然而单是这一点点零碎的知识已经使我相信龚多塞的遗言不是一句空话了。他的企图并不是梦想。将来有一天科学真正会把死征服。那时对于我们，生就不再是谜了。

然而我们这一代（恐怕还有以后的几代）和我们的祖先一样，是没有这种幸运的。我们带着新的力量来到世间，我们又会发挥尽力量而归于尘土。这个世界映在一个婴孩的眼里是五光十色；一切全是陌生。我们慢慢地活下去。我们举起一杯一杯的生之酒尽情地饮下。酸的，甜的，苦的，辣的我们全尝到了。新奇的变为平常，陌生的成为熟悉。但宇宙是这么广大，世界是这么复杂，一个人看不见、享不到的是太多了。我们仿佛走一条无尽长的路程，游一所无穷大的园林，对于我们就永无止境。“死”只是一个障碍，或者是疲乏时的休息。有勇气、有精力的人是不需要休息的，尤其在胜景当前的时候。所以人应该憎恨“死”，不愿意跟“死”接近。贪恋“生”并不是一个罪过。每个生物都有生的欲望。蚱蜢饥饿时甚至吃掉自己的腿以维持生存。这种愚蠢的举动是无可非笑的，因为这里有的是严肃。

俄罗斯民粹派革命家妃格念尔“感激以金色光芒洗浴田野的太阳，感激夜间照耀在花园天空的明星”，但是她终于让沙皇专制政府将她在席吕塞堡中活埋了二十年。为了革命思想而被烧死在美国电椅上的鞋匠萨珂还告诉他的六岁女儿：“夏天我们都在家里，我坐在橡树的浓荫下，你坐在我的膝上；我教你读书写字，或者看你在绿的田野上跳荡，欢笑，唱歌，摘取树上的花朵，从这一株树跑到那一株，从清朗、活泼的溪流跑到你母亲的怀里。我梦想我们一家人能够过这样的幸福生活。我也希望一切贫苦人家的小孩能够快乐地同他们的父母过这种生活。”

“生”的确是美丽的，乐“生”是人的本分。前面那些杀身成仁的志士勇敢地戴上荆棘的王冠，将生命视作敝屣，他们并非对于生已感到厌倦，相反地，他们倒是乐生的人。所以奈司拉莫夫[①]坦白地说：“我不愿意死。”但是当他被问到为什么去舍身就义时，他却昂然回答：“多半是因为我爱‘生’过于热烈，所以我不忍让别人将它摧残。”他们是为了保持“生”的美丽，维持多数人的生存，而毅然献出自己的生命的。这样深的爱！甚至那躯壳化为泥土，这爱也还笼罩世

①中篇小说《朝影》中的一个人物。

间，跟着太阳和明星永久闪耀。这是“生”的美丽之最高的体现。

“长生塔”虽未建成，长生术虽未发现，但这些视死如归但求速朽的人却也能长存在后代子孙的心里。这就是不朽。这就是永生。而那般含垢忍耻积来世福或者梦想死后天堂的“芸芸众生”却早已被人忘记，连埋骨之所也无人知道了。

我常将生比之于水流。这股水流从生命的源头流下来，永远在动荡，在创造它的道路，通过乱山碎石中间，以达到那唯一的生命之海。没有东西可以阻止它。在它的途中它还射出种种的水花，这就是我们生活里的爱和恨，欢乐和痛苦，这些都跟着那水流不停地向大海流去。我们每个人从小到老，到死，都朝着一个方向走，这是生之目标，不管我们会不会走到，或者我们会在中途走入了迷径，看错了方向。

生之目标就是丰富的、满溢的生命。正如青年早逝的法国哲学家居友所说：“生命的一个条件就是消费。……个人的生命应该为他人放散，在必要的时候还应该为他人牺牲。……这牺牲就是真实生命的第一个条件。”我相信居友的话。我们每个人都有着更多的同情，更多的爱慕，更多的欢乐，更多的眼泪，比我们维持自己的生存所需要的多得多。所以我们必须把它们分散给别人，否则我们就会感到内部的干枯。居友接着说：“我们的天性要我们这样做，就像植物不得不开花似的，纵然开花以后便会继之以死亡，它仍旧不得不开花。”

从在一滴水的小世界中怡然自得的草履虫到在地球上飞腾活跃的“芸芸众生”，没有一个生物是不乐生的，而且这中间有一个法则支配着，这就是生的法则。社会的进化，民族的盛衰，人类的繁荣都是依据这个法则而行的。这个法则是“互助”，是“团结”。人类靠了这个才能够不为大自然的力量所摧毁，反而把它征服，才建立了今日的文明；一个民族靠了这个才能够抵抗他民族的侵略而维持自己的生存。

维持生存的权利是每个生物、每个人、每个民族都有的。这正是顺着生之法则。侵略则是违反了生的法则的。所以我们说抗战是今日的中华民族的神圣的权利和义务，没有人可以否认。

这次的战争乃是一个民族维持生存的战争。民族的生存里包含着个人的生存，犹如人类的生存里包含着民族的生存一样。人类不会灭亡，民族也可以活得很久，个人的生命则是十分短促。所以每个人应该遵守生的法则，把个人的命运联系在民族的命运上，将个人的生存放在群体的生存里。群体绵延不绝，能够继续到永久，则个人亦何尝不可以说是永生。

在科学还未能把“死”完全征服、真正的长生塔还未建立起来以前，这倒是唯一可靠的长生术了。

我觉得生并不是一个谜，至少不是一个难解的谜。

我爱生，所以我愿像一个狂信者那样投身到生命的海里去。

1937年8月在上海

做一个战士

一个年轻的朋友写信问我："应该做一个什么样的人？"我回答他："做一个战士。"

另一个朋友问我："怎样对付生活？"我仍旧答道："做一个战士。"

《战士颂》的作者曾经写过这样的话：

"我激荡在这绵绵不息、滂沱四方的生命洪流中，我就应该追逐这洪流，而且追过它，自己去造更广、更深的洪流。

"我如果是一盏灯，这灯的用处便是照彻那多量的黑暗。我如果是海潮，便要鼓起波涛去洗涤海边一切陈腐的积物。"

这一段话很恰当地写出了战士的心情。

在这个时代，战士是最需要的。但是这样的战士并不一定要持枪上战场。他的武器也不一定是枪弹。他的武器还可以是知识、信仰和坚强的意志。他并不一定要流仇敌的血，却能更有把握地致敌人的死命。

战士是永远追求光明的。他并不躺在晴空下享受阳光，却在暗夜里燃起火炬，给人们照亮道路，使他们走向黎明。驱散黑暗，这是战士的任务。他不躲避黑暗，却要面对黑暗，跟躲藏在阴影里的魑魅、魍魉搏斗。他要消灭它们而取得光明。战士是不知道妥协的。他得不到光明便不会停止战斗。

战士是永远年轻的。他不犹豫，不休息。他深入人丛中，找寻苍蝇、毒蚊等等危害人类的东西。他不断地攻击它们，不肯与它们共同生存在一个天空下面。对于战士，生活就是不停的战斗。他不是取得光明而生存，便是带着满身伤痕而死去。在战斗中力量只有增长，信仰只有加强。在战斗中给战士指路的是“未来”，“未来”给人以希望和鼓舞。战士永远不会失去青春的活力。

战士是不知道灰心与绝望的。他甚至在失败的废墟上，还要堆起破碎的砖石重建九级宝塔。任何打击都不能击破战士的意志。只有在死的时候他才闭上眼睛。

战士是不知道畏缩的。他的脚步很坚定。他看定目标，便一直向前走去。他不怕被绊脚石摔倒，没有一种障碍能使他改变心思。假象绝不能迷住战士的眼睛，支配战士的行动的是信仰。他能够忍受一切艰难、痛苦，而达到他所选定的目标。除非他死，人不能使他放弃工作。

这便是我们现在需要的战士。这样的战士并不一定具有超人的能力。他是一个平凡的人。每个人都可以做战士，只要他有决心。所以我用“做一个战士”的话来激励那些在彷徨、苦闷中的年轻朋友。

1938年7月16日在上海

南国的梦

一个星期来许多报纸上关于鼓浪屿的记载使我想起一些事情。我好久不听见那个地名了，我以为我已经忘记了它。这半年来我忘记了许多事情，我也做过不少的噩梦。在梦里我不断地挣扎，我和一切束缚我的身体的东西战斗。梦魇常常压得我不能够动弹。我觉得窒闷。最近一连三四个月，我就做着闷得人透不过气来的梦。……

鼓浪屿这个地名突然冲破梦的网出现了。它搅动了窒闷的空气。……我现在记起那个日光岩下的岛屿，我记起一些那里的景象和住在那里的朋友。我记起我从前常常说到的“南国的梦”。

我第一次去鼓浪屿，是在1930年的秋天。当时和我同去的那位朋友今天正在西北的干燥的空气里，听着风沙的声音，他大概不会回忆南国的梦景罢。但是去年年底在桂林城外一个古老的房间里，对着一盏阴暗的煤油灯，我们还畅谈着八九年前令人兴奋的旅行。我们也谈到厦门酒店三楼的临海的房间。

当时我和那位朋友就住在这个房间里。白天我们到外面去。傍晚约了另外两三个朋友来。我们站在露台上，我靠着栏杆，和朋友们谈论改造社会的雄图。这个窄小的房间似乎容不下几个年轻的人和几颗年轻的心。我的头总是向着外面。窗下展开一片黑暗的海水。水上闪动着灯光，飘荡着小船。头上是一天灿烂的明星。天没有边际，海也是。在这样伟大的背景里，我们的心因为这热烈的谈论而无法安静下来。有一次我们抑制不住热情的奔放，竟然匆匆地跑下码头，雇了划子到厦门去拜访朋友。

划子在海上飘动，海是这样地大，天幕简直把我们包围在里面了。坐在小小划子里的我们应该觉得自己是如何地渺小罢。可是我们当时并没有这样的感觉。我一直昂起头看天空，星子是那样地多，它们一明一亮，似乎在眨眼，似乎在对我说话。我仿佛认识它们，我仿佛了解它们的语言。我把我的心放在星星的世界中间。我做着将来的梦。

这是南国的梦的开始。我在鼓浪屿住了三天，便在一个早晨坐划子把行李搬到厦门去，搭汽车往前面走了。

美丽的、曲折的马路，精致的、各种颜色的房屋，庭院里开着的各种颜色的花，永远是茂盛和新鲜的榕树……还有许多别的东西，鼓浪屿给我留下的印象是新奇。我喜欢这种南方的使人容易变为年轻的空气。

在一个古城里我们住下来。我在改建后的武庙里住了一个月光景。我认识了一些朋友，也了解了一些事情。在那里一间古老的小楼中，我发烧到一百零二度以上，但是我始终没有倒下去。我反而快乐地帮助朋友料理一个学校的事情。在这个学校里我第一次会见那个后来被我们戏称为“耶稣”的友人。他喜欢和年轻的学生在一起，他常常和他们谈话四五个钟点不间断。他诚恳地对他们谈着世界大势和做人的态度。他在这个学校教书，同时还在另一个校址在文庙的中学兼课。他比我迟两三天来到古城，我和他见面的时间并不多。我们分别的时候，我记得他穿着蓝色西装上衣和白色翻领衬衫，服装相当整齐，他可以被称为漂亮的青年。

两年后的春天里，在上海“一·二八”战争结束以后，我搬出我留在闸北的余物，寄放在亲戚的家中，便和一个年轻的友人同路再作南国的旅行。

我又来到鼓浪屿了。两年的分别使我看不出它有什么改变。我和年轻朋友在那没有汽车、电车或黄包车的马路上散步，沿着蜿蜒的路走上山去。我们还在有马来人守门的花园里，坐在石凳上，毫无顾忌地谈着种种事情。但是傍晚我们却不得不冒雨回到厦门的住处去。第二天一早我们又往那个古城走了。

到了古城，在这天的黄昏我便到那个文庙里的中学去看“耶稣”。是的，在这时候他已经得着“耶稣”的绰号了。不过他自己并不知道，只是几个朋友私自地这样称呼着。我在学校的办公室里遇见几个朋友，我正和他们谈话，忽然一个人在后面拍我的肩膀。我回过头看，我迟疑了一下，我记不起这黑瘦的面貌。但是那双奕奕有神的眼睛不能够是别人的。一定是他。我便伸出手去。我看他的微驼的背，我看他一身肮脏的灰布学生服，我看他一头蓬乱的头发。我看他陷入的两颊。

“你看我做什么？你不认识我吗？”他坦然笑问道。

我也只好微笑。我不能对他说他瘦得多了，老得多了，他的健康坏了。我不能够。我只说想不到两年的功夫他竟然做了这个学校的主持人。

晚上我睡在他的房间里，他们为我安置了帆布床。煤油灯被吹熄后，一屋子都是蚊虫声。他却睡得很好。我不能睡。我睁开眼睛，望着阴暗的空间，我想到今天听见人谈起的这个朋友的痔疮和虱子的事。两年前他穿着翻领衬衫的姿态在黑暗中出现了。这两年间一个人的大量牺牲和工作成绩折磨着我。我拿我自己的生活跟他的相比。我终于不能忍受这寂寞。我要出去走走。我翻身站起来，无意间一脚踏灭了蚊香，发出了声音，把睡在对面帆布床上的他惊醒了。

“你做什么？还没有睡？”他含糊地问道。

“我闷得很。”我烦躁地回答。

“你太空闲了，”他梦呓似地说了这一句，以后就没有声音了。我再说话也听不见他的回答。

的确比起他来我太空闲了，也许太舒服了罢。但是难道他就比我有着更多的责任？这是苦恼着我的问题。

我在这间房里和他同住了一个多星期，看惯了他怎样排遣日子。我离开他的时候，他依恋地对我说，希望我将来还能够再去。他又说：“倘使学校还能够存在的话，你下次给我们带点书来罢。”

在汽车中我和那个陪伴我的朋友谈起“耶稣”，那个朋友担心着他的健康，说起他每次大便后总要躺一两个钟点才能够做事的话。我把那个朋友的每一个字都记在心上，我说我要和另一些朋友想一个妥当的办法。

我的办法并没有用。但是我却不曾忘记朋友的嘱咐，为那个学校的图书馆捐了两箱书去。学校虽然还处在风雨飘摇的境地，可是它已经克服了种种的困难而继续存在了。第二年我又去访问那个学校。这一次是和一个广东朋友同去的。去年在粤汉路银盏坳小站的废墟中，我们在残毁的月台上候车的时候，我还和这个朋友谈起那一次的旅行。我们重复说着1933年我们两人在鼓浪屿厦门酒店中（还是那同样的房间）谈过的话。我们谈论着我们的朋友“耶稣”。这是八月的夜晚，工人们忙碌地在被炸毁的车站房屋的旁边建造一间简单的茅屋，他们有的还爬在屋梁上用葵叶铺盖屋顶。我曾经指着这茅舍对朋友说：“这就是我们‘耶稣’的工作，他会把碎片用金线系在一起，他会在废墟上重建起九重宝塔来。”

他的确能够在废墟上重建宝塔的。我们第三次在学校里看见“耶稣”，他显得更瘦、更弱了。他过着更勤苦的生活。他穿着更破烂的衣服。他花去不少的时间和学生们谈话。他热心地对几班学生讲授数学的功课。这一次我们谈了不少的话，商量了不少的事情。但是每一次我提到他的病，说起他应该休养的话，他总是打岔地说：“我们不会活到多久的，我们应该趁这时候多做一点事情，免得太迟了。”

我看见他用过度的工作摧残自己的身体，我看见他用自己的生命换来一点点工作成绩。我不能够责备他。我倒应该责备自己。我们的确太需要工作了。我自己不能代替他工作，别的空话便都没有用。这个学校里充满着殉道者的典型，但是他比别人表现得最完全。在他们的面前我显得太渺小了。在他们中间我做了几天的美丽的南国的梦。

一个多月以后我游历了广东乡村回来，路过鼓浪屿，我们的船停在海中，在开船前的六七小时，两个朋友从古城赶到了。他们到船上来看我。我们三个人坐划子到那个美丽的岛屿去。这一次我们攀登了日光岩。在最高的峰顶上眺望美丽的海。我们剥着花生，剥着荔枝，慢慢地吃着，慢慢地把荔枝皮和花生壳抛到下面海滩上去。我们听着风声，听着海水击岸的轻微的声音。我们畅谈着南国的梦。我们整整谈了两个钟头，我们愉快地笑着。我的眼前尽是明亮的阳光和明亮的绿树。在这个花与树，海水与阳光的土地上我们做了两小时的南国的梦。但是吃过中饭我应该回轮船去了。

这两个朋友把我送到船上。我们分别的时候，我把剩余的旅费拿出来托他们转交给“耶稣”，要他用来治病。这只是一个关心他的友人的一点敬爱的表示。

船到下午五点多钟才离开厦门。它掉转身的时候，我还留恋地投了一瞥最后的眼光在那形状奇特的岩石上，还有岩石中间的小桥，先前我们明明走过的，现在它显得这么高，这么小。但是船再一转动，鼓浪屿便即刻消失了。我的眼前只有花和树，海水和阳光。

在上海我得到“耶稣”的信，知道他不曾医病，却用那笔款子帮助了一个贫苦的学生读书。第二年在北平朋友告诉我“耶稣”带了二十多个学生到上海，预备作徒步旅行。又过一年在东京我知道“耶稣”又带着十几个学生第二次到北方徒步旅行。这个患痔疮的人简直在戕害他自己了。

我从东京回来，不久他也从北方旅行归来了，这一次他坦白地说出他的身体有点支持不住的话。这是第一次。话进了我的耳里，倒使我的心发痛了。我以为我们有理由说服他留在上海医病。但是他依旧坚决地跟着这一班学生走了。临行时他还留恋地说他愿意和我们在一起工作的话。

1937年夏天他离开了古城，到广州去。他也许是抱着医病的目的去那里的。这对于我们是一个好消息。但是“八一三”民族解放的战争爆发，点燃了他的沸腾的血。他怀着不能抑制的热情回到那个古城去了。我知道在那里有着更忙碌的工作等待他。我相信他会把他的工作范围扩大。在那里还有不少富于献身精神的青年朋友给他帮忙。

这一次我不能再拿疾病作理由来劝阻他了。这是他的责任，因为他比别人有着更多的机会和能力。我们民族的生存和自由受到侵害的时候，保卫它们便是我们的第一件工作。他就是这样地主张的。现在轮到他来实现他的这个主张了。以他那样的毅力和能力，一定可以做出比过去更大的成绩来。

我去年十月从广州出来以后，走了不少的地方，始终没有直接得到“耶稣”的信息。不过我从别处知道他忙碌地在古城里工作。他准备着有一天用有组织的民众的力量来歼灭侵略者的铁骑。

现在鼓浪屿骚动起来了。铁骑踏进了花与树、海水与阳光的土地，那个培养着我的南国的梦的地方在敌人的蹂躏下发出了呻吟。

然而使我激动的是行动的时刻到了。鼓浪屿的骚动一定会引起更大的事变。铁骑深入闽南的事情是可以想到的。敌人也许不会了解，但是我更明白，倘使敌人果然深入肥沃的闽南的土地的话，那么在那里得到的一定不会是胜利，而是死亡。那时我的南国的梦中最“奇丽”的一景便会出现了。

我怀念着南国的梦中的友人，我为他们祝福。[1]

1939年春在上海

① 这篇回忆是在我十分激动的时候写成的。我当时写的并不是真实的人，大部分是我自己的幻想。1947年我在上海再见到“耶稣”，我对他的看法已经改变了。我最近在一篇文章里说过这样的话：“我也曾把希望寄托在几位朋友的教育工作上，用幻想的眼光去看它们，或者用梦想代替现实，用金线编织的花纹去装饰它们，结果还是一场空，我不仅骗了自己，也骗了别人。”用这几句话来解释以上的两篇回忆，也很恰当。——1959年注

黑　土

乔治·布朗德斯①在他的《俄罗斯印象记》②的末尾写过这样的话：

"黑土，肥沃的土地，新的土地，百谷的土地……给人们心中充满了悒郁和希望的广阔无垠的原野……"

我只记得这两句，因为它们深深地感动了我。我也知道一些关于黑土的事。

我在短篇小说《将军》里借着中国茶房的嘴说了一个黑土的故事：一个流落在上海的俄国人，常常带着一个小袋子到咖啡店去，"一个人坐在角落里，要了一杯咖啡，就从袋子里倒出了一些东西……全是土，全是黑土。他把土全倒在桌上，就望着土流眼泪。"他有一次还对那个中国茶房说："这是俄罗斯母亲的黑土。"

这是真实的故事，我在巴黎听见一个朋友对我讲的。他在那里一家白俄的咖啡店里看见这个可感动的情景。我以后也在一部法国影片里见到和这类似的场面。对着黑土垂泪，这不仅是普通怀乡病的表现，这里面应该含着深深的悒郁和希望。

我每次想起黑土的故事，我就仿佛看见：

那黑土一粒一粒、一堆一堆地在眼前伸展出去，成了一片无垠的大草原，沉默的，坚强的，连续不断的，孕育着一切的，在那上面动着无数的黑影，沉默

① 乔治·布朗德斯（1842—1927），丹麦文艺批评家。

② 英译本，1889年伦敦版。

的，坚强的，劳苦的……

这幻景我后来也写在小说《将军》里面了。我不是农人，但是我也有对土地的深爱；我没有见过俄罗斯黑土，不过我也能了解对黑土垂泪的心情。沉默的，肥沃的，广阔无垠的，孕育着一切的黑的土地确实能够牵系着朴实的人的心。我可以想象那两只粗大的手一触到堆在沾染着大都市油气的桌面上的黑土，手指一定会触电似地颤动起来，那小堆的黑土应该还带着草原的芬芳罢，它们是从“俄罗斯母亲”那里来的。

不错，我们每个人（不管我们的国籍如何）都从土地里出来，又要回到土地里去。我们都是土地的儿女。土地是我们的母亲。

但是我想到了红土。对于红土的故事我是永不能忘记的。在我的文章里常常有“耀眼的红土”的句子。的确我们的南方的土地给我的印象太深了。我一生中最快乐的日子（可惜非常短促）就是在那样的土地上度过的。

土的颜色说是红，也许不恰当，或者实际上是赭石，再不然便是深黄。但是它们最初给我的印象是红色，而且在我的眼前发亮。

我好几次和朋友们坐在车子里，看着一座一座的小山往我们的后面退去。车子在新的、柔软的红土上面滚动。在那一片明亮的红色上点缀着五月的新绿。不，我应该说一丛一丛的展示着生命的美丽的相思树散布在我们的四周。它们飘过我的眼前，又往我身后飞驰去了。茂盛的树叶给了我不少的希望，它们为我证实了朋友们的话；红色的土壤驱散了我从上海带来的悒郁。我的心跟着车子的滚动变得愈年轻了。朋友们还带着乐观不住地讲述他们的故事。我渐渐地被引入另一个境界里去了，我仿佛就生活在他们的故事中间。

是的，有一个时候，我的确在那些好心的友人中间过了一些日子，我自己也仿佛成了故事中的人物。白天在荒凉的园子里草地上，或者寂寞的公园里凉亭的栏杆上，我们兴奋地谈论着那些使我们的血沸腾的问题。晚上我们打着火把，走过黑暗的窄巷，听见带着威胁似的狗吠，到一个古老的院子去捶油漆脱落的木门。在那个阴暗的旧式房间里，围着一盏发出微光的煤油灯，大家怀着献身的热情，准备找一个机会牺牲自己。

但是我们这里并没有正人君子，我们都不是注重形式的人。这里有紧张的时刻，也有欢笑的时刻。我甚至可以说紧张和欢笑是常常混合在一起的。公园里生长着许多株龙眼树，学校里也有。我们走过石板巷的时候，还看得见茂盛的龙眼枝从古老院子的垣墙里垂到外面来。我见过龙眼花开的时候，我也见过龙眼果熟的时节。在八月里我们常常爬到树上摘下不少带果的枝子，放在公园凉亭的栏杆上，大家欢笑地剥着龙眼果吃；或者走在石板巷里我们伸手就可以攀折一些龙眼枝，一路上吃着尚未熟透的果实。我们踏着长春树的绿影子，踏着雨后的柔软的红土，嗅着牛粪气味和草香，走过一些小村镇，拜望在另一个地方工作的友人。在受着他的诚挚的款待中，我们愉快地谈着彼此的情况。

有一次我和另一个朋友在大太阳下的红土上走了十多里路，去访问一个友人的学校。我们的衬衫被汗水浸透了，但是我们不曾感到丝毫的疲倦。我们到了那个陌生的地方，新奇的景象使我们的眼睛忙碌，两三小时的谈话增加了我的兴奋。几十个天真孩子的善良的面孔使我更加相信未来。在这里我看见那个跟我分别了两年的友人。她已经改变得多了。她以工作的热心获得了友人的信赖。她经过那些风波，受过那些打击，甚至寂寞地在医院里躺了将近一年以后，她怀着一颗被幻灭的爱情伤害了的心，来到这个陌生的地方，在一群她原先并不认识的友人中间生活了一些时候，如今却以另一种新姿态出现了。这似乎是奇迹。但是这里的朋友都觉得这件事情很平常。是的，许多事情在这个地方都成为平常的了。复杂的关系变成简单。人和人全以赤诚的心相见。人了解他（或她）的朋友，好像看见了那个人的心。这里是一个和睦的家庭，我们都是兄弟姊妹。在欧洲小说中常常见到的友情在南国的红土上开放了美丽的花朵。

在这里每个人都不会为他个人的事情烦心。每个人都没有一点顾虑。我们的目标是“群”，是“事业”；我们的口号是“坦白”。

在那些时候，我简直忘掉了寂寞，忘掉了一切的阴影。个人融合在群体中间，我的“自己”也在那些大量的友人中间消失了。友爱包围着我，也包围着这里的每一个人。这是互相的，而且是自发的。因为我是从远方来的客人，他们对我特别爱护。

我本来应该留在他们中间工作，但是另一些事情把我拉开了。我可以说是有着两个“自己”。另一个自己却鼓舞我在文字上消磨生命。我服从了他，我写下一本、一本的小说。但是我也有悔恨的时候，悔恨使我又写出一些回忆和一些责备自己的文章。

悔恨又把我的心牵引到南方去。我的脚有时也跟着心走。我的脚两次、三次重踏上南国的红土。我老实说，当那鲜艳的红土在无所不照的阳光下面灿烂地发亮的时候，我真要像《东方寓言集》里的赫三那样跪下去吻那可爱的土块。[①]我仿佛是一个游子又回到慈母的怀中来了。

现在我偷闲躲在书斋里写这一段回忆。我没有看见那红土又有几年了。我的心至今还依恋着那个地方和那些友人。每当这样的怀念折磨我的时候，我的眼前就隐约地现出了那个地方的情景。红土一粒一粒、一堆一堆地伸展出去，成了一片无垠的大原野，在这孕育着一切的土地上活动着无数真挚的、勇敢的年轻人的影子。我认识他们，他们是我的朋友。我的心由于感动和希望而微微地颤抖了。我也想照布朗德斯那样地赞叹道：

“红土，肥沃的土地，新的土地，百谷的土地……给人们心中充满了快乐和希望的广阔无垠的原野……”

我用了“快乐”代替布朗德斯的“悒郁”，因为时代不同了，因为我们南方的青年是不知道“悒郁”的。

但是在那灿烂的红土上开始出现了敌人铁骑的影子了。那许多年轻人会牺牲一切，保卫他们的可爱的土地。我想象着那如火如荼的斗争。

有一天我也会响应他们的呼唤，再到那里去。

1939年春在上海

①见《东方寓言集》里的《赫三怎样落了裤子》。《东方寓言集》一名《猪的故事》，俄国陀罗雪维支著，胡愈之译，上海开明书店出版。

先死者

今天我又走到了金碧路的灾区。

这是第二次了，三天前夜里我也到过这个地方。那时我在黑暗中摸索，靠着一只手电筒的微光给我指路。我只知道自己迎着尘土与人声走。我再也认不出近来时常经过的那条热闹街道。砖块绊住我的脚，背影挡住我的眼光。我终于停住了。我看见就像要倒下似的断壁。那个华丽的建筑物只剩了半个空架子！我小心地下着脚步，怕让坏电线缠住我的脚。我依旧用手电筒照路。在这条黑暗的街中，就只有闪电似的手电筒的光。好几道光照在瓦砾堆上。一些人站在堆上工作，另一些人立在街心望着瓦砾堆叹气。我也把眼光往那边射去，我只看见砖瓦、木片、灰尘。

还是这同样的废墟，不，我应该说是同样的伤痕，这三年来，我在广州、武昌、梧州、桂林、金华都见过了。中国的土地在受难，在受磨炼，在受熬煎。每个人都跟着它受苦，但是都看见它在苦难中生长。多看见这样的伤痕，自然给人增加痛苦，但同时也加强了我对未来的信念。

今天我又走过这条伤痕满身的街。

白日的亮光把犯罪者的“成绩”完全暴露出来了。每一块碎砖，每一片断木，每一堵断壁，每一个破洞，都在诉说伤痛，都在叫喊复仇。

在一个瓦砾堆上，还有好些人躬着身子在工作。十几具白木薄棺材搁在他们旁边。我没有心肠去数棺材的数目，不过我注意到其中有三具放在另一边。我在瓦砾堆前立了三五分钟，正要举脚往前走时，忽然听见身旁一个人说：“有17个人埋在里头，现在才挖出来3个。”

我又站住了。我把眼光射在那三具白木棺上。薄薄的木板盖着3个无名者的尸体。我不知道这些人的生前事迹，也不知道他们遗留下一个什么样的家庭。我也许没有见过他们的面貌。但是我默默地揭下帽子，我的眼睛被泪水打湿了。

我想，他们躺在棺材里该不会有怨言罢。他们跟着中国的土地受难，他们默默地交出生命，为了这土地的生长而倒下了。他们用自己的血灌溉他们所爱的土地，对这土地他们尽了最后的力量了。以后应当由我们来继续他们的工作，由我们来完成他们的工作。我们没有理由哀悼他们。我们倒应该尊敬他们。他们并非不幸的、徒然的牺牲者。我们用血来照亮我们前进的路。这样的血是会发出光辉的。

“我流的是感激的眼泪。对这些先死者，我没有资格哀悼他们。”我这样说着，一面伸出手去擦眼睛。

1940年10月3日在昆明

狗

小时候我害怕狗。记得有一回在新年里，我到二伯父家去玩。在他那个花园内，一条大黑狗追赶我，跑过几块花圃。后来我上了洋楼，才躲过这一场灾难，没有让狗嘴咬坏我的腿。

以后见着狗，我总是逃，它也总是追，而且屡屡望着我的影子狺狺狂吠。我愈怕，狗愈凶。

怕狗成了我的一种病。

我渐渐地长大起来。有一天不知道因为什么，我忽然觉得怕狗是很可耻的事情。看见狗我便站住，不再逃避。

我站住，狗也就站住。它望着我狂吠，它张大嘴，它做出要扑过来的样子。但是它并不朝着我前进一步。

它用怒目看我，我便也用怒目看它。它始终保持着我和它中间的距离。

这样地过了一阵子，我便转身走了。狗立刻追上来。

我回过头。狗马上站住了。它望着我恶叫，却不敢朝我扑过来。

"你的本事不过这一点点，"我这样想着，觉得胆子更大了。我用轻蔑的眼光看它，我顿脚，我对它吐出骂语。

它后退两步，这次倒是它露出了害怕的表情。它仍然汪汪地叫，可是叫声却不像先前那样地"恶"了。

我讨厌这种纠缠不清的叫声。我在地上拾起一块石子，就对准狗打过去。

石子打在狗的身上，狗哀叫一声，似乎什么地方痛了。它马上掉转身子夹着尾巴就跑，并不等我的第二块石子落到它的头上。

我望着逃去了的狗影，轻蔑地冷笑两声。

从此狗碰到我的石子就逃。

7月24日

醉

“我没有醉，我没有醉！”你只管摇着头这样否认，但是你的脸、你的眼睛、你的话语、你的举动无一样不告诉我们：你是醉了。

有的人醉后伤心哭泣，有的人醉酒后胡言乱语。我醉了时便捧着沉重的头，说不出一句话。你呢？

你永远是你那个老样子：你对我们披肝沥胆地讲个不停。的确你在挖你的心，像一个友人所说的。

酒使你改变了许多。你平时被朋友们称作“沉默寡言的人”。

我们都说你醉，你自己说没有醉。其实你酒后不是比不醉时更坦白、更真诚、更清楚么？酒后的你不是更能够表现你那优美的性格么？

沉默容易使人跟朋友疏远。热烈的叙说和自白则使人们互相接近。热情是有吸力的。酒点燃了你的热情。你的热情又温暖了我们的心。

酒从没有乱过你的本性，也没有麻痹过你的神经。酒却像一阵光常常照亮你全个身子、全个性格。你的醉不是头脑昏钝，却是精神昂扬。

在这里，暮夏的雨夜已使人感到凉意了。我很想看看你那醉脸，听听你那火热的话呢！

8月2日

生

是啊，老头儿，我已经生活过了，
要是没有那幸福的三天——
我的生活比起你那衰弱的老年
更是多么不幸，多么可怜。①

读着莱蒙托夫的诗句，我不觉想起了你。你应该比高加索少年木奇里更懂得生活。

叫做木奇里的童僧逃出寺院，追求自由，在树林里漫游了三天，迷了路，碰到了豹子，跟它搏斗，受了重伤，终于让寺院里的僧人找到，死在寺院里面。

然而他毕竟过了三天自由与斗争的生活。在他看来，他是尝到生活的滋味了。

我赞美他的话，我了解年轻的心的渴望。我们每个人都有过这种渴望的。

但是你，我的一个畏友，我每想到生活，我就不能忘记你那清瘦脸上的微笑，你那坚定的表情，你那炯炯的目光。

至少最近十二三年来你是过着自由与斗争的生活的。我常常想用一本账簿记下来，你在这十二三年（我认识你的十二三年）中间，过了些什么样的日子，做了些什么事情。

---

① 见俄罗斯诗人米·莱蒙托夫（1814—1841）的叙事诗《童僧》。

我没有机会来记这笔账，但是将来一定有人用一支忠实而有力的笔写下它来。你应该满意你自己做了那许多事情。

你会满意么？我就从没有见过你的满意的面容。我若向你提说你的成绩，你便会回答我，你还有更多的责任。你说你的生活是一条长路，你必得见到光明，才肯躺下嘘一口气。

你没有家，没有任何可以称为属于自己的东西。你抛弃了安乐和荣誉，在集体的事业上贡献了你全部时间和精力。你追求光明，想把它带给亿万的同类。你追求自由，想把它还给受苦的人群。你生活在年轻人中间，帮助他们去获取幸福，鼓舞他们去争取自由，而且将他们引上光明灿烂的前途。

说努力，你留给自己的便是不倦的工作；说斗争，你自己甘冒任何的危险，忍受一切的艰苦，把一群天真的好心孩子集到你身边，你像一个长兄似地爱护他们，教育他们。年轻的一代人在你的庇荫下成长了，他们带着活泼的朝气勇敢地迈进人生大道。

看，那些年轻的亮眼睛，是谁使它们睁开了的？听，那些活泼勇敢的歌声，又是谁教练出来的？谁在荒地上种了花树？谁在废墟上建起高塔？

你还要否认什么呢？而且我问你，这十二三年内你自己又得到了什么呢？

你多了一身变了色的学生服，你添了一样难治的痔疮。

你把“利”践踏了，你把“名”埋葬了。捧着一碗糙米饭，一杯白开水，你可以毫无挂虑地和年轻人一起大声欢笑。

我羡慕你，我佩服你，我敬爱你。

然而要是有一天我把我这时的心情告诉你，你一定会摇头说：“这又算什么呢？这是很平常的事。我们必须开花。不然我们就会内部地干枯的。”①

你要引用居友的话，你是有权利的。在你这里，的确开放了人生之花。

只有你才真正了解生的意义。你才是一个真正生活过的人。跟你相比，那个满意地歌唱的高加索少年木奇里也应该是多么不幸，多么可怜了。

8月3日

---

①法国青年哲学家玛里一让友·居友（1854—1888）说过：“我们必须开花；道德，无私心就是人生之花；”又说：“要是没有它，我们就会死亡；就会内部地干枯。”

梦

据说“至人无梦”。幸而我只是一个平庸的人。

我有我的梦中世界，在那里我常常见到你。

昨夜又见到你那慈祥的笑颜了。

还是在我们那个老家，在你的房间里，在我的房间里，你亲切地对我讲话。你笑，我也笑。

还是成都的那些旧街道，我跟着你一步一步地走过平坦的石板路，我望着你的背影，心里安慰地想：父亲还很康健呢。一种幸福的感觉使我的全身发热了。

我那时不会知道我是在梦中，也忘记了25年来的艰苦日子。

在戏园里，我坐在你旁边，看台上的武戏，你还详细地给我解释剧中情节。

我变成二十几年前的孩子了。我高兴，我没有挂虑地微笑，我不假思索地随口讲话。我想不到我在很短的时间以后就会失掉你，失掉这一切。

然而睁开眼睛，我只是一个人，四周就只有滴滴的雨声。房里是一片黑暗。

没有笑，没有话语。只有雨声：滴——滴——滴。

我用力把眼睛睁大，我撩开蚊帐，我在漆黑的空间中找寻你的影子。

但是从两扇开着的小窗，慢慢地透进来灰白色的亮光，使我的眼睛看见了这个空阔的房间。

没有你，没有你的微笑。有的是寂寞、单调。雨一直滴——滴地下着。

我唤你，没有回应。我侧耳倾听，没有脚声。我静下来，我的心怦怦地跳动。我听得见自己的心的声音。

我的心在走路，它慢慢地走过了25年，一直到这个夜晚。

我于是闭了嘴。我知道你不会再站到我的面前。25年前我失掉了你。我从无父的孩子已经长成一个中年人了。

雨声继续着。长夜在滴滴声中进行。我的心感到无比的寂寞。怎么，是屋漏么？我的脸颊湿了。

小时候我有一个愿望：我愿在你的庇荫下做一世的孩子。现在只有让梦来满足这个愿望了。

至少在梦里，我可以见到你，我高兴，我没有挂虑地微笑，我不假思索地随口讲话。

为了这个，我应该感谢梦。

8月3日

死

我记得在什么地方见过这样的一句话：

“死是永生的门。”

为着了解它的意义，我思索了许久。

有一天我们在成都一个友人家中谈到你，你的死讯突然来了。

这消息是无可疑惑的。半个多月前还有朋友来信报告医生们对你的病下的诊断。那位朋友说，这个冬天便是你跟肺病挣扎的最后关头，结果不是你永闭眼睛，就是病永久消灭。

我们希望你战胜病，但是死捉住了你。

信静静地躺在桌上。我们痛苦地埋下头，怕看彼此脸上的痉挛。

死在我们的眼前慢慢地走过去。

“一个懂得生活的人死了。”友人叹息地说了一句。

“他不愿意死，他不应该死，然而偏偏是他先死去。”我制止不了我的悲痛的声音。

在成都，在重庆，在昆明，在任何地方，我都看到你的文章，你的充满活力、散布生命的文章，你鼓舞人勇敢地去体验生活，坚决地去征服生命。你赞美“生之欢乐”，你歌颂斗争的美丽。

一直到最后的日子，你没有停过你那管撒播生命种子的笔，你蘸着生命的露水写字，你蘸着自己的赤热的血写字。有人说你是“生命的象征”。

“生命的象征”会在我们的眼前消灭么？

我不相信你会死。便是在今天我们还想，你没有离开这个世界，你不过在远地方活着，你在做什么事情，或者你在埋头写什么东西。

今天离你去世的日子将近半年了。在这半年中我们一直在谈论你，我和许多朋友都在谈论你，像一个大家敬爱的活人，不像一个死去的影子。你始终活在我们中间，而且你将永远活在我们中间。

我们读着你写的文章，我们谈论你做过的事情，我们重复着你说过的话，一直到我们离开这个世界。以后又有一代的人来读你的文章，谈论你的为人，遵行你的教训。

的确你始终活在我们中间，而且永远活在我们中间。这“我们”的意义一天比一天地在扩大。

你何曾死去？这不就是永生的开端么？

“死是永生的门。”我现在明白这句话的意义了。

8月4日

寻　梦

我失去一个梦，半夜里我披衣起来四处找寻。

天昏昏，道路泥泞，我不知道应该走向什么地方。

前面是茫茫一片白雾，无边无际，我看不见路，也找不到脚迹。

后面也是茫茫一片白雾，雪似地埋葬了一切，我见不到一个人影。

没有路。那么，梦会逃到什么地方去?

我仍然往前面走。我小心下着脚步，我担心会失脚跌进沟里。

我走到一家小店门前。柜台上一盏油灯，后面坐着一个白发老人。我向他打个招呼，问他是否见到我遗失的东西。

“你找寻什么，年轻人？”

“我找寻一个梦。”

“梦？我这里多得很，”老人咧嘴笑起来，“我这里有的是梦，却不知道你要的是哪一种？”

“我失去的是一个能飞的梦。”

“我不知梦能飞不能飞，不过你看它们五颜六色，光彩夺目。你可以从里面挑选任何一个，并不要付多大的代价。”他给我打开了橱窗。

无数的梦商品似地摆在那里。的确是各种各类的梦：有的样子威严，有的颜色艳丽，有的笑得叫人心醉，有的形状凄惨使人同情。这里面却没有一个能飞的梦。

我失望地摇头，我找不到我失去的东西。

“随便挑一个拿去吧，难道里面就没有一个你中意的？”老人殷勤地问。

“没有。我只找寻我失去的那一个。别的我全不要！”

“但是茫茫天地间，你往哪里去找寻你那个梦？年轻人，我应该给你一个忠告，失去的梦是找不回来的。”

“我一定要找！从我身边失去的东西，我一定要找回来！”

“傻瓜，为什么这样固执？”老人哂笑道，“多少人追寻过失去的梦了，你可曾见到什么人把梦追回来？听我的话，转回去好好地睡觉。”

我却继续往前走。

雾渐渐变为稀薄，我看见江水横在我的面前。

我踌躇起来，没有舟楫，我怎么能达到彼岸？

忽然一只小木船靠近岸边，一个十七八岁的少年撑着篙竿高呼“过渡”。

我立刻跳到船中，连声催促船夫火速前进。

“老先生，为什么这样着急？半夜里还有什么要紧事情？”

这个少年怎么称我做“老先生”？刚才在小店里，我还被唤作“年轻人”，难道在这么短的时间里我会增加了许多年纪？

我没有功夫同他争论，我只问他：

“喂，你有没有见到我那个失去的梦，那个能飞的梦？”

少年不在意地回答：“我在这里见到的梦太多了，不知道哪一个是你的？若说能飞，它们都是从这江上飞过去的，没有一个梦会半路落在江里。”

“我那个梦特别亮，比什么都亮。”

“除了星星，我没有见到更亮的东西。那么你的梦并没有飞过这里，因为我见到的全是无光的影子。”

“你能不能告诉我它飞往什么地方？”

“我不能。不过我知道它一定不在对岸，我劝你不要过去。”

“我一定要过去。请你把我快送过去，我愿出任何的代价。”

少年把我送到了对岸。

没有雾。天落着小雨。我走的全是滑脚的泥路。我好几次跌倒在途中，又默默地爬起来，揉着伤，然后更小心地前进。

一座高山立在我面前。没有土，没有树，这是一座不可攀登的石山。

“难道我应该空手转身回去？”我迟疑起来。

“不能，不能！”我听见了自己的心声。

“年轻人不能走回头路。”我的心这样说。

我鼓起勇气攀登岩石，一个继续一个，直到我两手出血，两脚肿痛，两腿发软，我还在往上爬行。

我几次失掉勇气，又恢复决心；几次停止，又继续上升；几次几乎跌落，又连忙抓紧岩石的边沿。最后我像一个病人，一个乞丐，拖着疲倦的身子和破烂的衣服立在山顶。我仍然看不到我那个失去的梦。

上面是一望无垠的青天，下面是一片云海，雾海。在这么大的空间里只有一只苍鹰在我的头顶上盘旋。

我的眼光跟着鹰翼在空中打转。我羡慕它能够那么自由自在地在无边的天海里上下飞翔。它一会儿飞得高高的，变成了一个黑点，一会儿又突然凌空下降，飞得那么低，两只翅膀正掠过我的头。我看见它那只锋利的尖嘴张开，发出一声嘲笑似的长啸。

它一定在笑我立在山顶束手无策，也许就是它攫去了我的梦。所以它第二次掠过我的头上，我愤然伸出手去捉它的脚爪。我捉住了鹰，但是一个筋斗把我从山顶跌下去了……

我睁开眼，我还是在自己的家里。原来我又失去了一个梦。

1941年11月在桂林

梦

我常常把梦当作我唯一的安慰。只有在梦里我才得到片刻的安宁。我的生活里找不到“宁静”这个名词。烦忧和困难笼罩着我的全个心灵，没有一刻离开我。然而我一进到梦的世界，它们马上远远地避开了。在梦的世界里我每每忘了自己。我不知道我过去是一个什么样的人，或者做过什么样的事。梦中的我常常是一个头脑单纯的青年，没有过去，也没有将来；没有烦忧，也没有困难。我只有一个现在，我只有一条简单的路，我只有一个单纯的信仰。我不知道这信仰是从什么地方来的，在梦中我也不会去考究它。但信仰永远是同一的信仰，而且和我在生活里的信仰完全一样。只有这信仰是生了根的，我永远不能把它去掉或者改变。甚至在梦里我忘了自己、忘了过去的时候，这信仰还像太白星那样地放射光芒。所以我每次从梦中睁开眼睛，躺在床上半糊涂地望着四周的景物，那时候还是靠了这信仰我才马上记起我是怎样的一个人。把梦的世界和真实的世界联结起来的就只有这信仰。所以在梦里我纵然忘了自己，我也不会做一件我平日所反对的事情。

我刚才说过我只有在梦中才得着安宁。我在生活里找不到安宁，因此才到梦中去找，其实不能说去找，梦中的安宁原是自己来的。然而有时候甚至在梦中我也得不到安宁。我也做过一些所谓噩梦，醒来时两只眼睛茫然望着白色墙壁，还不能断定是梦是真，是活是死；只有心的猛跳是切实地感觉到的。但是等到心跳渐渐地平静下去，这梦景也就像一股淡烟不知飘散到哪里去了。留下来的只是一个真实的我。

最近我却做了一个不能忘记的梦。现在我居然还能够记下它来。梦最是这样的：

我忽然被判决死刑，应该到一个岛上去登断头台。我自动地投到那个岛上。伴着我去的是一个不大熟识的友人。我们到了那里，我即刻被投入地牢。那是一个没有阳光的地方，墙壁上整天点着一盏昏暗的煤油灯，地上是一片水泥。在不远的地方时时响起来囚人的哀叫，还有那建筑断头台的声音从早晨到夜晚就没有一刻停止。除了每天两次给我送饭来的禁卒外，我整天看不见一个人影。也没有谁来向我问话。我不知道那位朋友的下落，我甚至忘记了她。在地牢里我只有等待。等断头台早日修好，以便结束我这一生。我并没有悲痛和悔恨，好像这是我的自然的结局。于是有一天早晨禁卒来把我带出去，经过一条走廊到了天井前面。天井里绞刑架已经建立起来了，是那么丑陋的东西！它居然会取去我的生命！我带着憎恨的眼光去看它。但是我的眼光触到了另一个人的眼光。原来那位朋友站在走廊口。她惊恐地叫我的名字，只叫了一声。她的眼里包着满眶的泪水。我的心先前一刻还像一块石头，这时却突然熔化了。这是第一个人为我的缘故流眼泪。在这个世界里我居然看见了一个关心我的人。虽然只是短短的一瞥，我也似乎受到了一次祝福。我没有别的话，只短短地说了“不要紧”三个字，一面感激地对她微笑。这时我心中十分明白，我觉得就这样了结我的一生，我也没有遗憾了。我安静地走上了绞刑架。下面没有几个人，但是不远处有一对含泪的眼睛。这对眼睛在我的眼前晃动。然而人把我的头蒙住了。我什么也看不见。

以后我忽然发觉我坐在绞刑架上，那位朋友坐在我身边。周围再没有别的人。我正在惊疑间，朋友简单地告诉我：“你的事情已经了结。现在情形变更，所以他们把你放了。”我侧头看她的眼睛，眼里已经没有泪珠。我感到莫大的安慰，就跟着她走出监牢。门前有一架飞机在等候我们。我们刚坐上去，飞机就动了。

飞机离开孤岛的时候，离水面不高，我回头看那个地方。这是一个很好的晴天，海上平静无波。深黄色的堡垒抹上了一层带红色的日光，凸出在一望无际的蓝色海面上，像一幅图画。

后来回到了我们住的那个城市，我跟着朋友到了她的家，刚走进天井，忽然听见房里有人在问：“巴金怎样了？有遗嘱吗？”我知道这是她哥哥的声音。

“他没有死，我把他带回来了。”她在外面高兴地大声答道。接着她的哥哥惊喜地从房里跳了出来。在这一刻我确实感到了生的喜悦。但是后来我们三人在一起谈论这件事情时，我就发表了“倒不如这次死在绞刑架上痛快”的议论。……

这只是一场梦。春夜的梦常常很荒唐。我的想象走得太远了。但是我却希望那梦景能成为真实。我并非盼望真有一个“她”来把我从绞刑架上救出去。我想的倒是那痛快的死。这个在生活里我得不到。所以我的想象在梦中把它给我争取了来。但是在梦里它也只是昙花一现，而我依旧被“带回来了”。

这是我的不幸。我是一个充满矛盾的人。只有这个才是消灭我的矛盾的唯一的方法。然而我偏偏不能够采用它。人的确是脆弱的东西。我常常严酷无情地分析我自己，所以我深知道自己是一个什么样的人。有时我的眼光越过了生死的界限，将人世的一切都置之度外，去探求那赤裸裸的真理；但有时我对生活里的一切都感到留恋，甚至用全部精力去做一件细小的事情。在《关于家》的结尾我说过“青春毕竟是美丽的东西”。在《死》的最后我嚷着“我还要活”。但是在梦里我却说了“倒不如死在绞刑架上痛快”的话。梦中的我已经把生死的问题解决了，所以能抱定舍弃一切的决心坦然站在绞刑架上，真实的我对于一切却是十分执着，所以终于陷在烦琐和苦恼的泥淖里而不能自拔，到现在为止的我的一生中至少有一半以上的时间和精力是被浪费了的。

有一个年轻朋友读了我的《死》，很奇怪我“为什么会想到这许多关于死的话”。她寄了一张海上日出的照片来鼓舞我，安慰我。现在她读到我的这篇短文大概会明白我的本意罢。我接到那张照片，很感谢她的好意。然而我是一个在矛盾中挣扎的弱者。我这一生横竖是浪费了的。那么就让我把这一生作为一个试验，看一个弱者怎样在重重的矛盾中苦斗罢。也许有一天我会克服了种种的矛盾，成为一个强者而达到生之完成的。那时梦中的我和真实的我就会完全合而为一人了。

1987年4月在上海

第四辑

仰望星空，在孤独中成长

繁　星

我爱月夜，但我也爱星天。从前在家乡，七八月的夜晚在庭院里纳凉的时候，我最爱看天上密密麻麻的繁星。望着星天，我就会忘记一切，仿佛回到了母亲的怀里似的。

三年前在南京我住的地方有一道后门，每晚我打开后门，便看见一个静寂的夜。下面是一片菜园，上面是星群密布的蓝天。星光在我们的肉眼里虽然微小，然而它使我们觉得光明无处不在。那时候我正在读一些关于天文学的书，也认得一些星星，好像它们就是我的朋友，它们常常在和我谈话一样。

如今在海上，每晚和繁星相对，我把它们认得很熟了。我躺在舱面上，仰望天空。深蓝色的天空里悬着无数半明半昧的星。船在动，星也在动，它们是这样低，真是摇摇欲坠呢！渐渐地我的眼睛模糊了，我好像看见无数萤火虫在我的周围飞舞。海上的夜是柔和的，是静寂的，是梦幻的。我望着那许多认识的星，我仿佛看见它们在对我眨眼，我仿佛听见它们在小声说话。这时我忘记了一切。在星的怀抱中我微笑着，我沉睡着。我觉得自己是一个小孩子，现在睡在母亲的怀里了。

有一夜，那个在哥伦波上船的英国人指给我看天上的巨人。他用手指着：那四颗明亮的星是头，下面的几颗是身子，这几颗是手，那几颗是腿和脚，还有三颗星算是腰带。经他这一番指点，我果然看清楚了那个天上的巨人。看，那个巨人还在跑呢！

红海不红

以前听见人说红海很热。我们在红海里走了四天，却觉得一天比一天冷，到第二天许多人就受不住了，不但天气变冷，而且风浪也很不小。舱面上许多帆布椅凌乱地放着，没有人过问。连那几个法国军官也常常躲在舱里。

红海的水是深蓝色的，一点也不红。我不知道红海这个名字的来源。我也看过红海的日落，这自然不是平凡的景象。太阳快走下地平线的时候，云被日光蒸得鲜红，又反照在水面上，这时候海水的确有些红，但是这红色也只限于一个地方，并不是整个海面成了一片鲜红。而且这种景象也并不是红海所特有的，我记得在印度洋看落日，也有这样的印象。

卫看见红海的日落，便坚持地说："这里的海水的确比别处的红，不然何以叫红海呢？"彭在旁边就笑了起来，接口说："你不曾听见昨天那个瑞士老头儿说过，'红海的水是红的，你到浴室里用海水洗个澡，就会变成布尔什维克。'你能相信这样的话吗？"

卫无话可说了。然而我们依旧想不透红海是怎样得名的。我们只知道红海不红而已。

海上的日出

为了看日出，我常常早起。那时天还没有大亮，周围非常清静，船上只有机器的响声。

天空还是一片浅蓝，颜色很浅。转眼间天边出现了一道红霞，慢慢地在扩大它的范围，加强它的亮光。我知道太阳要从天边升起来了，便不转眼地望着那里。

果然过了一会儿，在那个地方出现了太阳的小半边脸，红是真红，却没有亮光。这个太阳好像负着重荷似地一步一步、慢慢地努力上升，到了最后，终于冲破了云霞，完全跳出了海面，颜色红得非常可爱。一刹那间，这个深红的圆东西，忽然发出了夺目的亮光，射得人眼睛发痛，它旁边的云片也突然有了光彩。

有时太阳走进了云堆中，它的光线却从云里射下来，直射到水面上。这时候要分辨出哪里是水，哪里是天，倒也不容易，因为我就只看见一片灿烂的亮光。

有时天边有黑云，而且云片很厚，太阳出来，人眼还看不见。然而太阳在黑云里放射的光芒，透过黑云的重围，替黑云镶了一道发光的金边。后来太阳才慢慢地冲出重围，出现在天空，甚至把黑云也染成了紫色或者红色。这时候发亮的不仅是太阳、云和海水，连我自己也成了明亮的了。

这不是很伟大的奇观么？

海上生明月

四围都静寂了。太阳也收敛了它最后的光芒。炎热的空气中开始有了凉意。微风掠过了万顷烟波。船像一只大鱼在这汪洋的海上游泳。突然间，一轮红黄色大圆镜似的满月从海上升了起来。这时并没有万丈光芒来护持它。它只是一面明亮的宝镜，而且并没有夺目的光辉。但是青天的一角却被它染成了杏红的颜色。看！天公画出了一幅何等优美的图画！它给人们的印象，要超过所有的人间名作。

这面大圆镜愈往上升便愈缩小，红色也愈淡，不久它到了半天，就成了一轮皓月。这时上面有无际的青天，下面有无涯的碧海，我们这小小的孤舟真可以比作沧海的一粟。不消说，悬挂在天空的月轮月月依然，年年如此。而我们这些旅客，在这海上却只是暂时的过客罢了。

与晚风、明月为友，这种趣味是不能用文字描写的。可是真正能够做到与晚风、明月为友的，就只有那些以海为家的人！我虽不能以海为家，但做了一个海上的过客，也是幸事。

上船以来见过几次海上的明月。最难忘的就是最近的一夜。我们吃过午餐后在舱面散步，忽然看见远远的一盏红灯挂在一个石壁上面。这红灯并不亮。后来船走了许久，这盏石壁上的灯还是在原处。难道船没有走么？但是我们明明看见船在走。后来这个闷葫芦终于给打破了。红灯渐渐地大起来，成了一面圆镜，腰间绕着一根黑带。它不断地向上升，突破了黑云，到了半天。我才知道这是一轮明月，先前被我认为石壁的，乃是层层的黑云。

鸟的天堂

我们在陈的小学校里吃了晚饭。热气已经退了。太阳落下了山坡，只留下一段灿烂的红霞在天边，在山头，在树梢。

“我们划船去！”陈提议说。我们正站在学校门前池子旁边看山景。

“好。”别的朋友高兴地接口说。

我们走过一段石子路，很快地就到了河边。那里有一个茅草搭的水阁。穿过水阁，在河边两棵大树下我们找到了几只小船。

我们陆续跳在一只船上。一个朋友解开绳子，拿起竹竿一拨，船缓缓地动了，向河中间流去。

三个朋友划着船，我和叶坐在船中望四周的景致。

远远地一座塔耸立在山坡上，许多绿树拥抱着它。在这附近很少有那样的塔，那里就是朋友叶的家乡。

河面很宽，白茫茫的水上没有波浪。船平静地在水面流动。三只桨有规律地在水里拨动。

在一个地方河面变窄了。一簇簇的绿叶伸到水面来。树叶绿得可爱。这是许多棵茂盛的榕树，但是我看不出树干在什么地方。

我说许多棵榕树的时候，我的错误马上就给朋友们纠正了，一个朋友说那里只有一棵榕树，另一个朋友说那里的榕树是两棵。我见过不少的大榕树，但是像这样大的榕树我却是第一次看见。

我们的船渐渐地逼近榕树了。我有了机会看见它的真面目：是一棵大树，有着数不清的桠枝，枝上又生根，有许多根一直垂到地上，进了泥土里。一部分的树枝垂到水面，从远处看，就像一棵大树躺在水上一样。

现在正是枝叶繁茂的时节（树上已经结了小小的果子，而且有许多落下来了）。这棵榕树好像在把它的全部生命力展览给我们看。那么多的绿叶，一簇堆在另一簇上面，不留一点缝隙。翠绿的颜色明亮地在我们的眼前闪耀，似乎每一片树叶上都有一个新的生命在颤动，这美丽的南国的树！

船在树下泊了片刻，岸上很湿，我们没有上去。朋友说这里是“鸟的天堂”，有许多只鸟在这棵树上做窝，农民不许人捉它们。我仿佛听见几只鸟扑翅的声音，但是等到我的眼睛注意地看那里时，我却看不见一只鸟的影子。只有无数的树根立在地上，像许多根木桩。地是湿的，大概涨潮时河水常常冲上岸去。“鸟的天堂”里没有一只鸟，我这样想道。船开了。一个朋友拨着船，缓缓地流到河中间去。

在河边田畔的小径里有几棵荔枝树。绿叶丛中垂着累累的红色果子。我们的船就往那里流去。一个朋友拿起桨把船拨进一条小沟。在小径旁边，船停住了，我们都跳上了岸。

两个朋友很快地爬到树上去，从树上抛下几枝带叶的荔枝，我同陈和叶三个人站在树下接。等到他们下地以后，我们大家一面吃荔枝，一面走回船上去。

第二天我们划着船到叶的家乡去，就是那个有山有塔的地方。从陈的小学校出发，我们又经过那个“鸟的天堂”。

这一次是在早晨，阳光照在水面上，也照在树梢。一切都显得非常明亮。我们的船也在树下泊了片刻。

起初四周非常清静。后来忽然起了一声鸟叫。朋友陈把手一拍，我们便看见一只大鸟飞起来，接着又看见第二只，第三只。我们继续拍掌。很快地这个树林变得很热闹了。到处都是鸟声，到处都是鸟影。大的，小的，花的，黑的，有的站在枝上叫，有的飞起来，有的在扑翅膀。

我注意地看。我的眼睛真是应接不暇，看清楚这只，又看漏了那只，看见了那只，第三只又飞走了。一只画眉飞了出来，给我们的拍掌声一惊，又飞进树林，站在一根小枝上兴奋地唱着，它的歌声真好听。

“走罢。”叶催我道。

小船向着高塔下面的乡村流去的时候，我还回过头去看留在后面的茂盛的榕树。我有一点留恋的心情。昨天我的眼睛骗了我。“鸟的天堂”的确是鸟的天堂啊！

1933年6月在广州

海珠桥

河南同河北虽然中间只隔了一条珠江，却是不同的两个世界。从前没有桥的时候，人就靠着篷船和电船往来两岸。如今却有一座大桥把这两个不同的世界连接起来了。这就是新建成的海珠桥。

我在中国都市里见过的铁桥，这算是最大的一个了。但是桥上只有胡汉民的题字，修桥工人的名字是看不见的。

我住在河南的最大建筑物机器总工会的三楼上。一个小房间做了我的寝室。从整夜开着的窗户里，我看见对岸灯烛辉煌的河北夜市和西堤一带的高建筑物。

机器总工会里晚上总是人声嘈杂，因为那里住得有一些失业工人（因工潮而被“开除”的），那里时时有工人开会，而且每隔一夜下面娱乐场里还要演出机工剧社的粤剧。

夜里我睡得很迟。但是第二天早晨一起床，稍微休息一下，或者读一两小时的书，我就离开寝室到河北去，一直到晚上九十点钟我才回到河南来。我不喜欢搭电船，我不喜欢坐手车，每天我至少走过海珠桥两次。

海珠桥的形状有点像上海的外白渡桥，但是比外白渡桥长，在河北的一端连接着维新路，长堤还躺在它下面。桥下有汽车，有行人。我每天走过那一段的时候，就觉得我的脚一步一步地踏在别人的头上。

这道桥并不是一个整块，它是一道活动的桥。桥中间有一条长的裂缝，从这里可以看见河水的流动；有时候大船经过，桥就从这里分裂开，成了两段，高高地向天空举起，就像起重机的杠杆一样。

上午我经过海珠桥，那时太阳正晒在桥上，行人们挥着汗在那里拥挤地走着。车辆很少。人行道上也挤满了人，有些人在走，有些人倚着栏杆望下面的水。桥下面许多木船很整齐地排列在那里。这些船都是人的家。许多疍民就生活在船上，而且是靠着船生活的。我走得很快，我没有时间看两旁的景物，太阳太热了！

晚上我从河北回来，有时候经过长堤。从那里的石级一步一步地走上桥。我拖着疲倦的身子慢慢地在桥上移动。空气凉爽。到处都是人声。人行道上坐满了工人，有些睡在那里，有些就坐在铁架上面。桥上电灯明亮，海珠桥就像一个会场。夜晚好像是工人的节日。

我也挤进人丛中去。我走到栏杆旁边，我埋头看下面的珠江。夜里的水面是平静的，依旧是那几排木船泊在下面，没有亮，没有声音，大概人已经睡了。沿着长堤一带也泊了许多只船，那些船都是醒着的，我看见它们在眨眼。船上的姑娘这时候正站在长堤上，娇声软语地呼唤客人。

我回到机器总工会，站在三楼走廊上，望远镜拿在手里，我在眺望广州市的夜景。我慢慢地移动脚步，到了走廊的另一端，便看见海珠桥的一段，高耸的灰白色铁架，玩偶一般的往来的行人，在黑暗的背景里分明地显露出来。

我在走廊上立了许久。我不想把眼睛离开铁桥，我的眼睛看得很清楚：那景象是真实的。铁桥真实地摆在那里，我自己也曾在铁桥上面走过。人的力量（劳动者的力量）能够完成一切，我每次想到这个，就被一种创造的喜悦抓住了，这喜悦会渗透我的全身，使我的身子慢慢地颤抖起来。

我爱都市，我爱机器，我爱所谓物质文明。那是动的，热的，迅速的，有力的。我知道都市里包含着种种罪恶，机器使劳动者受苦，物质文明只供给少数有钱有势的人以高级的享受。然而这应当由我们这个不合理的社会制度负责（所以我们应当把它改造）。

让那些咒骂都市、咒骂机器、咒骂物质文明的人，拿“精神文明”安慰自己罢！至于我呢，我再说一次：

我爱都市，我爱机器，我爱物质文明。

1933年6月在广州

在普陀

到普陀的那一天，在海边的岩石缝里我们看见了不少的isopod[①]。大的，小的，成群地在岩石上爬着。许多对相等的细脚，鱼鳞似的甲壳，两根长的黄须，黑的眼睛。大的有蝉身那样大，小的就很小，在这里我们看出了isopod的发育的全个阶段。

“我倒没有见过这样大的isopod，”朋友朱看见一只很大的isopod从一个缝里爬出来，不觉惊喜地叫道：“在地中海边我都不曾见过这样大的。德拉日[②]研究这种东西很详细。他也没有找到这么大的。”

“我们捉几只来看看，”我说。那个小动物的两只眼睛似乎很机警地在看我。

“好，明天去买一瓶酒精来，在这里采集些小动物回去。”朱说。

第二天上午我们游完了前山，下午四点钟以后我们一共五个人走出寺院，到街上去买酒精。在普陀山买酒精，似乎是一件奇怪的事情，起先在寺院里我们就问过和尚，和尚还疑心我们想喝酒。但是朱却相信在这里一定可以买到酒精。

街很短，中间是狭窄的石板路，两旁是旧式的店铺。进香袋，香烛，画片，地图，矾石的雕刻，以及汽水等等都摆在门前。我们问了好几家杂货店，那里不但没有酒精，连酒也没有。我们失望了，正打算回头走时，朱却在一家较大的店里买到了高粱酒，要了一个瓦罐盛着，提起来往海边走去。

---

①isopod：等足类动物。

②伊·德拉日(1854—1920)：法国著名动物学家。

海边有人游泳，可是只有寥寥的几个人。海滩上有人搭了布篷，做饮冰室，卖着汽水之类的东西，生意不大好，不过座位舒适，是帆布椅和藤椅，脚下全是沙。我们到了那里，就脱下外面的衫裤放在藤椅上，让一个爱喝啤酒的朋友看守，其余四个人赤脚经过沙地，往海边岩石上走去。那一罐高粱酒就拿在朱的手里。

沙滩上有许多小蟹在爬，人一走近，它们全钻进洞里去了。它们在沙滩上打了不少的小洞。

潮打湿的沙地是柔软的，脚踏在上面，使人起一种舒服的感觉。但是我们爬上岩石，不平的石块就刺得脚掌发痛了。我们从一块岩石跳过另一块，往最近海的高的岩石上爬去。潮水在我们的下面怒吼，一匹一匹的白浪接连地向这些岩石打来，到了岩石脚下又给撞回去了。那奇妙的声音，那四溅的水花……

但是我们不去管这些。我们走上岩石，就分散开来，各人找寻自己的捕获物。这些东西很多，除了isopod以外，我还看见了海葵、海螺、蟹、佛手和其他的几种小动物。

我在一个岩石边沿上跪下来，伸一只手去捉一只小蟹，这只蟹在岩石缝隙里，岩石缝隙里全是红色，就像涂了许多动物的血。许多海螺钉在那上面。我把手伸下去，那只蟹却向着更窄的缝隙跑进去了。但是我还看得见它的两只脚。我去向朱要了小刀来，用刀刺进手伸不到的缝隙里，起初蟹还不肯动，后来我把它骚扰得没有办法了，它只得跑出来。我连忙伸手去抓它，它就往里面一逃，可是已经迟了，它的一只螯和一只脚都被我抓住了。它终于被我用刀拨了出来。我把我的俘虏拿在手里看，它可怜地动着，一只螯和一只脚已经断了。

我走到朱那里，把蟹放进了酒罐。朱和西正在捉isopod，他们已经捉了好几只大的。朱的兄弟在两块岩石中间下凹处洗脚。

浪已漫上了前面的岩石，那里已经积了一些水。我又往前面走去，把脚浸在清凉的水里。石上有好些花朵似的彩色的东西，那是海葵。它们浸在水里像盛开的花。我伸手去挨它们，它们马上缩小起来，成了一团。我便用刀去挖它们，它们像生根在石头里一般，起初简直弄不动，但是后来我终于把它们一一地弄起来了，这些奇怪的动物。

前面的某一块岩石上浪还没有漫上来，虽然最前面的岩石已经有一半浸进了水里。在那个岩石上我看见了一只佛手插在缝里，松绿色，很可爱，一半露在外里，好像很容易弄出来似的。我伸手去拿，没有用，又用刀去挖，也挖不动。我还在用力，不觉得潮已经涨上来了。我的耳边突然有了响声，一个大浪迎着我的头打来，我连忙把头一埋。全身马上湿透了，从头到脚都是水，眼镜也几乎被打落。搭在肩上的那条毛巾却落在岩石上给浪冲走，马上就看不见了。

“金，当心！不要给浪打下去！”朱在后面的一块岩石上警告我说。

我退后几步，坐到另一个岩石上去，取下眼镜来揩了一阵，因为镜片给浪打湿了。

我又戴上眼镜，俯下头去看海。下面全是白沫。水流得很急。浪带着巨声接连不断地打击岩石脚。前面较低的几块岩石已经淹没在水里了，只露出一些尖顶来。

我要是落到下面去，一定没有性命了。这样一想，我就觉得自己方才没有被浪打下去，真是侥幸得很。但是过了片刻，我看见那几块岩石还高出在水面上，我又想起了那只佛手，我的心不觉痒起来了。结果我还是到那个岩石去把佛手弄了出来，自然费了很大的力气。这种东西店里好像也有卖的，这个我并不是不知道。

在这些岩石上我们花去了一点钟以上的时间。后来我们回到布篷那里，我还在沙滩上睡了一觉。

傍晚大家穿好了衣服。朱提着酒罐，我们五个人沿着山路，跟着庙里的钟声，有说有笑地走回我们寄宿的寺院去。

路上有好些和尚和好些男女香客用惊奇的眼光看我们这个奇异的行列，看朱手里的酒罐。

1933年8月在上海

海的梦

我整整有一年没有看见海了，从广东回来，还是去年七月里的事。

最近我给一个女孩子写信说："可惜你从来没有见过海。海是那么大，那么深，它包藏了那么多的没有人知道过的秘密，它可以教给你许多东西，尤其是在它起浪的时候。"信似乎写到这里为止。其实我应该接着写下去：那山一般地涌起来的、一下就像要把轮船打翻似的巨浪曾经使我明白过许多事情。我做过"海的梦"[①]。现在离开这个"海的梦"里的国家时，我却在海的面前沉默了。我等着第二次的"海的梦"。

在这只离开"海的梦"里的国土的船上，我又看见了伟大的海。白天海是平静的，只有温暖的阳光在海面上流动；晚上起了风，海就怒吼起来，那时我孤寂地站在栏杆前望着下面的海。

"为什么要走呢？"不知道从什么地方来了这句问话，其实不用看便明白是自己对自己说话啊！

是的，虽然我也有种种的理由，可以坦白地对别人说出来，但是对自己却找不出话来说了。我不能够欺骗自己，对自己连一点阴影也得扫去！这一下可真窘了。

留恋、惭愧和悔恨的感情折磨着我。为什么要这样恓恓惶惶地东奔西跑呢？为什么不同朋友们一起在一个固定的地方做一些事情呢？大家劝我不要走，我却

①1932年春天我写过一本叫作《海的梦》的中篇小说。

毅然地走了。我是一个怎样地不可了解的人啊。

这时候我无意地想起了一百年前一个叫作阿莫利（Amaury）[1]的人在一封信上说过的话：

“我离开科隆，并不告诉人我到什么地方去，其实连我自己也不知道。……我只愿意离开一切的人，甚至你我也想避开……

“我秘密地躲到了海得尔堡。在那里我探索了我的心；在那里我察看了我的伤痕。难道我的泪已经快要尽了，我的伤也开始治愈了吗？

“有时为了逃避这个快乐的大学城的喧嚣和欢乐，我便把自己埋在山中或者奈卡谷里，避开动的大自然却跟静的大自然接近。然而甚至在那些地方，在一切静的表面下，我依旧找到了生气，活力，精力。这都是那个就要到来的春天的先驱。新芽长出来了，地球开始披上了新绿的衣衫，一切都苏醒了起来；在我四周无处不看见生命在畅发的景象。然而我却只求一件事情——死。……”

啊，这是什么话？我大大地吃惊了。我能够做一个像他那样的怯懦的人吗？

不，我还有勇气，我还有活力，而且我还有信仰。我求的只是生命！生命！

带着这样坚决的自信，我掉头往四面看。周围是一片黑暗。但是不久一线微光开始在天边出现了。

1934年11月在日本横滨

① 法国小说家大仲马的长篇小说《阿莫利》的男主人公。

繁　星

和朋友梁一起从木下走到了逗子车站。不过八点多钟，但在我却仿佛是深夜了。宽广的马路在黑暗中伸出去，似乎通到了无尽处。前面是高大的黑影，是树林，是山，也许还是疲倦的眼睛里的幻影。天覆盖下来，好像就把我们两个包在星星的网里面。

“好一天的星啊！”我不觉感动地这样说。我好久没有见过这样的繁星了，而且夜又是这么柔和，这么静寂。我们走了这许久，却只遇见两个行人，连一辆汽车也不曾看见。

这时候正在起劲地谈着裴多菲、谈着尼采、谈着悲剧与音乐、谈着梦与醉的梁也停止了他那滔滔不绝的谈话，仰着头去看天空了。

我们默默地望着繁星，一面轻轻地下着脚步，仿佛两个人都屏了呼吸在倾听星星的私语。

“这时候仿佛就在中国。”我不觉自语似地说了。

“中国哪里会有这样安静的地方？”梁用了异样的语调回答我的话，仿佛我的话引起了他的创痛似的。我知道在中国他留下的痛苦的记忆太多了。对于他也许那远迢迢的地中海畔的法兰西，或者这太平洋上的花之岛国都会有更多的自由空气罢。

我和他在许多观点上都站在反对的地位，见面时也常常抬杠。但是我们依旧是朋友，遇在一起时依旧要谈话。这一次在他的话里我看出了另一种意思，也许和他心里所要表示的完全不同。可是这句话却引起了我的共鸣了。

到今天还大谈恋爱自由似乎有点陈旧了。但是现在还有为情而死的青年，也有人为了爱情不圆满而懊恼终生。甚至在今天的中国还充满了绝情卫道的圣人。梁似乎要冲破这个藩篱，可是结果他被放逐似地逃到这个岛国来了。他也许有一些错误，我可不明白，因为各人有各人的说法。而且他那种恋爱观在我看来就陈旧得可笑，虽然也有人以为这还是很新的。但是他有勇气的事情却是不能否认的。不过这勇气可惜被误用了。

恋爱这种事在今天很可以暂时束之高阁了。即使它和吃饭是一样地重要。但是如今饿死也已经是很平常的事了。我说这种话并不是替卫道的圣人们张目，我以为跟卫道比起来，倒还是讲恋爱好些。但是在中国难道就只有这两条路吗?

说一切存在的东西都合理，不让人来触动它们，这就是卫道；不承认这个的人算是抗道。那么这条路还是很宽广的罢。说宽广也许不是。抗道的路也许是崎岖难行的。但既有路，就会有人走，而且实际上已经有人在走了。

梁为了要呼吸比较自由的空气，到这个樱花的岛国来了。在他的观点上说。他的确得到了那样的东西，在松林中的安静生活里他们夫妇在幸福中沉醉了。我在他那所精致的小屋里亲眼看见了这一切。我若还说他过的是放逐的生活，他一定不承认。他也许有理。

但是我呢？我为什么要来到这个地方？我所要求的自由这里不是也没有吗?离开了崎岖的道路到一个陌生的地方来求暂时的安静，在一些无用的书本里消磨光阴：我这样的生活不就是放逐的生活吗?

普照大地的繁星看见了这一切，明白了这一切。它们是永远不会坠落的。

望着这样的繁星我不觉发出了一声痛苦的叹息。

1935年1月在横滨

月　夜

有月亮，天空又很清朗，虽然十二月的晚风吹到人身上也有冷意了，我吃过晚饭，依旧高兴地穿着高屐子一个人在屋前小小的园子里散步。

山下面的人家都燃着灯，但大半被树木遮住了，只有星点似的光送到我的眼里来。一层薄雾盖着它们，不，不仅罩着这些灯火，并且还罩着山下面静静的街市。

清朗的天空中除了半圆月外，还稀疏地点缀了一些星星。在这房屋的正对面，闪烁着猎户星座的七颗明星，挂在四个角下方的猎户甲星，就是那较大的一颗，只有它在这无云的蓝空里放射着红光。远远地在天际是那一片海，白蒙蒙地在冷月下面发光。

望着这星，望着这海，我不禁想起日光岩[①]下的美丽的岛上风光了，我不用“往事”这个带感伤性的字眼。

不止一次，我在日光岩下的岛上看过这七颗永不会坠落的星，看过和这海相似的海。那些时候我都是跟朋友们在一起的。那些朋友的年纪和我的差不多。

就像怀了移山之志的愚公一样，我们这一群年轻人把为人类找幸福的船这个重担子不量力地放在肩上胡乱地忙碌过了。我是最不中用的人，但是生活在那些朋友的中间我也曾过了一些幸福的日子。

龙眼花开的时候，我也曾嗅着迷人的南方的香气；繁星的夜里我也曾坐了划

---

① 日光岩：在福建厦门对岸的鼓浪屿。

子在海上看星星。我也曾跨过生着龙舌兰的颓垣。我也曾打着火把走过黑暗的窄巷。我也曾踏着长春树的绿影子，捧着大把龙眼剥着吃，走过一些小村镇。我也曾在海滨的旅馆里听着隔房南国女郎弹奏的南方音乐，推开窗户就听见从海边码头上送来的年轻男女的笑声。

这些也许会引起年轻诗人的灵感罢。可是我们当时却怀着兴奋和紧张的心情，或者说起来就想流泪似的感动。山水的美丽在我们的眼前都变得渺小了。我们的眼睛所看见的只是那在新的巨灵前战栗着的旧社会的垂死的状态。

时间是骎骎地驰过去了。我们的努力也跟着时间逝去了。一堆废墟留在我们后面，使得好些人叹息。我们不能不承认失败了。也许还有人会因为这个灰心罢，我不知道。我自己在一阵绝望之际也曾发出过痛苦的叫号。……

如今在这安静的月夜里，望着眼前这陌生的、但又美丽的景物、望着无际的和日光岩下的海面类似的海，望着那七颗随时随地都看见的猎户星，虽然因此想到了以前的一切和现在横在那里的废墟，我也没有一点感伤，反而我又一次在这里听见旧社会的垂死的呻吟了。同时在朦胧的夜雾中，我看见了新的巨灵像背负地球的阿特拉斯[①]那样在空中立着。这新的巨灵快要来了罢。他会来完成我们所不能完成的一切！

1935年2月在横滨

① 阿特拉斯（Atlas）：希腊神话中的一个巨人，被罚用头和双手（一说用两肩）支持天空。

风

二十几年前，我羡慕“列子御风而行”[1]，我极愿腋下生出双翼，像一只鸷鸟自由地在天空飞翔。

现在我有时仍做着飞翔的梦，没有翅膀，我用两手鼓风。然而睁开眼睛，我还是郁闷地躺在床上，两只手十分疲倦，仿佛被绳子缚住似的。于是，我发出一二声绝望的叹息。

做孩子的时候，我和几个同伴都喜欢在大风中游戏。风吹起我们的衣襟，风吹动我们的衣袖。我们张着双手，顺着风势奔跑，仿佛身子轻了许多，就像给风吹在空中一般。当时自己觉得是在飞了。因此从小时候起我就喜欢风。

后来进学校读书，我和一个哥哥早晚要走相当远的路。雨天遇着风，我们就用伞跟风斗争。风要拿走我们的伞，我们不放松；风要留住我们的脚步，我们却往前走。跟风斗争，是一件颇为吃力的事。但是我们从这个也得到了乐趣，而且不用说，我们的斗争是得到胜利的。

这也是很久以前的事了。不过现在回想起来还是值得怀念的。

可惜我不曾见过飓风。去年坐海船，为避飓风，船在福州湾停了一天半。天气闷热，海面平静，连风的影子也没有。船上的旗纹丝不动，后来听说飓风改道走了。

在海上，有风的时候，波浪不停地起伏，高起来像一座山，而且开满了白

①《庄子》《逍遥游》篇："夫列子御风而行，泠然善也，旬有五日而后反。"

花。落下去又像一张大嘴，要吞食眼前的一切。轮船就在这一起一伏之间慢慢地前进。船身摇晃，上层的桅杆、绳梯之类，私语似地吱吱喳喳响个不停。这情景我是经历过的。

但是我没有见过轮船被风吹在海面漂浮，失却航路，船上一部分东西随着风沉入海底。我不曾有过这样的经验。

今年我过了好些炎热的日子。有人说是奇热，有人说是闷热，总之是热。没有一点风声，没有一丝雨意。人发喘，狗吐舌头，连蝉声也像哑了似的，我窒息得快要闭气了。在这些时候我只有一个愿望：起一阵大风，或者下一阵大雨。

1941年7月9日在昆明

云

傍晚我站在露台上看云。一片红霞挂在城墙边绿树枝叶间。还有两三紫色云片高高地涂抹在蓝天里。红霞淡去了。紫云还保持着它们的形状和颜色。这些云并没有可以吸引住眼光的美丽，它们就像小孩的信笔涂鸦。但是我把它们看了许久。

一片云使我的眼光停留一两小时，这样的事的确是有过的。我看云不是因为它们形状瑰丽、而且时常幻出各种奇异的景物，也不是因为看见云易消易生，而使我想起许多过去的事情。不是。我只有一个念头：我想乘云飞往太空。

我读过一个美国人[①]写的剧本《笨人》，后来也看过根据这个剧本摄制的影片。在电影里我看见黑天使乘着棉花似的白云在天空垂钓。这似乎是有趣的事。可是我没有这种兴致。我并不为这事情羡慕那些黑天使。倘使我能乘云飞往太空，我决不会在空中垂钓，不管钓的是什么东西。

我想乘云，是愿意将身子站在那个有着各种颜色的、似烟似雾、似实似虚的东西上面，让它载着我往上飞，往上飞，摆脱一切的羁绊，撇开种种的纠缠。我再看不见一切，除了蔚蓝的太空；我再听不见一切，除了浪涛似的风声。我要飞，一直飞往宇宙的尽头（其实这尽头是不存在的），或者我会挨近烈日而被灼死，使全身成为燃料，或者我会远离太阳而冻成石尸。甚至这个也是我所愿望的结局。我在永闭眼睛以前一定会感到痛快，而且是无比痛快的。

---

①指美国剧作家玛·康乃里（1890—）。

但是我知道这只是我的幻想，我不会有这样的机会。

我又想起了一个故事，仍然是一个戏①，而且我也看过由这个戏改编的电影。一个叫作立良（Liliom）的年轻的幻想家抛弃了妻儿自杀了。他飞上太空去受最后的裁判，在神面前他提出了一个最后的要求——回到人间。几年以后一列火车穿过云霞，送他到地上，送他回到他那个小小的田庄去。他要求回家，只是想做一件帮助妻儿的事。他作为一个陌生人到了那个家，受了温情的款待，结果却打了自己的小孩一记耳光，像一个忘恩者似地走了。

我了解他那时的心情。

有一天我也会成为这样的一个幻想家么？已经飞向太空了，却又因为留恋人间而跌下来。为了帮助人而回到人间，却只做出损害人的事情空着手去了。

立良的刀仿佛就插在我的胸上。我觉得痛了。

我明白我是不能够飞向太空的。纵使我会往上飞，我也要从云端跌下来，薄薄的云片载不起我这颗留恋人间的心。

现在我应该收起我的幻想了。我不愿走立良的寂寞、痛苦的路。

7月10日

① 指匈牙利剧作家费·莫纳尔（1878—1952）的剧本《立良》（1921）。

雷

灰暗的天空里忽然亮起一道“火闪”[1]，接着就是那好像要打碎万物似的一声霹雳，于是一切又落在宁静的状态中，等待着第二道闪电来划破长空，第二声响雷来打破郁闷。闪电一股亮似一股，雷声一次高过一次。

在夏天的傍晚，我常见到这样的景象。

小时候我怕听雷声；过了十岁我不再因响雷而颤栗；现在我爱听那一声好像要把人全身骨骼都要震脱节似的晴空霹雳。

算起来，该是很久以前的事了。我还是个四五岁的孩子，跟着父母住在广元县的衙门里。一天晚上，在三堂后面房里一张宽大的床上，我忽然被一声巨响惊醒了。房里没有别人，我睡眼蒙胧中只见窗外一片火光，仿佛房屋就要倒塌下来似的。我恐怖地大声哭起来，直到女佣杨嫂进屋来安慰我，让我闭上眼睛，再进到梦里去。在这以后只要雷声一响，我就觉得眼前的一切都会马上崩塌，好像已经到了世界的末日了。不过那时我的世界就只是一个衙门。

这是我害怕雷声的开始。我的畏惧不断地增加。衙门里的女佣、听差们对这增加是有功劳的。从他们那里我知道了许多关于雷公的故事。有一个年老的女佣甚至告诉我：雷声一响，必震死一个人。所以每次听见轰轰雷声，我便担心着：不晓得又有谁受到处罚了。雷打死人的事在广元县就有过，我当时不能够知道它的原因，却相信别人眼见的事实。

①火闪（四川话）：即闪电。

年纪稍长，我又知道了雷震子的故事。雷公原来有着这样一个相貌：一张尖尖的鸟嘴，两只肉翅，蓝脸赤发，拿着铜锤满天飞。这知识是从小说《封神榜》里得来的。不知道为什么我喜欢这相貌，我倒想见见他。我的畏惧减少了些，因为我在《封神榜》中看出来雷震子毕竟带有人性，还是可以亲近的，虽然他有着那样奇怪的形状。

再后，我的眼睛睁大了。我明白了许多事情。我也看穿了神和鬼的谜。我不再害怕空虚的事物，也不再畏惧自然界的现象。跟着年岁的增长，我的脚跟也站得比较稳了。即使立在天井里，望着一个响雷迎头劈下，我也不会改变脸色，或者惶恐地奔入室内。从此我开始骄傲：我已经到了连巨雷也打不倒的年龄了。

更后，雷声又给我带来一种新的感觉。每次听见那一声巨响，我便感到无比的畅快，仿佛潜伏在我全身的郁闷都给这一个霹雳震得无踪无影似的。等到它的余音消散，我抖抖身子，觉得十分轻松。我常常想，要是没有这样的巨声，我多半已经埋葬在窒息的空气中了。

去年一个昆明的夏夜里，我睡在某友人的宿舍中，两张床对面安放。房间很小，开着一扇窗。我们喝了一点杂果酒，睡下来，觉得屋内闷热，空气停滞，只有蚊虫的嗡嗡声不断地在耳边吵闹。不知过了若干时候，我才昏沉沉的进入梦中。这睡眠是极不安适的，仿佛有一只大手重重地压在我的胸上。我想挣扎，却又无力动弹。忽然一声霹雳（我从未听见过这样的响雷！）把我从梦中抓起来。的确我在床上跳了一下。我看见一股火光，我还没有睡醒，我当时有点惊恐，还以为一颗炸弹在屋顶爆炸了。那朋友也醒起来，他在唤我。我又听见荷拉荷拉的雨声。“好大的一个雷！”朋友惊叹地说。我应了一句，我觉得空气变得十分清凉，心里也非常爽快，我可以自由地呼吸了。

今年在重庆听见一次春雷，是大炮一类的轰隆轰隆声。“春雷一声，蛰虫咸动。”我想起那些冬眠的小生命听见这声音便从长梦中醒起来，又开始一年的活动，觉得很高兴。我甚至想象着：它们中间有的怎样睁开小眼睛，转头四顾，怎样伸一个懒腰，打一个呵欠，然后一跳，就跳到地面上来。于是一下子地面上便布满了生命，就像小说《镜花缘》中的故事：因为女皇武则天的诏令，只有一夜的功夫，在浓冬里宫中百花齐放，锦绣似地装饰了整个园子。这的确是很有趣的。

7月16日

雨

窗外露台上正摊开一片阳光，我抬起头还可以看见屋瓦上的一段蔚蓝天。好些日子没有见到这样晴朗的天气了。早晨我站在露台上昂头接受最初的阳光，我觉得我的身子一下就变得十分轻快似的。我想起了那个意大利朋友的故事。

路易居·发布里在几年前病逝的时候，不过四十几岁。他是意大利的亡命者，也是独裁者墨索里尼的不能和解的敌人。他想不到他没有看见自由的意大利，在那样轻的年纪，就永闭了眼睛。1927年春天在那个多雨的巴黎城里，某一个早上阳光照进了他的房间，他特别高兴地指着阳光说，这是一件了不起的可喜的事。我了解他的心情，他是南欧的人，是从阳光常照的意大利来的。见到在巴黎的春天里少见的日光，他又想起故乡的蓝天了。他为着自由舍弃了蓝天；他为着自由贡献了一生的精力。可是自由和蓝天两样，他都没有能够再见。

我也像发布里那样地热爱阳光。但有时我也酷爱阴雨。

十几年来，不打伞在雨下走路，这样的事在我不知有过多少次。就是在1927年，当发布里抱怨巴黎缺少阳光的时候，我还时常冒着微雨，在黄昏、在夜晚走到国葬院前面卢骚的像脚下，向那个被称为“十八世纪世界的良心”的巨人吐露一个年轻异邦人的痛苦的胸怀。

我有一个应当说是不健全的性格。我常常吞下许多火种在肚里，我却还想保持心境的和平。有时火种在我的腹内燃烧起来。我受不住熬煎。我预感到一个可怕的爆发。为了浇熄这心火，我常常光着头走入雨湿的街道，让冰凉的雨洗我的烧脸。

水滴从头发间沿着我的脸颊流下来，雨点弄污了我的眼镜片。我的衣服渐渐地湿了。出现在我眼前的只是一片模糊的雨景，模糊……白茫茫的一片……我无目的地在街上走来走去。转弯时我也不注意我走进了什么街。我的脑子在想别的事情。我的脚认识路。走过一条街，又走过一条马路，我不留心街上的人和物，但是我没有被车撞伤，也不曾跌倒在地上。我脸上的眼睛看不见现实世界的时候，我的脚上却睁开了一双更亮的眼睛。我常常走了一个钟点，又走回到自己住的地方。

我回到家里，样子很狼狈。可是心里却爽快多了。仿佛心上积满的尘垢都给一阵大雨洗干净了似的。

我知道俄国人有过“借酒淹愁”的习惯。①我们的前辈也常说“借酒浇愁”。如今我却在“借雨洗愁”了。

我爱雨不是没有原因的。

7月20日

①“俄国人的借酒淹愁的毛病并不像一般人所说的那样坏。昏沉的睡眠究竟比烦恼的失眠好……”（见亚·赫尔岑的回忆录《往事与回忆》第五部）

日

为着追求光和热，将身子扑向灯火，终于死在灯下，或者浸在油中，飞蛾是值得赞美的。在最后的一瞬间它得到光，也得到热了。

我怀念上古的夸父，他追赶日影，渴死在旸谷。[1]

为着追求光和热，人宁愿舍弃自己的生命。生命是可爱的。但寒冷的、寂寞的生，却不如轰轰烈烈的死。

没有了光和热，这人间不是会成为黑暗的寒冷世界么？

倘使有一双翅膀，我甘愿做人间的飞蛾。我要飞向火热的日球，让我在眼前一阵光、身内一阵热的当儿，失去知觉，而化作一阵烟，一撮灰。

7月21日

① 中国神话："夸父不量力，欲追日影，逐之于旸谷。渴死。"（见《山海经》）

月

每次对着长空的一轮皓月，我会想：在这时候某某人也在凭栏望月么？

圆月有如一面明镜，高悬在蓝空。我们的面影都该留在镜里罢，这镜里一定有某某人的影子。

寒夜对镜，只觉冷光扑面。面对凉月，我也有这感觉。

在海上，山间，园内，街中，有时在静夜里一个人立在都市的高高露台上，我望着明月，总感到寒光冷气侵入我的身子。冬季的深夜，立在小小庭院中望见落了霜的地上的月色，觉得自己衣服上也积了很厚的霜似的。

的确，月光冷得很。我知道死了的星球是不会发出热力的。月的光是死的光。

但是为什么还有姮娥奔月[1]的传说呢？难道那个服了不死之药的美女便可以使这已死的星球再生么？或者她在那一面明镜中看见了什么人的面影罢。

7月22日

①姮娥即嫦娥。中国神话："羿请不死之药于西王母，姮娥窃之，奔月宫。"（见《淮南子》）

星

在一本比利时短篇小说集里，我无意间见到这样的句子：

“星星，美丽的星星，你们是滚在无边的空间中，我也一样，我了解你……是，我了解……我是一个……一个能感觉的人……一个痛苦的人……星星，美丽的星星……”[①]

我明白这个比利时某车站小雇员的哀诉的心情。好些人都这样地对蓝空的星群讲过话。他们都是人世间的不幸者。星星永远给他们以无上的安慰。

在上海一个小小舞台上，我看见了屠格涅夫笔下的德国音乐家老伦蒙。[②]他或者坐在钢琴前面，将最高贵的感情寄托在音乐中，呈献给一个人；或者立在蓝天底下，摇动他那白发飘飘的头，用赞叹的调子说着：“你这美丽的星星，你这纯洁的星星。”望着蓝空里眼瞳似地闪烁着的无数星子，他的眼睛润湿了。

我了解这个老音乐家的眼泪。这应该是灌溉灵魂的春雨罢。

在我的房间外面，有一段没有被屋瓦遮掩的蓝天。我抬起头可以望见嵌在天幕上的几颗明星。我常常出神地凝视着那些美丽的星星。它们像一个人的眼睛，带着深深的关心望着我，从不厌倦。这些眼睛每一眨动，就像赐与我一次祝福。

在我的天空里星星是不会坠落的。想到这，我的眼睛也湿了。

7月22日

---

①引自于尔拜·克安司的《红石竹花》（见戴望舒选译的《比利时短篇小说集》，商务印书馆，1934年版）。

②1940年上海的苏联侨民根据尼·伊·梭包里斯奇科夫一沙马林1913年的改编本演出。

废园外

晚饭后出去散步，走着走着又到了这里来了。

从墙的缺口望见园内的景物，还是一大片欣欣向荣的绿叶。在一个角落里，一簇深红色的花盛开，旁边是一座毁了的楼房的空架子。屋瓦全震落了，但是楼前一排绿栏杆还摇摇晃晃地悬在架子上。

我看看花，花开得正好，大的花瓣，长的绿叶。这些花原先一定是种在窗前的。我想，一个星期前，有人从精致的屋子里推开小窗眺望园景，赞美的眼光便会落在这一簇花上。也许还有人整天倚窗望着园中的花树，把年轻人的渴望从眼里倾注在红花绿叶上面。

但是现在窗没有了，楼房快要倾塌了。只有园子里还盖满绿色。花还在盛开。倘使花能够讲话，它们会告诉我，它们所看见的窗内的面颜，年轻的，中年的。是的，年轻的面颜，可是，如今永远消失了。因为花要告诉我的不止这个，它们一定要说出八月十四日的惨剧。精致的楼房就是在那天毁了的。不到一刻钟的功夫，一座花园便成了废墟了。

我望着园子，绿色使我的眼睛舒畅。废墟么？不，园子已经从敌人的炸弹下复活了。在那些带着旺盛生命的绿叶红花上，我看不出一点被人践踏的痕迹。但是耳边忽然响起一个女人的声音："陈家三小姐，刚才挖出来。"我回头看，没有人。这句话还是几天前，就是在惨剧发生后的第二天听到的。

那天中午我也走过这个园子，不过不是在这里，是在另一面，就是在楼房的后边。在那个中了弹的防空洞旁边，在地上或者在土坡上，我记不起了，躺着三具尸首，是用草席盖着的。中间一张草席下面露出一只瘦小的腿，腿上全是泥土，随便一看，谁也不会想到这是人腿。人们还在那里挖掘。远远地在一个新堆成的土坡上，也是从炸塌了的围墙缺口看进去，七八个人带着悲戚的面容，对着那具尸体发愣。这些人一定是和死者相识的罢。那个中年妇人指着露腿的死尸说："陈家三小姐，刚才挖出来。"以后从另一个人的口里我知道了这个防空洞的悲惨故事。

一只带泥的腿，一个少女的生命。我不认识这位小姐，我甚至没有见过她的面颜。但是望着一园花树，想到关闭在这个园子里的寂寞的青春，我觉得心里被什么东西搔着似地痛起来。连这个安静的地方，连这个渺小的生命，也不为那些太阳旗的空中武士所宽容。两三颗炸弹带走了年轻人的渴望。炸弹毁坏了一切，甚至这个寂寞的生存中的微弱的希望。这样地逃出囚笼，这个少女是永远见不到园外的广大世界了。

花随着风摇头，好像在叹息。它们看不见那个熟悉的窗前的面庞，一定感到寂寞而悲戚罢。

但是一座楼隔在它们和防空洞的中间，使它们看不见一个少女被窒息的惨剧，使它们看不见带泥的腿。这我却是看见了的。关于这我将怎样向人们诉说呢？

夜色降下来，园子渐渐地隐没在黑暗里。我的眼前只有一片黑暗。但是花摇头的姿态还是看得见的。周围没有别的人，寂寞的感觉突然侵袭到我的身上来。为什么这样静？为什么不出现一个人来听我愤慨地讲述那个少女的故事？难道我是在梦里？

脸颊上一点冷，一滴湿。我仰头看，落雨了。这不是梦。我不能长久立在大雨中。我应该回家了。那是刚刚被震坏的家，屋里到处都漏雨。

1941年8月16日在昆明

第五辑

繁华尽处，
何人不起故园情

我的老家

日本作家水上勉先生去年9月访问成都后，经上海回国。我在上海寓中接待他，他告诉我他到过我的老家，只看见一株枯树和空荡荡的庭院。他不知道那是什么树。他轻轻地抚摩着粗糙的树皮，想象过去发生过的事情。

水上先生是我的老友，正如他所说，是文学艺术的力量把我们联结在一起的。1963年我在东京到他府上拜望，我们愉快地谈了南宗六祖慧能的故事。1978年我到北京开会，听说他和井上靖先生在京访问，便去北京饭店探望他们。畅谈了别后的情况。1980年我四访东京，在一个晴朗的春天早晨，我和他在新大谷饭店日本风味的小小庭院里对谈我的艺术观和文学生活，谈了整整一个上午。那一盒录像带已经在我的书橱里睡了四年，它常常使我想起一位日本作家的友情。

水上先生回国后不多久，日中文化交流协会给我寄来他那篇《寻访巴金故居》。读了他的文章，我仿佛回到了离开二十几年的故乡。他的眼睛替我看见了我所想知道的一切，也包括宽广的大街，整齐的高楼……还有那株“没有一片叶”的枯树。

在我的记忆里枯树是不存在的。过去门房或马房的小天井里并没有树，树可能是我走后人们才种上的，我离家整整60年了。几个月前我的兄弟出差到成都，抽空去看过“老家”，见到了两株大银杏树。他似乎认出了旧日的马房，但是不记得有那么两株银杏。我第二次住院前有人给我女儿送来一本新出版的浙江《富春江画报》，上面选刊了一些四川画家的油画，其中一幅是贺德华同志的《巴金故居》，出现在画面上的正是一株树叶黄落的老树。它不像是水上先生看见的

“大腿粗细的枯树”，也可能是我兄弟看见的两棵银杏中间的一株。脑子里一点印象也没有，我无法判断。但是我多么想摸一下生长那样大树的泥土！我多么想抚摩水上先生抚摩过的粗糙、皴裂的树干……

在医院中听说同水上先生一起访华的佐藤纯子女士又到了上海，我想起那本画报，就让家里的人找出来，请佐藤女士带给水上先生。后来还是从佐藤女士那里收到了水上先生第二篇《寻访故居》文章的剪报。

我跟着水上先生的脚迹回到成都的老家，却看不到熟悉的地方和景物。我想起来了，1980年4月我在京都会见参加旅游团刚从成都回国的池田政雄先生，他给了我一叠他在我的老家拍的照片，这些照片后来在日本的《野草》杂志上发表了。在照片上我看到了一口井，那是真实的东西，而且是池田先生拍摄下来的唯一的真实的“旧址”。我记得它，因为我在小说《秋》里写淑贞跳井时就是跳进这一口井。1958年我写了关于《秋》的《创作谈》，我这样说：“只有井是真实的东西。它今天还在原来的地方。前年12月我到那里去过一趟。我跟那口井分别了33年，它还是那个老样子。井边有一棵松树，树上有一根短而粗的枯枝，原是我们家伙夫挑水时，挂带钩扁担的地方。松树像一位忠实的老朋友，今天仍然陪伴着这口老井。”但是在池田先生的照片上只有光秃秃的一口井，松树也不知在什么时候给砍掉了。水上先生没有看到井，不知是人们忘了引他去看，还是井也已经填掉。过去的反正早已过去，旧的时代和它的遗物，就让它们全埋葬在遗忘里吧！

然而我还是要谈谈我的老家。

1923年5月我离开老家时，那里没有什么改变：门前台阶下一对大石缸，门口一条包铁皮的木门槛，两头各有一只石狮子，屋檐下一对红纸大灯笼，门墙上一副红底黑字的木对联“国恩家庆，人寿年丰”。我把这一切都写在小说《家》里面。《激流三部曲》中的高公馆就是照我的老家描绘的，连大门上两位“手执大刀，顶天立地的彩色门神”也是我们家原有的。大约在1924年我在南京的时候，成都城里修马路，我们家的大门应当朝里退进去若干，门面翻修的结果，石缸、石狮子、木对联等等都没有了。关于新的门面我只看到一张不太清楚的照片，听说大门两旁还有商店，照片上却看不出来。

1931年我开始写《激流》，当初并没有大的计划。我想一点写一点，不知不觉地把高公馆写成我们家那个样子，而且是我看惯了的大门翻修以前的我们的家。从大门进去，走出门洞，下了天井；进二门，再过天井，上大厅，弯进拐门；又过内天井，上堂屋，进上房；顺着左边厢房走进过道，经过觉新的房门口，转进里面，一边是花园，一边是仆婢室和厨房，然后是克明的住房，顺着三房住房的窗下，走进一道小门，便是桂堂。竹林就在桂堂后面。这一切全是如实的描写。在小说里只有花园是出于我的编造和想象。我当时用我们那个老公馆作背景，并非有意替它宣传，只是因为自己没有精密计划，要是脑子里不留个模型，说不定写到后面就忘记前面，搞得前后矛盾，读者也莫名其妙。关于我们老家的花园，只有觉新窗外那一段“外门”的景物是真实的，从觉新写字台前望窗外就看得见那口井和井旁的松树。我们的花园并不大，其余的大部分，也就是从“内门”进去的那一部分，我也写在另一部小说《憩园》里了。所以我对最近访问过成都的日本朋友樋口进先生说：“您不用在成都寻访我的故居，您把《激流》里的住房同《憩园》里的花园拼在一起，那就是我的老家。”

我离家以后过了18年，第一次回到成都。一个傍晚，我走到那条熟悉的街，去找寻我幼年时期的脚迹。旧时的伴侣不知道全消失在什么地方。巍峨的门墙无情地立在我的面前。守门的卫兵用怀疑的眼光打量我。大门开了，白色照壁上现出一个圆形图案，图案中嵌着四个绛色篆文大字“长宜子孙”。这照壁还是18年前的东西，我无法再看到别的什么了。据说这里是当时的保安处长刘兆藜的住宅，门墙上有两个大字“藜阁”。我几次走过“藜阁”门前，想起从前的事情，后来写了一篇散文《爱尔克的灯光》。那是1941年年初的事。

1942年我回成都治牙，住了三个月光景，不曾到过正通顺街。我想，以后不会再到那里去了。

1956年12月我第三次回成都，听说我的老家正空着没有人住，有一天和李宗林同志闲谈起来，他当时还挂名成都市市长，他问我：“你要不要去看看？”我说：“看看也好。”过了一天他就坐车到招待所来约我同去正通顺街，我的一个侄女正在我那里聊天，也就一起去了。

还是“藜阁”那样的门面，大门内有彩色玻璃门，“长宜子孙”的照壁不见了。整个花园没有了。二门还在，大厅还在，中门还在，堂屋还在，上房还在，我大哥的住房还在，后面桂堂还在，还有两株桂树和一棵香椿，桂堂后面的竹林仿佛还是我离家时那个样子。然后我又从小门转出来，经过三姐住房的窗下，走出过道，顺着大哥房外的台阶，走到一间装玻璃窗的小屋子。在《激流》中玻璃小屋是不存在的。在我们老家本来没有这样的小屋。我还记得为了大哥结婚，我父亲把我们叫作“签押房”的左边厢房改装成三个房间，其中连接的两间门开在通入里院的过道上，给大哥住；还有一间离拐门很近，房门开向内天井，给三哥和我两个住。到了我离家的前两三年，大哥有了儿女，房子不够住，我们家又把中门内台阶上左右两块空地改装成两间有上下方格子玻璃窗的小屋，让我和三哥搬到左边的那间去，右边的一间就让它空着。小屋虽小，冬天还是相当冷，因为向内天井的一面是玻璃窗，对面就是中门的边门，窗有窗缝，门有门缝，还有一面紧靠花园。中门是面对堂屋的一道门，除中间一道正门外，还有左右两道边门。关于中门，小说《家》描写高老太爷做寿的场面中有这样的话：“中门内正对着堂屋的那块地方，以门槛为界，布置了一个精致的戏台……门槛外大厅上用蓝布帏围出了一块地方，作演员们的化装间。”以后的玻璃小屋就在这“戏台”的左右两边。

我仿佛做了一场大梦。我居然回到了我十几岁时住过的小屋，我还记得深夜我在这里听见大厅上大哥摸索进轿子打碎玻璃，我绝望地拿起笔写一些愤怒的字句，捏紧拳头在桌上擦来擦去，我发誓要向封建制度报仇。好像大哥还在这里向我哭诉什么；好像祖父咳嗽着从右上房穿过堂屋走出来；好像我一位婶娘牵着孩子的手不停地咒骂着走进了上房；好像从什么地方又传来太太的打骂和丫头的哭叫……好像我花了十年时间写成的三本小说在我的眼前活了起来。

李宗林同志让同来的人给我拍摄了一些照片：我站在玻璃小屋的窗前；我从堂屋出来；我在祖父房间的窗下……等等，等等。我同他们谈话，我穿过那些空荡荡的房间，我走过一个一个的天井，我仿佛还听见旧时代的声音，还看见旧时代的影子。天色暗淡起来，我没有在门房里停留，也不曾找到我少年时期常去的马房，我匆匆地离开了这个把梦和真、过去和现实混淆在一起的老家，我想，以后我还会再来。说实话，对这个地方我不能没有留恋，对我来说，它是多么大的一座记忆的坟墓！我要好好地挖开它！

然而太迟了。1960年我第四次回成都，再去正通顺街，连“藜阁”也找不到了。这一次我住的时间长一些，早晨经常散步到那条街，在一个部队文工团的宿舍门前徘徊，据说这就是在我老家的废墟上建造起来的。找不到旧日的脚迹我并不伤感。枯树必须连根挖掉。可是我对封建制度的控诉，我对封建主义流毒的揭露，决不会跟着旧时代的被埋葬以及老家的被拆毁而消亡。

最初连续发表1984年3月26—28日香港《大公报·大公园》

我的幼年

窗外落着大雨，屋檐上的水槽早坏了，这些时候都不曾修理过，雨水就沿着窗户从缝隙浸入屋里，又从窗台流到了地板上。

我的书桌的一端正靠在窗台下面，一部分的雨水就滴在书桌上，把堆在那一角的书、信和稿件全打湿了。

我已经躺在床上，听见滴水的声音才慌忙地爬起来，扭燃电灯。啊，地板上积了那么一大摊水！我一个人吃力地把书桌移开，使它离窗台远一些。我又搬开了那些水湿的书籍，这时候我无意间发现了你的信。

你那整齐的字迹和信封上的香港邮票吸引了我的眼光，我拿起信封抽出了那四张西式信笺。我才记起四个月以前我在怎样的心情下面收到你的来信。我那时没有写什么话，就把你的信放在书堆里，以后也就忘记了它。直到今天，在这样的一个雨夜，你的信又突然在我的眼前出现了。朋友，你想，这时候我还能够把它放在一边、自己安静地躺回到床上闭着眼睛睡觉吗？

“为了这书，我曾在黑暗中走了九英里的路，而且还经过三个冷僻荒凉的墓场。那是在去年九月二十三夜，我去香港，无意中见到这书，便把袋中仅有的钱拿来买了。这钱我原本打算留来坐Bus回鸭巴甸的。”

在你的信里我读到这样的话。它们在四个月以前曾经感动了我。就在今天我第二次读到它们，我还仿佛跟着你在黑暗中走路，走过那些荒凉的墓场。你得把我看作你的一个同伴，因为我是一个和你一样的人，而且我也有过和这类似的经验。这样的经验我确实有的太多了。从你的话里我看到了一个时期的我的画影。

年光在我的面前倒流过去，你的话使我又落在一些回忆里面了。

你说，你希望能够更深切地了解我。你奇怪是什么东西把我养育大的？朋友，这并不是什么可惊奇的事，因为我一生过的是“极平凡的生活”。我说过，我生在一个古老的家庭里，有将近20个的长辈，有30个以上的兄弟姊妹，有四五十个男女仆人，但这样简单的话是不够的。我说过我从小就爱和仆人在一起，我是在仆人中间长大的。但这样简单的话也还是不够的。我写出了一部分的回忆，但我同时也埋葬了另一部分的回忆。我应该写出的还有许多、许多的事情。

是什么东西把我养育大的？我常常拿这个问题问我自己。当我这样问的时候，最先在我的脑子里浮动的就是一个“爱”字。父母的爱，骨肉的爱，人间的爱，家庭生活的温暖，我的确是一个被人爱着的孩子。在那时候一所公馆便是我的世界，我的天堂。我爱一切的生物，我讨好所有的人。我愿意揩干每张脸上的眼泪，我希望看见幸福的微笑挂在每个人的嘴边。

然而死在我的面前走过了。我的母亲闭着眼睛让人家把她封在棺材里。从此我的生活里缺少了一样东西。父亲的房间突然变得空阔了。我常常在几间屋子里跑进跑出，唤着“妈”这个亲爱的字。我的声音白白地被寂寞吞食了，墙壁上母亲的照片也不看我一眼。死第一次在我的心上投下了阴影。我开始似懂非懂地了解恐怖和悲痛的意义了。

我渐渐地变成了一个爱思想的孩子。但是孩子的心究竟容易忘记，我不会整天垂泪。我依旧带笑带吵地过日子。孩子的心就像一只羽毛刚刚长成的小鸟，它要飞，飞，只想飞往广阔的天空去。

幼稚的眼睛常常看不清楚。小鸟怀着热烈的希望展翅向天空飞去，但是一下子就碰着铁丝网落了下来。这时我才知道，自己并不是在自由的天空下面，却被人关在一个铁丝笼里。家庭如今换上了一个面目，它就是阻碍我飞翔的囚笼。

然而孩子的心是不怕碰壁的。它不知道绝望，它不知道困难，一次做失败的事情，还要接二连三地重做。铁丝的坚硬并不能够毁灭小鸟的雄心。经过几次的碰壁以后，连安静的孩子也知道反抗了。

同时在狭小的马房里，我躺在那些病弱的轿夫的烟灯旁边，听他们叙述悲痛的经历；或者在寒冷的门房里，傍着黯淡的清油灯光，听衰老的仆人绝望地倾诉他们的胸怀。那些没有希望只是忍受苦刑般地生活着的人的故事，在我的心上投下了第二个阴影。而且我的眼睛还看得见周围的一切。一个抽大烟的仆人周贵偷了祖父的字画被赶出去做了乞丐，每逢过年过节，偷偷地跑来，躲在公馆门前石狮子旁边，等着机会央求一个从前的同事向旧主人讨一点赏钱，后来终于冻馁地死在街头。老仆人袁成在外面烟馆里被警察接连捉去两次，关了几天才放出来。另一个老仆人病死在门房里。我看见他的瘦得像一捆柴的身子躺在大门外石板上，盖着一张破席。一个老轿夫出去在斜对面一个亲戚的家里做看门人，因为别人硬说他偷东西，便在一个冬天的晚上用了一根裤带吊死在大门内。当这一切在我的眼前发生的时候，我含着眼泪，心里起了火一般的反抗的思想。我说我不要做一个少爷，我要做一个站在他们一边，帮助他们的人。

反抗的思想鼓舞着这只不知天高地厚的小鸟用力往上面飞，要冲破那个铁丝网。但铁丝网并不是软弱的翅膀所能够冲破的。碰壁的次数更多了。这其间我失掉了第二个爱我的人——父亲。

我悲痛我的不能补偿的损失。但是我的生活使我没有时间专为个人的损失悲哀了。因为这个富裕的大家庭在我的眼前变成了一个专制的王国。仇恨的倾轧和斗争掀开平静的表面爆发了。势力代替了公道。许多可爱的年轻的生命在虚伪的礼教的囚牢里挣扎，受苦，憔悴，呻吟以至于死亡。然而我站在旁边不能够帮助他们。同时在我的渴望发展的青年的灵魂上，陈旧的观念和长辈的威权像磐石一样沉重地压下来。“憎恨”的苗子是在我的心上发芽生叶了。接着“爱”来的就是这个“恨”字。

年轻的灵魂是不能相信上天和命运的。我开始觉得现在社会制度的不合理了。我常常狂妄地想：我们是不是能够改造它，把一切事情安排得更好一点。但是别人并不了解我。我只有在书本上去找寻朋友。

在这种环境中我的大哥渐渐地现出了疯狂的倾向。我的房间离大厅很近，在静夜，大厅里的任何微弱的声音我也可以听见。大厅里放着五六乘轿子，其中有一乘是大哥的。这些时候大哥常常一个人深夜跑到大厅上，坐到他的轿子里面去，用什么东西打碎轿帘上的玻璃。我因为读书睡得很晚，这类声音我不会错过。我一听见玻璃破碎声，我的心就因为痛苦和愤怒痛起来了。我不能够再把心关在书上，我绝望地拿起笔在纸上涂写一些愤怒的字眼，或者捏紧拳头在桌上捶。

后来我得到了一本小册子，就是克鲁泡特金的《告少年》(这是节译本)。我想不到世界上还有这样的书！这里面全是我想说而没法说得清楚的话。它们是多么明显，多么合理，多么雄辩。而且那种带煽动性的笔调简直要把一个15岁的孩子的心烧成灰了。我把这本小册子放在床头，每夜都拿出来，读了流泪，流过泪又笑。那本书后面附印着一些警句，里面有这样的一句话："天下第一乐事，无过于雪夜闭门读禁书。"我觉得这是千真万确的。从这时起，我才开始明白什么是正义。这正义把我的爱和恨调和起来。

但是不久，我就不能以"闭门读禁书"为满足了。我需要活动来发散我的热情；需要事实来证实我的理想。我想做点事情，可是我又不知道应该怎样地开头去做。没有人引导我。我反复地翻阅那本小册子，译者的名字是真民，书上又没有出版者的地址。不过给我这本小册子的人告诉我可以写信到上海新青年社去打听。我把新青年社的地址抄了下来，晚上我郑重地摊开信纸，怀着一颗战栗的心和求助的心情，给《新青年》的编者写信。这是我一生写的第一封信，我把我的全心灵都放在这里面，我像一个谦卑的孩子，我恳求他给我指一条路，我等着他来吩咐我怎样献出我个人的一切。

信发出了。我每天不能忍耐地等待着，我等着机会来牺牲自己，来消耗我的活力。但是回信始终没有来。我并不抱怨别人，我想或者是我还不配做这种事情。然而我的心并不曾死掉，我看见上海报纸上载有赠送《夜未央》的广告，便寄了邮票去。在我的记忆还不曾淡去时，书来了，是一个剧本。我形容不出这本书给我的激动。它给我打开了一个新的眼界。我第一次在另一个国家的青年为人民争自由谋幸福的斗争里找到了我的梦境中的英雄，找到了我的终生的事业。

大概在两月以后，我读到一份本地出版的《半月》，在那上面我看见一篇《适社的旨趣和组织大纲》，这是转载的文章。那意见和那组织正是我朝夕所梦想的。我读完了它，我的心跳得很厉害。我无论如何不能够安静下去。两种冲突的思想在我的脑子里争斗了一些时候。到夜深，我听见大哥的脚步声在大厅上响了，我不能自主地取出信纸摊在桌上，一面听着玻璃打碎的声音，一面写着愿意加入"适社"的信给那个《半月》的编辑，要求他作我的介绍人。

这信是第二天发出的，第三天回信就来了。一个姓章的编辑亲自送了回信来，他约我在一个指定的时间到他的家里去谈话。我毫不迟疑地去了。在那里我会见了三四个青年，他们谈话的态度和我家里的人完全不同。他们充满了热情、信仰和牺牲的决心。我把我的胸怀，我的痛苦，我的渴望完全吐露给他们。作为回答，他们给我友情，给我信任，给我勇气。他们把我当作一个知己朋友。从他们的谈话里我知道“适社”是重庆的团体，但是他们也想在这里成立一个类似的组织。他们答应将来让我加入他们的组织，和他们一起工作。我告辞的时候，他们送给我几本“适社”出版的宣传册子，并且写了信介绍我给那边的负责人通信。

事情在今天也许不会是这么简单，这个时候人对人也许不会这么轻易地相信，然而在当时一切都是非常自然。这个小小的客厅简直成了我的天堂。在那里的两小时的谈话照彻了我的灵魂。我好像一只被风暴打破的船找到了停泊的港口。我的心情昂扬，我带着幸福的微笑回到家里。就在这天的夜里，我怀着佛教徒朝山进香时的虔诚，给“适社”的负责人写了信。

我的生活方式渐渐地改变了，我和那几个青年结了亲密的友谊。我做了那个半月刊的同人，后来也做了编辑。此外我们还组织了一个团体：均社。我自称为“安那其主义者”[①]，就是从那时候开始的。团体成立以后就来了工作。办刊物、通讯、散传单、印书，都是我们所能够做的事情。我们有时候也开秘密会议，时间是夜里，地点总是在僻静的街道，参加会议的人并不多，但大家都是怀着严肃而紧张的心情赴会的。每次我一个人或者和一个朋友故意东弯西拐，在黑暗中走了许多路，听厌了单调的狗叫和树叶飘动声，以后走到作为会议地点的朋友的家，看见那些紧张的亲切的面孔，我们相对微微地一笑，那时候我的心真要从口腔里跳了出来。我感动得几乎不觉到自己的存在了。友情和信仰在这个阴暗的房间里开放了花朵。

但这样的会议是不常举行的，一个月也不过召集两三次，会议之后是工作。我们先后办了几种刊物，印了几本小册子。我们抄写了许多地址，亲手把刊物或小册子一一地包卷起来，然后几个人捧着它们到邮局去寄发。五一节来到的时候，我们印了一种传单，派定几个人到各处去散发。那一天天气很好，我挟了一大卷传单，在离我们公馆很远的一带街巷里走来走去，直到把它们散发光了，又

①“安那其主义”就是“无政府主义”（“安那其”是译音）。

在街上闲步一回，知道自己没有被人跟着，才放心地到约定集合的地方去。每个人愉快地叙述各自的经验。这一天我们就像在过节。又有一次我们为了一件事情印了传单攻击当时统治省城的某军阀。这传单应该贴在几条大街的墙壁上。我分得一大卷传单回到家里。晚上我悄悄地叫一个小听差跟我一起到十字街口去。他拿着一碗浆糊。我挟了一卷传单，我们看见墙上有空白的地方就把传单贴上去。没有人干涉我们。有几次我们贴完传单走开了，回头看时，一两个黑影子站在那里读我们刚才贴上去的东西。我相信在夜里他们要一字一字地读完它，并不是容易的事情。

《半月》是一种公开的刊物，社员比较多而复杂。但主持的仍是我们几个人。白天我们中间有的人要上学，有的人要做事，夜晚我们才有空聚在一起。每天晚上我总要走过几条黑暗的街巷到“半月社”去。那是在一个商场的楼上。我们四五个人到了那里就忙着卸下铺板，打扫房间，回答一些读者的信件，办理种种的杂事，等候那些来借阅书报的人，因为我们预备了一批新书报免费借给读者。我们期待着忙碌的生活，宁愿忙得透不过气来。共同的牺牲的渴望把我们大家如此坚牢地系在一起。那时候我们只等着一个机会来交出我们个人的一切，而且相信在这样的牺牲之后，理想的新世界就会跟着明天的太阳一同升起来。这样的幻梦固然带着孩子气，但这是多么美丽的幻梦啊！

我就是这样地开始了我的社会生活的。从那时起，我就把我的幼年深深地埋葬了。……

窗外刮起大风，关住的窗门突然大开了。雨点跟着飘了进来。我面前的信笺上也溅了水。写好的信笺被风吹起，散落在四处。我不能够继续写下去了，虽然我还有许多话没有向你吐露。我想，我不久还有机会给你写信，叙述那些未说到的事情。我不知道我上面的话能不能够帮助你更了解我。但是我应该感谢你，因为你的信给我唤起了这许多可宝贵的回忆。那么就让这风把我的祝福带给你罢。现在我也该躺一会儿了。

1936年8月深夜

家庭的环境

我们回到成都，又换了一个新的环境，而且不久革命就爆发了。

我当时一点也不懂什么叫做革命，更谈不到拥护或者害怕，只有十月十八日的兵变给我留下了一个恐怖的印象。

那些日子我仍旧在书房里读书。一天一天听见教书先生（他似乎姓龙，又好像姓邓）用激动的声音讲起当时川汉铁路的风潮。

龙先生是个新党，所以他站在人民一方面。自然他不敢公开说出反对清朝政府的话。不过对于被捕的七个请愿代表他却表示大的尊敬，而且他不喜欢当时的总督赵尔丰。

二叔和三叔从日本留学回来不过一两年。他们的辫子是在日本剪掉了的（我现在记不清楚是两个人的辫子都剪掉了，还只是其中的一个剪掉了辫子），现在他们戴上了假的辫子。有些人在背后挖苦他们，骂他们是革命党。

我的脑后垂着一根小小的、用红头绳缠的硬辫子；我每天早晨都要母亲或者老妈子给我梳头，我觉得这是很讨厌的事情。因此我倒喜欢那些主张剪掉辫子的革命党。

旧历十月十八日是祖母的生忌，家里的人忙着摆供。

下午就听说外面风声不大好。

五点钟光景，父亲他们正在堂屋里磕头。忽然一个仆人进来报告：外面发生了兵变，好几家银行和当铺都被抢了。我们伯父的公馆也遭到变兵的光顾。

其实后一个消息是不确实的。二伯父的公馆虽然离我们这里很近，但是在当时谁也失掉了判断力，况且二伯父一家又是北门一带的首富，很有遭抢劫的可能。

于是堂屋里起了一个小小的骚动，众人马上四散了。各人回到房里去想“逃难”的办法。

父亲和母亲商量了片刻，大家就忙乱起来。

一个仆人帮忙父亲把地板撬开一块，从立柜里取出十几封银元放在地板下面。后来他们又放了好几封银元在后花园的井里。

又有人忙着搬梯子来，把几口红皮箱放到顶楼板上面去，那里是藏东西的地方。

同时母亲叫人雇了几乘轿子来，把我们兄弟姊妹带到外祖母家里去。大哥陪着父亲留在家里。

我和母亲坐在一乘轿子里面。母亲抱着我。我不时偷偷地拉起轿帘看外面的街景。

街上有些人在跑。好几乘轿子迎面撞过来。没有看见一个变兵。

晚上我们都挤在外祖母房里，大家都不说话。

外面起了枪声，半个天空都染红了。一个年轻的舅父在窗下对我们说话。这些话都是很可怕的。

外祖母闭着眼睛念佛。

后来附近一带突然起了嘈杂的人声。好像离这里只有十几步路的赵公馆给变兵打进去了。

闹声，哭声，枪声，物件撞击声……响成了一片。

外祖母逼着母亲逃走，母亲不肯。大家争论了片刻，母亲就带着我们到了后面天井里。外祖母一定不肯走，她说她念佛吃素多年了，菩萨会保佑她。

天是红的。几株树上有乌鸦在叫。枪声，我们也听得很清楚。

母亲发出了几声绝望的叹息。她还关心到外祖母，关心到父亲。

舅父给我们搬了梯子来。墙并不高。一个老妈子先爬到墙外去。然后母亲，三哥，我都爬过去了。接着我的两个姐姐也爬了过去。

墙外是一个菜园。我们在菜畦里躲了好些时候，简直顾不到寒冷了。

后来我们看见没有什么动静，才到那个管菜园的老太婆的茅棚里坐了一夜。

那个老太婆亲切地招待我们，还给我们弄热茶来喝。

母亲一晚上都在担心家里的事情。第二天19日的上午外面平静了，她就带着我一个人先回家。父亲和大哥惊喜地迎接我们。

父亲告诉我们：昨晚半夜里果然有十几个变兵撬了大门进来。家里已经有了准备。十几个堂勇端起火药枪在二门外的天井里排成了两排，再加上三叔的两个镖客（三叔在南充做知县，刚刚从那里回来）。变兵看见这里人多，不敢动手，只说来借点路费。父亲叫人拿了一封银元出来送给他们，他们就走了。只损失了这一百元。以后再也没有变兵进来过。

这一晚上在家里就只有父亲和大哥照料着。叔父和婶娘们都避开了，祖父也到别处去了。

这一天是母亲和我的生日，但是家里已经忘记了这件事情。

从此我们就平平安安地过下去。地板下面的银元自然取了出来。井里的却不知给谁拿去了，父亲叫人来淘了两次井，都没有找到。

赵尔丰被革命党捉住杀头的消息使龙先生非常高兴，同时在我们的家里产生了种种不同的印象。在以后许多天里，我们都听见人们在谈论赵尔丰被杀头的事情。

共和革命算是成功了。

二叔和三叔头上的假辫子也取了下来。再没有人嘲笑他们的"秃头"了。

在一个晴明的下午，仆人姜福（他不知道从哪里刚学会了剪发的手艺）找了一把剪发的洋剪刀，把我和三哥的小辫子剪掉了。

接着我们全家的男人都剪掉了辫子。仆人中有一两个不肯剪的，却不留心在街上给警察强迫剪去了。

我们家里开始做新的国旗。照例由父亲管这些事情。他拿一大块白洋布摊在方桌上面，先用一个极大的碗，把墨汁涂了碗口，印了一个大圆形在布上，然后用一个小杯子在大圆形的周围印了十八个小圈。在大圆形里面写了一个"汉"字，十八个小圈代表当时的十八省。

我对于做国旗的事情感到兴趣。但是不久中华民国成立，我们家里又把大汉旗收起，另外做了五色旗。

祖父因为革命而感到悲哀。父亲没有表示什么意见。二叔断送了他的四品的官。三叔却给自己起了个“亡国大夫”的笔名。三叔还是一个诗人，写过不少的诗。祖父也是诗人，还印过一册诗集《秋棠山馆诗钞》送人。父亲和二叔却不常作诗。

至于我们这一辈，虽然大都是小孩子，但是对于清朝政府的灭亡，都觉得高兴。

清朝倒了。我们依旧在龙先生的教导下面读书。但是大哥不久就进了中学。

两年半以后，母亲永远离开了我们。

母亲死在民国三年（1914年）旧历七月的一个夜里。

母亲病了二十多天。她在病中是十分痛苦的。一直到最后一天，她还很清醒，但是人已经不能够动了。

我和三哥就住在隔壁的房间里。每次我们到病床前看她，她总要流眼泪。

在我们兄弟姊妹中间，母亲最爱我，然而我也不能够安慰她，减轻她的痛苦。

母亲十分关心她的儿女。她临死前五天还叫大哥到一位姨母处去借了一对金手镯来。她嫌样子不好看，过了两天她又叫大哥拿去还了，另外在二伯母那里去借了一对来。这是为大哥将来订婚用的。她在那样痛苦的病中还想到这些事情。

我和三哥都没有看见母亲死。那个晚上因为母亲的病加重，父亲很早就叫老妈子照料我们睡了。等到第二天早晨我们醒来时，棺材已经进门了。

我含着眼泪，心里想着我是母亲最爱的孩子。

棺材放在签押房里。闭殓的时候，两个人手里拿着红绫的两头预备放下去。许多人围着棺材哭喊。我呆呆地望着母亲的没有血色的脸！我恨不能把以后几十年的眼光都用来在这个时候饱看她。

红绫终于放下去了。它掩盖了母亲的遗体。漆匠再用木钉把它钉牢。几个人就抬着棺盖压上去。

二姐和三姐不肯走开，她们伤心地哭着，把头在棺材上面撞。

晚上睡觉的时候，我还听见签押房里两个姐姐的哀哀的哭声。我不能够闭上眼睛。我的眼泪也淌了出来。我怜悯我的两个姐姐。我也怜悯我自己。

早晨我也会被她们的哭声惊醒。我就躺在床上，含着眼泪，祷告母亲保佑我的两个姐姐。

白天我常常望着签押房里灵帷前母亲的放大照片。我心里想着这时候母亲在什么地方。

家祭的一夜，我们三弟兄匍匐地跪在灵前蒲团上，听着一个表哥诵读父亲替我们做好的一篇祭文。

“……吾母竟弃不孝等而长逝矣……不孝等今竟为无母之人矣……”

诵读的声音很可笑。我不过是一个十岁的孩子，我细嚼着这两句话的滋味，我的眼泪滴在蒲团上了。

第二天灵柩就抬了出去，先寄殡在城外一座古庙里，后来安葬在磨盘山。父亲在一个坟墓里做好了两个穴。左边的一个是留给他自己用的。三年后他果然睡在那个穴里面了。

灵柩抬出去以后，家里的一切恢复了原状。母亲房里的陈设跟母亲在时并没有两样，只多了一张母亲的放大半身照片。

常常我走进父亲的房间，看不见母亲，还以为她在后房里，便温和地叫了一声“妈”。但是我马上就想起母亲已经是另一个世界里的人了。

我成了一个没有母亲的孩子。跟有母亲的堂兄弟们比起来，我深深地感到了没有母亲的孩子的悲哀。

也许是为了填补这个缺陷罢，父亲后来就为我们接了一个更年轻的母亲来。

这位新母亲待我们也很好。但是她并不能够医好我心上的那个伤痕。她不能够像死去的母亲那样地爱我，我也不能够像爱亡母那样地爱她。

这不是她的错，也不是我的错，因为在这之前我们原是两个彼此不了解的陌生的人。

母亲死后四个多月的光景二姐也死了。

二姐患的是所谓“女儿痨”的病。我们回到成都不久她就病了。有一次她几乎死掉，后来有人介绍四圣祠医院的一个英国女医生来治好了她。

因此母亲叫人买了刀叉做了西餐，请了四圣祠医院的几个“洋太太”到我们家里来吃饭。这是我们第一次跟西洋人接触。她们都会说中国话。我觉得她们也很和气。

母亲同那几个英国女医生做了朋友。她带着我到她们的医院里去玩过几次，也去看过病。她们送了我们一些西洋点心和好几本书。我很喜欢那本皮面精装的《新旧约全书》官话译本。不过那时候我并没有想到去读它。母亲死后，我们就没有跟那几个英国女医生来往了。

母亲一死，二姐就没有过一天好日子。大概是过分的悲痛毁坏了她的身体。

她一天天地瘦弱起来，脸上没有一点血色，面孔也是一天比一天地憔悴。她常常提起母亲就哭，我很少看见她笑过。

“妈，你看二姐多可怜，你要好好地保佑二姐啊！”我常常在暗中祷告。

但是二姐的病依旧没有起色。父亲请了许多名医来给她诊断，都没有用。

冬天一到，二姐便睡倒了。谁看见她，都会叹息地说：她瘦得真可怜。

旧历十一月二十八日是祖父的生日，从那一天起，我们家里接连唱了三天戏。戏台在大厅上，天井里坐了十几桌客。全家的人带着笑容跑来跑去。

二姐一个人病在房里，听见这些闹声，她一定很难受。晚上客人散去了大半，父亲便叫人把二姐扶了出来，远远地坐在阶上看戏。

二姐坐在一把藤椅上，不能动，用失神的眼光茫然地望着戏台。我不知道她眼里看见的是什么景象。

脸瘦成了一张尖脸，嘴唇也枯了。我的心为爱、为怜悯而痛苦了。

“我要进去，”二姐把头略略一偏，做出不能忍耐的样子低声说。老妈子便把她扶了进去。

三天以后二姐就永远闭了她的眼睛。她也死在天明以前。那时候我在梦里，不能够看见她的最后一刻是怎样过去的。

我那天早晨做了一个奇怪的梦。我到了一个坟场。地方很宽，长满了草。中间有一座陌生人的坟。坟后长了几株参天的柏树。仿佛是在春天的早晨。阳光在树梢闪耀，坟前不少的野花正开出红的、黄的、蓝的、白的花朵。两三只蝴蝶在花间飞舞。树枝上还有些山鸟在唱歌。

我站在坟前看墓碑上刻的字，一阵微风把花香送进我的鼻子里。忽然坟后面响起了哭声。

我惊醒了。心跳得很厉害。我在床上躺了片刻。哭声依旧，在我的耳边荡漾。我分辨出来这是三姐的哭声。

我感到了恐怖。我没有疑惑：二姐死了。

父亲忙着料理二姐的后事。过了一会儿，姨外婆坐了轿子来数数落落地哭了一场。

回到成都以后我还是一个小孩。能够同我在一块儿玩的，就只有三哥和几个年纪差不多的堂、表弟兄，此外还有几个仆人。在广元陪我们玩的香儿已经死了。

大哥已经成人。他喜欢和姐姐，堂姐，表姐们一块儿玩。

在我们这个大家庭里，我们这一辈的男男女女很多。我除了两个胞姐和三个堂姐外还有好几个表姐。她们和大哥的感情都很好。她们常常到我们家里来玩，这时候大哥就忙起来。姐姐、堂姐、表姐聚在一块儿，她们给大哥起了一个“无事忙”的绰号。

游戏的种类是很多的。大哥自然是中心人物。踢毽子，拍皮球，掷大观园图，行酒令。酒令有好几种，大哥房里就藏得有几副酒筹。

常常在傍晚，大哥和她们凑了一点钱，买了几样下酒的冷菜，还叫厨子做几样热菜。于是大家围着一张圆桌坐下来，一面行令，一面喝酒，或者谈一些有趣味的事情，或者评论《红楼梦》里面的人物。那时候在我们家里除了我们这几个小孩外，没有一个人不曾读过《红楼梦》。父亲在广元买了一部16本头的木刻本，母亲有一部石印小本。大哥后来又买了一部商务印书馆出版的船印本。我常常听见人谈论《红楼梦》，当时虽然不曾读它，就已经熟悉了书中的人物和事情。

后来有两个表姐离开了成都，二姐又跟着母亲死了。大哥和姐姐们的聚会当然没有以前那样地热闹，但是也还有新的参加者，譬如两个表哥和一个年轻的叔父（六叔）便是。我和三哥也参加过两三次。

不过我的趣味是多方面的。我跟着三哥他们组织了新剧团，又跟着六叔他们组织了侦探队。我还常常躲在马房里躺在轿夫的破床上烟灯旁边听他们讲青年时代的故事。

有一个时期我和三哥每晚上都要叫姜福陪着到可园去看戏。可园演的有川戏，也有京戏。我们一连看了两三个月。父亲是那个戏园的股东，有一厚本免费的戏票。而且座位是在固定的包厢里面，用不着临时去换票。我们爱看武戏，回来在家里也学着翻筋斗，翻杠杆。

父亲喜欢京戏。当时成都戏园加演京戏聘请京班名角，这种事情大半由他主持。由上海到成都来的京班角色，在登台之前常常先到我们家来吃饭。自然是父亲请客。他们有时也在我们的客厅里清唱。

有一次父亲请新到的八九个京班名角在客厅里吃饭。饭后大家正在花园里玩，那个唱老旦的宝幼亭（我们先听过了他的唱片）忽然神经错乱，跪在地上赌咒般地说了好些话。众人拉他，他不肯走，把父亲急得没有办法。我们在旁边觉得好笑。我和这些戏子都很熟，有时我还跟着父亲到后台去看他们化装。

一个唱青衣的小孩名叫张文芳，年纪不过十四五岁，当时在成都也受人欢迎。他的哥哥本来也唱青衣，如今嗓子坏了不再登台了，就管教弟弟，靠着弟弟过活。他也到我们家里来过一次。他完全是个小孩，并没有一点女人气。然而在戏里他却改换面目做了种种的薄命的女人。我看惯了他演的那些悲剧，一点也不喜欢。但是有一次离新年不远，我跟着父亲到了他们住的地方（大概就是在戏园里面），看见他穿一身短打，手里拿了一把木头的关刀寂寞地舞着，我不觉望着他笑了。我和他玩了好一会儿，问答了一些事情，直到父亲来带我回家的时候。我想，他的生活一定是很寂寞的罢。

然而说句公平的话，父亲对待戏子的态度很客气，他把他们当作朋友，所以能够得到他们的信任。他并没有玩过小旦。

三叔却不同，他喜欢一个川班的小旦李凤卿。祖父也喜欢李凤卿。有一次祖父带我去看戏。李凤卿包了头穿着粉红衫子在台上出现以后，祖父曾经带笑地问过我认不认识这个人。

李凤卿时常来找三叔。他也常常同我们谈话。他是一个非常亲切的人，会写一手娟秀的字。他虽然穿着男人的衣服，但是举动和说话都像女人，有时候手上、脸上还留着脂粉。

有一次三叔把李凤卿带到我们客厅里来化装照相。我看见他在那里包头，擦粉，踩蹻。他先装扮成一个执长矛的古代的女将，后来就改扮做一个旗装贵妇。这两张照片后来都挂在三叔的房里，三叔还亲笔题了诗在上面。

李凤卿的境遇很悲惨。后来在祖父死后不多久他也病死了，剩下一个妻子，连埋葬费也没有。还是三叔出钱把他安葬了的。

三叔做了一副挽联吊他，里面有“……也当忍死须臾，待侬一诀”的话。

二叔也做过一副挽联，我还记得上下联的后半句是：“……哪堪一曲广陵，竟成绝响。……惆怅落花时节，何处重逢。”

后来二叔偶尔和教书先生谈起这件事情，那个60岁的曹先生不觉惊讶地问道：

“××先生竟然也好此道？他不愧是一个风雅士！”

这“××先生”是指三叔。三叔在南充做知县的时候，曹先生是那个县的教官。曹先生到我们家来教书还是三叔介绍的。李凤卿当时在南充唱戏，三叔在那里认识了他。

听见“风雅士”三个字，就跟平日听见曹先生说的“大清三百年来深仁厚泽浃沦肌髓”的话一样，我觉得非常肉麻。

二叔对曹先生谈起李凤卿的生平。他本是一个小康人家的子弟。十三四岁时给仇人抢了去，因为他家里不肯出钱赎取，他就被人坏了身子卖到戏班里去，做了旦角。

五叔后来也玩过川班的旦角。他还替他们编过剧本。

我们组织过一个新剧团，在桂堂后面竹林里演新剧。竹林前面有一块空地，就做了我们的舞台。我们用复写纸印了许多张戏票送人，拉别人来看我们的表演。

我们的剧本是自己胡乱编的，里面没有一个女角。主要演员是六叔、二哥（二叔的儿子）、三哥和香表哥；我和五弟（也是二叔的儿子）两个只做配角，或者在戏演完以后做点翻杠杆的表演。看客多半是女的，就是姐姐、堂姐、表姐们。我们用种种方法强迫她们来看，而且一定要戏演完才许她们走。

父亲也被我们拉来了。他居然坐在那里看完我们演的戏。他又给我们编了一个叫作《知事现形记》的剧本。二哥和三哥扮着戏里面两个主角表演得有声有色的时候，父亲也哈哈地笑起来。

在公馆里我有两个环境，我一部分时间跟所谓“上人”在一起生活，另一部分时间又跟所谓“下人”在一起生活。

我常常爱管闲事，我常常在门房、马房、厨房里面和仆人、马夫们一起玩，常常向他们问这问那，因此他们都叫我做“稽查”。

有时候轿夫们在马房里煮饭，我就替他们烧火，把一些柴和枯叶送进那个柴灶里去。他们打纸牌时，我也在旁边看，常常给那个每赌必输的老唐帮忙。有时候他们也诚恳地对我倾吐他们的痛苦，或者坦白地批评主人们的好坏。他们对我什么事都不隐瞒。他们把我当作一个同情他们的小朋友。我需要他们帮忙的时候，他们也没有一点吝惜。

我生活在仆人、轿夫的中间。我看见他们怎样怀着原始的正义的信仰过那种受苦的生活，我知道他们的欢乐和痛苦，我看见他们怎样跟贫苦挣扎而屈服、而死亡。60岁的老书僮赵升病死在门房里。抽大烟的仆人周贵偷了祖父的字画被赶出去，后来做了乞丐，死在街头。一个老轿夫离开我们家，到斜对面一个亲戚的公馆里当看门人，不知道怎样竟然用一根裤带吊死在大门里面。这一类的悲剧以及那些活着的“下人”的沉重的生活负担，如果我一一叙述出来，一定会使最温和的人也无法制止他的愤怒。

我在污秽寒冷的马房里听那些老轿夫在烟灯旁叙述他们痛苦的经历、或者在门房里黯淡的灯光下听到仆人发出绝望的叹息的时候，我眼里含着泪珠，心里起了火一般的反抗的思想。我宣誓要做一个站在他们这一边、帮助他们的人。

我同他们的友谊一直继续到我离开成都的时候。不过我进了外国语专门学校以后，就很少有时间在门房和马房里面玩了。接着我又参加了社会运动。

我早就不到厨房里去了，因为我不高兴看谢厨子和老妈子调情（他后来就同祖父的一个老妈子结了婚，那个女人原是一个寡妇），而且谢厨子仗着祖父喜欢他，常常欺凌别人，也使我不满意他，虽然我从前常常到厨房去看他烧菜做点心。

我愈是多和“下人”在一起，愈是讨厌“上人”中间那些虚伪的礼节和应酬。有两次在除夕全家的人在堂屋里敬神，我却躲在马房里轿夫的破床上。那里没有人，没有灯，外面有许多人叫我，我也不应。我默默地听着爆竹声响了又止了，再过一会儿我才跑出来回到自己的房间去。

家里平日敬神的时候，我也会设法躲开。我为了这些事情常常被人嘲笑，但是我始终照自己的意思做。

六叔、二哥、香表哥三个人合作办了一种小说杂志，名称就叫《十日》，一个月出三本，每本用复写纸印了五六份。

我是杂志的第一个订户。大哥把他那篇最得意的哀情小说在《十日》杂志第一期上面发表了，所以他们也送他一份。还有一个奉表哥也投了一篇得意的稿子。

在我们家里大哥是第一个写小说的人。他的小说是以“暮春三月，江南草长，杂花生树，群莺乱飞”的旧句开始的。奉表哥的小说是以“杏花深处，一角红楼”的句子开始的。接着就是“斗室中有一女郎在焉。女郎者何，×其姓，××其名”，诸如此类的公式文章。把“女郎”两个字改作“少年”就成了另篇小说。小说的结局离不掉情死，后面还有一封情人的绝命书。

我对于《十日》杂志上千篇一律的才子佳人的哀情小说感不到兴趣。而且我亲眼看见他们写小说时分明摊开了好几本书在抄袭。这些书有尺牍，有文选，有笔记，有上海新出的流行小说和杂志。小说里每段描写景物的四六句子，照例是从尺牍或者文选上面抄来的。他们写小说并不费力。不过对于那三个创办杂志的人的抄录、装订、绘图的种种苦心我却是很佩服。

《十日》杂志出版了三个月，我只花了9个铜元的订费，就得到厚厚的9本书。

民国六年春天成都发生了第一次巷战。在这七天川军同滇军的巷战中，我看见了不少可怕的流血的景象。

在这时候二叔的两个儿子，二哥和五弟突然患白喉症死了。我在几天的工夫就失掉了两个同伴。

他们本来可以不死，但是因为街上断绝了行人，请不到医生来治病，只得让他们躺在家里，看着病一天天地加重。等到后来两个轿夫背着他们跨过战壕，冒着枪林弹雨赶到医院时，他们已是奄奄一息了。

战事刚刚停止，我和三哥也患了喉症。我们的病还没有好，父亲就病死了。

父亲很喜欢我。他平时常常带着我一个人到外面去玩。在他的病中他听说我的病好多了，想看我，便叫人来陪我到他的房里去。

我走到床前，跪在踏脚凳上，望着他的憔悴的脸，叫了一声“爹”。

“你好了？”他伸出手抚摩我的头。“你要乖乖的。不要老是拼命叫‘罗嫂！罗嫂！’你要常常来看我啊！”罗嫂是在我们病中照料我们的那个老妈子。

父亲微微笑了。

“好，你回去休息罢。”过了半晌父亲这样吩咐了一句。

第三天父亲就去世了。他第一次昏过去的时候，我们围在床前哭唤他。他居然醒了转来。我们以为他不会死了。

但是不到一刻钟光景，他又开始在床上抽气了。我们看着他一秒钟一秒钟地死下去。

于是我的环境马上改变了。好像发生了惊天动地的剧变。

满屋子都是哭声。

晚上我和三哥坐在房间里：望着黯淡的清油灯光落泪。大哥忽然跑进来，在床沿上坐下去，哭着说：“三弟，四弟，我们……如今……没有……父亲……了……”

我们弟兄三个痛哭起来。

自从父亲接了继母进来以后，我们就搬到左边厢房里住。后来祖父吩咐把我们紧隔壁的那间停过母亲灵柩的签押房装修好，做了大哥结婚时的新房，大哥和嫂嫂就住在我们的隔壁。

这时候嫂嫂在隔壁听见了我们的哭声，便走过来劝慰大哥。他们夫妇埋着头慢慢地出去了。

父亲埋葬了以后，我心里更空虚了。我常常踯躅在街头，我总觉得父亲在我的前面，仿佛我还是依依地跟着父亲走路，因为父亲平时不大喜欢坐轿，常常带了我在街上慢步闲走。

但是一走到行人拥挤的街心，跟来往的人争路时，我才明白我是孤零零的一个人。

从此我就失掉了人一生只能够有一个的父亲了。

父亲死后不久，成都又发生了更激烈的巷战。结果黔军被川军赶走了，全城的房屋却烧毁了很多。不用说我们受了惊，可是并没有大的损失。

我们自然有饭吃，只是缺少蔬菜和油荤。

在马房里轿夫们喝着烧酒嚼着干锅魁（大饼）来充塞肚里的饥饿，他们买不到米做饭。

枪炮声，火光，流血，杀人，以及种种残酷的景象。而且我们偶尔也挨近了死的边缘……

巷战不久就停止了。然而军阀割据的局面却一直继续下去，到现在还没有打破。

三哥已经进了中学，但是父亲一死，我进中学的希望便断绝了。祖父从来不赞成送子弟进学校读书。现在又没有人出来替我讲话。

我便开始跟着香表哥念英文。每天晚上他到我们家里来教我，并不要报酬。这样继续了三年。他还帮助我学到一点其他的知识。祖父死后我和三哥进了外国语专门学校，我就没有时间跟着香表哥念书。他后来结了婚，离开了成都，到乐山教书去了。

香表哥是一个真挚而又聪明的青年。当时像他那样有学识的年轻人，在我们亲戚中间已经是很难得的了。然而家庭束缚了他，使他至今还在生活的负担下面不断地发出绝望的呻吟，白白地浪费了他的有为的青春。

但是提起他，我却不能不充满了感激。我的智力的最初发展是得到两个人的帮助的，其中的一个就是他。还有一个是大哥，大哥买了不少的新书报，使我能够贪婪地读完了它们。而且我和三哥一块儿离开成都到上海，以及后来我一个人到法国去念书，都少不了他的帮助。虽然为着去法国的事情我跟他起过争执，但是他终于顺从了我的意思。

在我的心里永远藏着对于这两个人的感激。我本来是一个愚蠢的、孤僻的孩子。要是没有他们的帮助，也许我至今还是一个愚蠢的、孤僻的人罢。

父亲的死使我懂得了更多的事情。我的眼睛好像突然睁开了，我更看清楚了我们这个富裕大家庭的面目。

这个富裕的大家庭变成了一个专制的大王国。在和平的、友爱的表面下我看见了仇恨的倾轧和斗争；同时在我的渴望自由发展的青年的精神上，“压迫”像沉重的石块重重地压着。

我的身子给绑得太紧了，不能够动弹。我也不能够摔掉肩上的重压。我把全部的时间用来读书。书本却蚕食了我的健康。

我一天一天地瘦下去。父亲死后的一年中间我每隔十几天就要病倒一次，而且整个冬天一直在吞丸药。

第二年秋天我进了青年会的英文补习学校。祖父知道了这件事情，也不干涉，因为他听说学会英文可以考进邮局工作，他又知道邮局的薪金相当高，薪水是现金，而且逐年增加，位置又稳固，不会因政变或其他的人事变动而失业。我的一位舅父当时是邮局的一个高级职员，亲友们都羡慕他的这个“好位置”。

我在青年会上了一个月的课就生了三次病。祖父知道了便要我在家里静养。不过他同意请香表哥到我们家里来正式教我念英文，还吩咐按月送束脩给香表哥。其实所谓束脩的数目也很小，不是一元，便是两元。

自从父亲死后，祖父对我的态度也渐渐地改变。他开始关心我、而且很爱我。后来他听见人说牛奶很“养人”，便出钱给我订了一份牛奶。他还时常把我叫到他的房里去，对我亲切地谈一些做人处世的话。甚至在他临死前发狂的一个月中间他也常常叫人把我找去。我站在他的床前，望着他。他的又黑又瘦的老脸上露出微笑，眼里却淌了泪水。

以前在我们祖孙两个中间并没有什么感情。我不曾爱过祖父，我只是害怕他；而且有时候我还把他当作专制、压迫的代表，我的确憎恨过他。

但是在他最后的半年里不知道怎样，他的态度完全改变了，我对他也开始发生了感情。

然而时间是这么短！在这一年的最后一天（旧历），我就失掉了他。

新年中别的家庭里充满了喜悦，爆竹声挨门挨户地响起来。然而在众人的欢乐中，我们一家人却匍匐在灵前哀哀地哭着死去的祖父。

这悲哀一半是虚假的，因为在祖父死后一个多星期的光景，叔父们就在他的房间里开会处分了他的东西，而且后来他们还在他的灵前发生过争吵。

可惜祖父没有知觉了，不然他对于所谓“五世同堂”的好梦也会感到幻灭罢。我想他的病中的发狂绝不是没有原因的。

祖父是一个能干的人。他在曾祖死后，做了多年的官，后来“告归林下”。他买了不少的田产，修了漂亮的公馆，搜藏了好些古玩字画。他结过两次婚，讨了两个姨太太，生了五儿一女，还见到了重孙（大哥的儿子）。结果他把儿子们造成了彼此不相容的仇敌，在家庭里种下了长期争斗的根源，他自己依旧免不掉发狂地死在孤独里。并没有人真正爱他，也没有人真正了解他。

祖父一死，家庭就变得更黑暗了。新的专制压迫的代表起来代替了祖父，继续拿旧礼教把“表面是弟兄暗中是仇敌”的几房人团结在一起，企图在20世纪中维持封建时代的生活方式。结果产生了更多的争斗和倾轧，造成了更多的悲剧，而裂痕依旧是一天一天地增加，一直到最后完全崩溃的一天。

祖父像一个旧家庭制度的最后的卫道者那样地消灭了。对于他的死我并没有遗憾。虽然我在悲悼失掉了一个爱我的人，但是同时我也庆幸我获得了自由。从这天起在我们家里再没有一个人可以支配我的行动了。

祖父死后不到半年，在1920年暑假我和三哥就考进了外国语专门学校，从补习班读到预科、本科，在那里接连念了两年半的书。在学校里因为我没法交出中学毕业文凭，后来改成了旁听生，被剥夺了获得毕业文凭的权利。这件事情竟然帮助我打动了继母和大哥的心，使他们同意我抛弃了学业同三哥一路到上海去。

民国十二年（1923年）春天在枪林弹雨中保全了性命以后，我和三哥两个就离开了成都的家。大哥把我们送到木船上，他流着眼泪离开了我们。那时候我的悲哀是很大的。但是一想到近几年来我的家庭生活，我对于旧家庭并没有留恋。我离开旧家庭不过像摔掉一个可怕的阴影。但是还有几个我所爱的人在那里呻吟憔悴地等待宰割，我因此不能不感到痛苦。在过去的十几年中间我已经用眼泪埋葬了不少的尸体，那些都是不必要的牺牲者，完全是被陈旧的礼教和两三个人一时的任性杀死的。

一个理想在前面向我招手，我的眼前是一片光明。我怀着大的勇气离开了我住过17年的成都。

那时候我已经受了新文化运动的洗礼，而且参加了社会运动，创办了新的刊物，并且在书物上写了下面的两个短句作为我的生活的目标了：

“奋斗就是生活，人生只有前进。”

做大哥的人

我的大哥生来相貌清秀，自小就很聪慧，在家里得到父母的宠爱，在书房里又得到教书先生的称赞。看见他的人都说他日后会有很大的成就。母亲也很满意这样一个“宁馨儿”。

他在爱的环境里逐渐长成。我们回到成都以后，他过着一位被宠爱的少爷的生活。辛亥革命的前夕，三叔带着两个镖客回到成都。大哥便跟镖客学习武艺。父亲对他抱着很大的希望，想使他做一个“文武全才”的人。

每天早晨天还没有大亮，大哥便起来，穿一身短打，在大厅上或者天井里练习打拳使刀。他从两个镖客那里学到了他们的全套本领。我常常看见他在春天的黄昏舞动两把短刀。两道白光连接成了一根柔软的丝带，蛛网一般地掩盖住他的身子，像一颗大的白珠子在地上滚动。他那灵活的舞刀的姿态甚至博得了严厉的祖父的赞美，还不说那些胞姐、堂姐和表姐们。

他后来进了中学。在学校里他是一个成绩优良的学生，四年课程修满毕业的时候他又名列第一。他得到毕业文凭归来的那一天，姐姐们聚在他的房里，为他的光辉的前程庆祝。他们有一个欢乐的聚会。大哥当时对化学很感兴趣，希望毕业以后再到上海或者北京的有名的大学里去念书，将来还想到德国去留学。他的脑子里装满了美丽的幻想。

然而不到几天，他的幻想就被父亲打破了，非常残酷地打破了。因为父亲给他订了婚，叫他娶妻了。

这件事情他也许早猜到一点点，但是他料不到父亲就这么快地给他安排好了一切。在婚姻问题上父亲并不体贴他，新来的继母更不会知道他的心事。

他本来有一个中意的姑娘，他和她中间似乎发生了一种旧式的若有若无的爱情。那个姑娘是我的一个表姐，我们都喜欢她，都希望他能够同她结婚。然而父亲却给他另外选了一个张家姑娘。

父亲选择的方法也很奇怪。当时给大哥做媒的人有好几个，父亲认为可以考虑的有两家。父亲不能够决定这两个姑娘中间究竟哪一个更适宜做他的媳妇，因为两家的门第相等，请来做媒的人的情面又是同样地大。后来父亲就把两家的姓写在两方小红纸块上面，揉成了两个纸团，捏在手里，到祖宗的神主面前诚心祷告了一番，然后随意拈起了一个纸团。父亲拈了一个“张”字，而另外一个毛家的姑娘就这样地被淘汰了。（据说母亲在时曾经向表姐的母亲提过亲事，而姑母却以“自己已经受够了亲上加亲的苦，不愿意让女儿再来受一次”这理由拒绝了，这是三哥后来告诉我的。拈阄的结果我却亲眼看见。）

大哥对这门亲事并没有反抗，其实他也不懂得反抗。我不知道他向父亲提过他的升学的志愿没有，但是我可以断定他不会向父亲说起他那若有若无的爱情。

于是嫂嫂进门来了。祖父和父亲因为大哥的结婚在家里演戏庆祝。结婚的仪式自然不简单。大哥自己也在演戏，他一连演了三天的戏。在这些日子里他被人宝爱着像一个宝贝；被人玩弄着像一个傀儡。他似乎有一点点快乐，又有一点点兴奋。

他结了婚，祖父有了孙媳，父亲有了儿媳，我们有了嫂嫂，别的许多人也有了短时间的笑乐。但是他自己也并非一无所得。他得了一个体贴他的温柔的姑娘。她年轻，她读过书，她会作诗，她会画画。他满意了，在短时期中他享受了以前所不曾梦想到的种种乐趣。在短时期中他忘记了他的前程，忘记了升学的志愿。他陶醉在这个少女的温柔的抚爱里。他的脸上常带笑容，他整天躲在房里陪伴他的新娘。

他这样幸福地过了两三个月。一个晚上父亲把他唤到面前吩咐道：“你现在接了亲，房里添出许多用钱的地方，可是我这两年来入不敷出，又没有多余的钱给你们用，我只好替你找个事情混混时间，你们的零用钱也可以多一点。”

父亲含着眼泪温和地说下去。他唯唯地应着，没有说一句不同意的话。可是回到房里他却倒在床上伤心地哭了一场。他知道一切都完结了！

一个还没有满20岁的青年就这样地走进了社会。他没有一点处世的经验，好像划了一只独木舟驶进了大海，不用说狂风大浪在等着他。

在这些时候他忍受着一切，他没有反抗，他也不知道反抗。

月薪是24元。为了这24个银圆的月薪他就断送了自己的前程。

然而灾祸还不曾到止境。一年以后父亲突然死去，把我们这一房的生活的担子放到他的肩上。他上面有一位继母，下面有几个弟弟妹妹。

他埋葬了父亲以后就平静地挑起这个担子来。他勉强学着上了年纪的人那样来处理一切。我们一房人的生活费用自然是由祖父供给的。（父亲的死引起了我们大家庭第一次的分家，我们这一房除了父亲自己购置的四十亩田外，还从祖父那里分到了两百亩田。）他用不着在这方面操心。然而其他各房的仇视、攻击、陷害和暗斗却使他难于应付。他永远平静地忍受了一切，不管这仇视、攻击、陷害和暗斗愈来愈厉害。他只有一个办法：处处让步来换取暂时的平静生活。

后来他的第一个儿子出世了。祖父第一次看见了重孙，自然非常高兴。大哥也感到了莫大的快乐。儿子是他的亲骨血，他可以好好地教养他，在他的儿子的身上实现他那被断送了的前程。他的儿子一天一天长大起来，是一个非常聪明可爱的孩子，得到了我们大家的喜爱。

接着五四运动发生了。我们都受到了新思潮的洗礼。他买了好些新书抱回家。我们（我们三弟兄和三房的六姐，再加上一个香表哥）都贪婪地读着一切新的书报，接受新的思想。然而他的见解却比较温和。他赞成刘半农的“作揖主义”和托尔斯泰的“无抵抗主义”。他把这种理论跟我们大家庭的现实环境结合起来。

他一方面信服新的理论，一方面依旧顺应旧的环境生活下去。顺应环境的结果，就使他逐渐变成了一个有两重人格的人。在旧社会，旧家庭里他是一位暮气十足的少爷；在他同我们一块儿谈话的时候，他又是一个新青年了。这种生活方式是我和三哥所不能够了解的，我们因此常常责备他。我们不但责备他，而且时常在家里做一些带反抗性的举动，给他招来祖父的更多的责备和各房的更多的攻击与陷害。

祖父死后，大哥因为做了承重孙（听说他曾经被一个婶娘暗地里唤作“承重老爷”），便成了明枪暗箭的目标。他到处磕头作揖想讨好别人，也没有用处；同时我和三哥的带反抗性的言行又给他招来更多的麻烦。

我和三哥不肯屈服。我们不愿意敷衍别人，也不愿意牺牲自己的主张，我们对家里一切不义的事情都要批评，因此常常得罪叔父和婶娘。他们没有办法对付我们，因为我们不承认他们的威权。他们只好在大哥的身上出气，对他加压力，希望通过他使我们低头。不用说这也没有用。可是大哥的处境就更困难了。他不能够袒护我们，而我们又不能够谅解他。

有一次我得罪了一个婶娘，她诬我打肿了她的独子的脸颊。我亲眼看见她自己在盛怒中把我那个堂弟的脸颊打肿了，她却牵着堂弟去找我的继母讲理。大哥要我向她赔礼认错，我不肯。他又要我到二叔那里去求二叔断公道。但是我并不相信二叔会主张公道。结果他自己代我赔了礼认错，还受到了二叔的申斥。他后来到我的房里，含着眼泪讲了一两个钟头，惹得我也淌了泪。但是我并没有答应以后改变态度。

像这样的事情是很多的。他一个人平静地代我们受了好些过，我们却不能够谅解他的苦心。我们说他的牺牲是不必要的。我们的话也并不错，因为即使没有他代我们受过承担了一切，叔父和婶娘也无法加害到我们的身上来。不过麻烦总是免不了的。

然而另一个更大的打击又来了。他那个聪明可爱的儿子还不到四岁，就害脑膜炎死掉了。他的希望完全破灭了。他的悲哀是很大的。

他的内心的痛苦已经深到使他不能够再过平静的生活了。在他的身上偶尔出现了神经错乱的现象。他称这种现象做“痰病”。幸而他发病的时间不多。

后来他居然帮助我和三哥（二叔也帮了一点忙，说句公平的话，二叔后来对待大哥和我们相当亲切）同路离开成都，以后又让我单独离开中国。他盼望我们几年以后学到一种专长就回到成都去“兴家立业”。但是我和三哥两个都违背了他的期望。我们一出川就没有回去过。尤其是我，不但不进工科大学，反而因为到法国的事情写过两三封信去跟他争论，以后更走了与他的期望相反的道路。不仅他对我绝了望，而且成都的亲戚们还常常拿我来做坏子弟的榜样，叫年轻人不要学我。

我从法国回来的第二年他也到了上海。那时三哥在北平，没有能够来上海看他。我们分别了六年如今又有机会在一起谈笑了，两个人都很高兴。我们谈了别后的许多事情，谈到三姐的惨死，谈到二叔的死，谈到家庭间的种种怪现象。我们弟兄的友爱并没有减少，但是思想的差异却更加显著了。他完全变成了旧社会中一位诚实的绅士了。

他在上海只住了一个月。我们的分别是相当痛苦的。我把他送到了船上。他已经是泪痕满面了。我和他握了手说一句："一路上好好保重。"正要走下去，他却叫住了我。他进了舱去打开箱子，拿出一张唱片给我，一面抽咽地说："你拿去唱。"我接到手一看，是G. F. 女士唱的《Sonny Boy》[①]，两个星期前我替他在谋得利洋行买的。他知道我喜欢听这首歌，所以想起了把唱片拿出来送给我。然而我知道他也同样地爱听它。这时候我很不愿意把他喜欢的东西从他的手里夺去。但是我又一想我已经有许多次违抗过他的劝告了，这一次我不愿意在分别的时候使他难过，表弟们在下面催促我。我默默地接过了唱片。我那时的心情是不能够用文字表达的。

我和表弟们坐上了划子，让黄浦江的风浪颠簸着我们。我望着外滩一带的灯光，我记起我是怎样地送别了一个我所爱的人，我的心开始痛起来，我的不常哭泣的眼睛里竟然淌下了泪水。

他回到成都写了几封信给我。后来他还写过一封诉苦的信。他说他会自杀，倘使我不相信，到了那一天我就会明白一切。但是他始终未说出原因来。所以我并不曾重视他的话。

然而在1931年春天的一个早晨，他果然就用毒药断送了他的年轻的生命。两个月以后我才接到了他的二十几页的遗书。在那上面我读着这样的话：

"卖田以后……我即另谋出路。无如我求速之心太切，以为投机事业虽险，却很容易成功。前此我之所以失败，全是因为本钱是借贷来的，要受时间和大利的影响。现在我们自己的钱放在外边一样收利，我何不借自己的钱来做，一则利息也轻些，二则不受时间影响。用自己的钱来做，果然得了小利。……所以陆续把存放的款子提回来，作贴现之用，每月可收百数十元。做了几个月，很顺利。于是我就放心大胆地做去了。……哪晓得年底一病就把我毁了[②]，等我病好出外一

---

①格蕾西·菲尔兹唱的《宝贝儿子》。

②因为在他的病中好几家银行倒闭了，他并不知道。

看，才知道我们的养命根源已经化成了水。好，好！既是这样，有什么话说！所以我生日那天，请大家看戏后，就想自杀。但是我实在舍不得家里的人。多看一天算一天，混一天。现在混不下去了，我也不想向别人骗钱来用。算了罢。如果活下去，那才是骗人呢。……我死之后不用什么埋葬，随便分尸也可，或者听野兽吃也可。因我应得之罪累及家人受此痛苦，望从重对我的尸体加以处罚……”这就是大哥自杀的动机了。他究竟是为了顾全绅士的面子而死，还是因为不能够忍受未来的更痛苦的生活，我虽然熟读了他的遗书，被里面一些极凄惨的话刺痛了心，但是我依旧不能够了解。我只知道他不愿意死，而且他也没有死的必要。我知道他写了三次遗书，又三次把它毁了。甚至在第四次的遗书里他还不自觉地喊着："我不愿意死。"然而他终于像一个诚实的绅士那样吞食了自己摘下的苦果而死去了。结果他在那般虚伪的绅士眼前失掉了面子，并且把更痛苦的生活留给他的妻子和一儿四女（其中有四个我并未见过）。我们的叔父婶娘们在他死后还到他的家里逼着讨他生前欠的债；至于别人借他的钱，那就等于"付之东流"了。

大哥终于做了一个不必要的牺牲者而死去了。他这一生完全是在敷衍别人，任人拨弄。他知道自己已经逼近了深渊，却依旧跟着垂死的旧家庭一天一天地陷落下去，终于到了完全灭顶的一天。他便不得不像一个诚实的绅士那样拿毒药做他唯一的拯救了。

他被旧礼教、旧思想害了一生，始终不能够自拔出来。其实他是被旧制度杀死的。然而这也是咎由自取。在整个旧制度大崩溃的前夕，对于他的死我不能有什么遗憾。然而一想到他的悲惨的一生，一想到他对我所做过的一切，一想到我所带给他的种种痛苦，我就不能不痛切地感觉到我丧失了一个爱我最深的人了。

我的几个先生

我接到了你的信函，这的确是意外的，然而它使我更高兴。不过要请你原谅我，我失掉了你的通信地址，没法直接寄信给你，那么就让我在这里回答你几句，我相信你能够看见它们。

那天我站在开明书店的货摊旁边翻看刚出版的《中流》半月刊创刊号，你走过来问我一两件事，你的话很短，但是那急促而颤抖的声音却达到了我的心的深处。我和你谈了几句话，我买了一本《中流》，你也买了一本。我看见你到柜上去付钱，我又看见你匆匆地走出书店，我的眼前还现着你的诚恳的面貌。我后来才想起我忘记问你的姓名，我又因为这件事情而懊恼了。

第二天意外地来了你的信，你一开头就提起《我的幼年》这篇文章，你说了一些令人感动的话。朋友，我将怎样回答你呢？我的话对你能够有什么帮助呢？我的一番话并不能够解除谁的苦闷；我的一封信也不能够给谁带来光明。我不能说："我是世界的光，跟从我的就不在黑暗里走，必要得着生命的光。"因为我是一个平凡到极点的人。

朋友，相信我，我说的全是真话。我不能够给你指出一条明确的路，叫你马上去交出生命。你当然明白我们生活在什么样的时代，处在什么样的环境；你当然知道我们说一句什么样的话，或者做一件什么样的事，就会有什么样的结果。要交出生命是很容易的事情，但是困难却在如何使这生命像落红一样化着春泥，还可以培养花树，使来春再开出灿烂的花朵。这一切你一定比我更明白。路是有的，到光明去的路就摆在我们的面前，不过什么时候才能够达到光明，那就是问题了。这一点你一定也很清楚。路你自己也会找到。这些都用不着我来告诉你。但是对于你的来信我觉得我仍然应该写几句回答的话。你谈起我的幼年，你以为你比从前更了解我，你说我说出了你很久就想说而未说出的话，你告诉我你读我的《家》读了一个通夜，你在书里见到你自己的面影——你说了那许多话。你现在完全知道我是在怎样的环境里长成的了。你的环境和我的差不多，所以你容易了解我。

我可以坦白地说，《我的幼年》是一篇真实的东西。然而它不是一篇完整的文章，它不过是一篇长的作品的第一段。我想写的事情太多了，而我的拙劣的笔只许我写出这么一点点。我是那么仓促地把它结束了的。现在我应该利用给你写信的机会接着写下去。我要来对你谈谈关于我的先生的话，因为你在来信里隐约地问起"是些什么人把你教育成了这样的？"

在给香港朋友的信里，我说明了，"是什么东西把我养育大的"。现在我应该接着来回答"是些什么人把我教育成了这样的"这个问题了。这些人不是在私塾里教我识字读书的教书先生，也不是在学校里授给我新知识的教员。我并没有受到他们的什么影响，所以我很快地忘记了他们。给了我较大影响的还是另外一些人，倘使没有他们，我也许不会成为现在这个样子。

我的第一个先生就是我的母亲。我已经说过使我认识"爱"字的是她。在我幼小的时候，她是我的世界的中心。她很完满地体现了一个"爱"字。她使我知道人间的温暖；她使我知道爱与被爱的幸福。她常常用温和的口气，对我解释种种的事情。她教我爱一切的人，不管他们贫或富；她教我帮助那些在困苦中需要扶持的人；她教我同情那些境遇不好的婢仆，怜恤他们，不要把自己看得比他们高，动辄将他们打骂。母亲自己也处过不少的逆境。在大家庭里做媳妇，这苦处是不难想到的。[①]但是母亲从不曾在我的眼前淌过泪，或者说过什么悲伤的话。她给我看见的永远是温和的、带着微笑的脸。我在一篇短文里说过："我们爱夜

①《家》里面有一段关于母亲的话，还是从大哥给我的信里摘录下来的："她又含着眼泪把她嫁到我们家来做媳妇所受的气一一告诉我。……爹以过班知县的身份进京引见去了。她在家里日夜焦急地等着……这时爹在北京因验看被驳，陷居京城。消息传来，爷爷时常发气，家里的人也不时揶揄。妈心里非常难过。……她每接到爹的信总要流一两天的眼泪。"

晚在花园上面天空中照耀的星群，我们爱春天在桃柳枝上鸣叫的小鸟，我们爱那从树梢洒到草地上面的月光，我们爱那使水面现出明亮珠子的太阳。我们爱一只猫，一只小鸟。我们爱一切的人。”这个爱字就是母亲教给我的。

因为受到了爱，认识了爱，才知道把爱分给别人，才想对自己以外的人做一些事情。把我和这个社会联起来的也正是这个爱字，这是我的全性格的根柢。

因为我有这样的母亲，我才能够得到允许（而且有这种习惯）和仆人、轿夫们一起生活。我的第二个先生就是一个轿夫。

轿夫住在马房里，那里从前养过马，后来就专门住人。有三四间窄小的屋子。没有窗，是用竹篱笆隔成的，有一段缝隙，可以透进一点阳光，每间房里只能放一张床，还留一小块地方做过道。轿夫们白天在外面奔跑，晚上回来在破席上摆了烟盘，把身子缩成一堆，挨着鬼火似的灯光慢慢地烧烟泡。起初在马房里抽大烟的轿夫有好几个，后来渐渐地少了。公馆里的轿夫时常更换。新来的年轻人不抽烟，境遇较好的便到烟馆里去，只有那个年老瘦弱的老周还留在马房里。我喜欢这个人，我常常到马房里去，躺在他的烟灯旁边，听他讲种种的故事。他有一段虽是悲痛的却又是丰富的经历。他知道许多、许多的事情，他也走过不少的地方，接触过不少的人。他的老婆跟一个朋友跑了，他的儿子当兵死在战场上。他孤零零地活着，在这个公馆里他比谁更知道社会，而且受到这个社会不公平的待遇。他活着也只是痛苦地挨日子。但是他并不憎恨社会，他还保持着一个坚定的信仰：忠实地生活。用他自己的话来说：“火要空心，人要忠心。”他这“忠心”并不是指奴隶般地服从主人。他的意思是忠实地依照自己的所信而活下去。他的话和我的母亲的话完全两样。他告诉我的都是些连我母亲也不知道的事情。他并不曾拿“爱”字教我。然而他在对我描绘了这个社会的黑暗面，或者叙说了他自己的悲痛的经历以后，就说教似地劝告我：“要好好地做人，对人要真实，不管别人待你怎样，自己总不要走错脚步。自己不要骗人，不要亏待人，不要占别人的便宜。……”我一面听他这一类的话，一面看他的黑瘦的脸，陷落的眼睛和破衣服裹住的瘦得见骨的身体，我看见他用力从烟斗里挖出烧过两次的烟灰去摔新的烟膏，我心里一阵难受，但是以后禁不住想是什么力量使他到了这样的境地还说出这种话来！

马房里还有一个天井，跨过天井便是轿夫们的饭厅，也就是他们的厨房。那里有两个柴灶。他们做饭的时候，我常常跑去帮忙他们烧火。我坐在灶前一块石头上，不停地把干草或者柴放进灶孔里去。我起初不会烧火，看看要把火弄灭了，老周便把我拉开，他用火钳在灶孔里弄几下，火就熊熊地燃了起来。他放下火钳得意地对我说："你记住，火要空心，人要忠心。"的确，我到今天还记得这样的话。

我从这个先生那里略略知道了一点社会情况。他使我知道在家庭以外还有所谓社会，而且他还传给我他那种生活态度。日子一天一天像流星似地过去。我渐渐地长大起来。我的脚终于跨出了家庭的门限。我认识了一些朋友，我也有了新的经历，在这些朋友中间我找到了我的第三个先生。

我在一篇题作《家庭的环境》的回忆里，曾经提到对于我的智力的最初发展有帮助的两个人，那就是我的大哥和一个表哥。我跟表哥学过三年的英文；大哥买了不少的新书报，使我能够贪婪地读它们。但是我现在不把他们列在我的先生里面，因为我在这里说的是那些在生活态度上（不是知识上）给了我很大的影响的人。

在《我的幼年》里，我叙说过我怎样认识那些青年朋友。这位先生就是那些人中间的一个。他是《半月》的一个编辑，我们举行会议时总有他在场；我们每天晚上在商场楼上半月报社办事的时候，他又是最热心的一个。他还是我在外国语专门学校的同学，班次比我高。我刚进去不久，他就中途辍了学。他辍学的原因是要到裁缝店去当学徒。他的家境虽不宽裕，可是还有钱供他读书。但是他认为"不劳动者不得食"，说"劳动是神圣的事"[①]。他为了使他的言行一致，毅然脱离了学生生活，真的跑到一家裁缝店规规矩矩地行了拜师礼，订了当徒弟的契约。每天他坐在裁缝铺里勤苦地学着做衣服，傍晚下工后才到报社来服务。他是一个近视眼，又是初学手艺，所以每晚他到报社来的时候，手指上密密麻麻地满是针眼。他自己倒高兴，毫不在乎地带着笑容向我们叙述他这一天的有趣的经历。我们不由得暗暗地佩服他。他不但这样，同时还实行素食。我们并不赞成他的这种苦行，但是他实行的毅力和刻苦的精神却使我们齐声赞美。

①他很喜欢当时一个流行的标语："人的道德为劳动与互助：唯劳动乃能生活；唯互助乃能进化。"

他还做过一件使我们十分感动的事，我曾把它写进了我的小说《家》。事情是这样的：他是《半月》的四个创办人之一，他担负大部分的经费。刊物每期销一千册，收回的钱很少。同时我们又另外筹钱刊印别的小册子，他也得捐一笔钱。这两笔款子都是应当按期缴纳不能拖延的。他家里是姐姐管家，不许他“乱用”钱。他找不到钱就只好拿衣服去押当，或是当棉袍，或是当皮袍。他怕他姐姐知道这件事，他出去时总是把拿去当的衣服穿在身上，走进了当铺以后才脱下来。当了钱就拿去缴月捐。他常常这样办，所以他闹过热天穿棉袍的笑话，也有过冬天穿夹袍的事情。

我这个先生的牺牲精神和言行一致的决心，以及他不顾一切毅然实行自己主张的勇气和毅力，在我的生活里留下了不可磨灭的影响。我第一次在他的身上看见了信仰所开放的花朵。他使我第一次知道一个人的毅力会做出什么样的事情。母亲教给我“爱”；轿夫老周教给我“忠实”（公道）；朋友吴教给我“自己牺牲”。我虽然到现在还不能够做到像他那样地“否定自己”，但是我的行为却始终受着这个影响的支配。

朋友，我把我的三个先生都简略地告诉你了。你现在大概可以明白是些什么人把我教育到现在这个样子的罢。我自己相当高兴，我毕竟告诉了你一些事情，这封信不算是白白地写了。

1936年9月

纪念我的哥哥

我第二次回到上海来，坐在你从前常常坐的沙发上，望着油漆剥落的墙壁和尘封的书架，我仿佛做了一场大梦。梦醒了。我疲倦。我闭上眼睛。我想休息。可是你来了，你站在我的面前。我睁开眼睛，我觉得你坐在写字台前，背向着我，埋着头在写什么东西。我站起来，我想唤你，我要像从前那样地和你谈话。我先咳一声嗽。你的影子没有了。写字台前空空的没有人。屋子里这时候除了我，也没有别的人。我唤你，听不见回应。我提高声音再唤，那空虚的声音使我自己也吃惊。我用不着再骗自己了。我看见你病，我看见你躺在死床上，我看见你的棺木入土。我还能够在什么地方找到你呢？

我痛苦地、无可奈何地叹了一口气。我又在沙发上坐下。我真应该休息了。我倦得很。我又闭上眼睛。可是我的脑子不肯静下来。它动得厉害。23年前的情景在我的眼前出现了。

两个年轻的孩子（不，那时候我们自以为是“饱经忧患”的大人了）怀着一腔热情，从家里出来，没有计划，没有野心，甚至没有一个指导我们的师友，我们有的只是年轻人的勇敢和真诚。一条小木船载走了我们，把我们从住惯了的故乡，送入茫茫人海中去。两只失群的小羊跑进广大的牧野中了。现在大概没有人记得我们当时那种可怜而可笑的样子，可是近几年来在重庆和桂林，每当寒风震摇木造的楼房时，我总会想起在南京北门桥一间空阔的屋子里，我们用小皮箱做坐凳，借着一盏煤油灯的微光，埋头在破方桌上读书的情景。我们在那间空阔的屋子里住了半年，后来又搬到前面另一间狭小阴暗的屋子里住了一年。在那些日子，我们没有娱乐，没有交际，除了同寓的三四个同乡外，我们没有朋友。早晨我们一块儿去上学，下课后一块儿从学校走回家。下雨的时候，我们两个人撑着一把伞，雨点常常打湿了我们的蓝布长衫。夏天的夜晚我们睡在没有帐子的木板床上，无抵抗地接受蚊虫的围攻。我们常常做梦，梦是我们的寂寞生活中唯一的装饰。此外就是家信，在故乡的家里还有我们的大哥。他爱我们，我们也爱他。他是我们和那个"家"中间的唯一的连锁。他常常把我们的心拉回去又送出来。每个星期里他至少有一封信来，我们至少也有一封信寄去。那些可祝福的信使我们的心不知奔跑了多少路程。我们并没有把那一年半的时光白白浪费，我们的确给自己的脑子里装进了一些东西。于是安静的日子完结了。在学校生活结束以后，我开始了漂泊的生活。那天你在浦口车站送我上火车，你温和地微笑着，嘱咐我"小心饮食，注意身体"。你的友爱温暖了我的心，在我跑了好些地方，碰了若干次壁，甚至在我靠着两个小面包和一壶白开水度日的时候，我想到你，我还觉得自己有着无比的勇气。我不肯让你知道我真实的生活情况，我不愿使你为我的苦恼分心。固然你一直过着安定的生活，但你的日子也并不是快乐的，况且你的心很细，你顾念别人常常多于顾念自己。以后不论在东吴（苏州）或者燕京（北平）[①]，你都是过着一种苦学生的生活，有时你还不得不做家庭教师，领一笔微小的薪金来缴纳学费。你从不羡慕别人的阔绰。也没有为自己的贫苦发过一句牢骚。我的生活方式连累了你，我这个叛逆使你也失去了家人的信任。"家"渐渐地跟你离远了，信函的往来也常常中断。你心中的寂寞是可以想到的。你最后一年的求学生活应该是怎样痛苦的挣扎啊。但是你终于带着孤寂的微笑熬过去了。

毕业改变了你的环境，也给你带来一线的希望，你可以"自食其力"了。你找到了职业：天津南开中学的英文教员——虽然待遇不好，但是这与你的兴趣相合。你借了债，做了两套可以穿上进课堂见学生的西服。你还为自己订下了一些未来的计划。可是打击来了。大哥突然服毒自杀，留下一个破碎的家。"家"需要我们。你毅然挑起这个担子，你按月寄款回去。你有限的收入变得更"有限"了。那些未实行的计划像空中楼阁似地一下子完全消失了。一块大石头压到你那刚刚昂起的头上，从此就没有看见你再抬起它来。像一只鸟折断了翅膀，你永远

①指当时苏州的东吴大学和北平的燕京大学。

失去高飞的希望了。

你默默地忍受一切。或者更可以说，你放弃了一切。你在南开中学的宿舍里住了十年。你过得不算太苦，但也并不舒适。看电影是你唯一的娱乐。天真的年轻学生是你的朋友，他们给你的单调生活增加了色彩，他们敬爱你，你也喜欢他们。可是没有人知道你的内心。我到天津去看过你三次，最后一次却只住了一个夜晚。我看出你的疲倦、寂寞和衰老。我屡次想和你谈你自己的事，可是我始终无法打开你的心。你关心我倒多过关心你自己。有时我逼着问你，你总是拿“这又有什么办法呢？”一句话来封我的嘴。讲话时你常常带着笑容，但你的微笑是寂寞的、疲倦的。不知是什么东西消磨尽了你的勇气和热情，你不诉苦，但是你也不再挣扎。你默默地过着这平凡而和平的生活。可是你的脸颊却渐渐地消瘦，身体也渐渐地坏下去了。离开你时，我总担心是否还能够和你再见。第二次我来到你的身边，你还是带笑地说你过得很好。但是你真的过得“很好”么？

十年毕竟过去了。为了换取这漫长的岁月，你不知花了多大的代价。抗战后第二年秋天我从香港写信约你到上海，起初你还说打算再做一年教员，后来你改变了主意，离开大水中的天津来上海了。我比你早一个月回到上海，却一直没有得到你动身的消息。有一天下午我在楼上听见了你的唤声，我从窗里伸出头去，你站在大门前也正仰起头来看我。是那样一张黑瘦的面孔！我差一点不认识你了。

我握着你的手，我对你说我要让你在上海过几年安静的生活，你默默地点点头。我们在一块儿住了十个月，你得到了休息，但是没法治好你心上的创伤。音乐和翻译工作做了你排遣寂寞的工具。对工部局交响乐队星期日的演奏会你从没有缺过席，西洋古典音乐的唱片更是你分不开的伴侣（你尤其爱好声乐，自己也喜欢唱歌）。冈察洛夫的名著《悬崖》在这十个月中译成了，你又开始做翻译《奥布诺莫夫》的准备。可是这一切并没有减轻你的寂寞，相反地它们还使它增多。你的生活圈子似乎变得更狭小了。

我在法国战败后一个月离开了上海。你把我送上直航海防的轮船。开船时，我立在甲板上对你挥手，在你旁边还站着后来被日本人捉去至今生死不明的友人陆圣泉。你在岸上对我微笑，圣泉也对我微笑。我当时哪里想到这便是映入我眼里的你们两人最后的笑容了！

一眨眼就是五年，这五年中间我们整整有二三十个月不曾通过一封信。日本兵占了上海租界，普遍的迫害开始了。圣泉遭了毒手。你小心，我也不愿给你招来意外的麻烦。在桂林我还接过你的短函，在重庆我却无法知道你的生活状况。路完全隔断了。后来我才听说你也在暗中打听我的消息。你也许担心我在湘桂大战中做了一件不值得的牺牲品。事实上我却很健壮地活在重庆。

“胜利”意外地来了。我最大的快乐就是我可以和留在上海的你们见面。我打了电报去上海。回电说你大病初愈，圣泉下落不明。你要我即刻去沪。可是交通工具全被官字号的人占去了，我们这类于抗战无功的人是没有资格“复员”的。我等待着。等了两个多月，我赶到上海，你已经躺在病床上了。据说你是在两天以前才病倒的。病势不重，就是体力太差；上次的病是肋膜炎，还经过危险期，在床上躺了两个多月，靠着朋友一家人的照料，终于好了起来。

那个晚上我们睡在一间屋子里，你很兴奋，拉着我谈了许多话。我要你休息。劝你少讲话。你说你不累，你一定要跟我谈个痛快。你还说，每天谈几段，谈两个星期便可以把你想说的话谈光。我一定不让你多谈，我说有话等你病好了慢慢讲。

我在上海住下来，我过的仍旧是忙乱的生活。我还避免和你单独谈话的机会，我害怕多说话使你伤神。你说你的病不要紧，我也以为你的病不要紧，你需要的只是休息和营养。我相信你不久便可以好起来。并且看见你在朋友家里得着很周到的看护，我十分放心。每天大清早，我刚睁开眼睛就听见你在病床上自语：“更好了，更好了。”那是你量过温度后用高兴的声调说的话。我也高兴，又蒙着头睡去了。我万想不到你这样骗了你自己，也骗了我。但我的疏忽是应该受指摘的。我起初并没有注意到你病势的加重，后来还是一个朋友提醒了我，要我送你进医院去。我的劝告你不肯接受，我又无法强迫你做你不愿意做的事。我向你谈过几次，都没有用。最后你回答我：“过两天再说。”这样又拖了两天。终于你认输似地说了出来：“那么还是早进医院吧，今天我觉得体力不成了，起床大便都感到吃力了。”

靠着另一位朋友的帮忙，第二天你便住进了医院。你喜欢静。病房外面便是一个幽静的小花园。透过玻璃窗你可以望见一片绿色。关上房门，屋子里没有一点声音。“三哥，你满意吗？”有人问你。“满意，”你点头回答。我们预备让你在这地方至少住两个月。谁也没有料到，你就只有七天的寿命。

在这七天中你似乎并没有痛苦。对于询问你病状的人，你总是回答："蛮好。"就在你临死的前两天，你还是觉得自己"蛮好"。没有呻吟，没有叫号，你安静地躺在床上，并不像一个垂危的病人。那个晚上，我在病房里陪了你一个整夜，你时眠时醒，好像要对我说什么话，却始终讲不出来，我听见的只是一些断续的字。你似乎有些激动。可是第二天你又得到了安静的睡眠，而且清醒地对我们讲话。看得出来你的精神更差了。我们虽然担心你的体力支持不下去，却没有想到你那么快就离开我们。你自己不相信你会死，我们也不相信你会死。可是死突然来把你抓走了。

你死的时候我不在你身边。早晨我刚起床就得到医院里来的电话。"三哥完了。"一个朋友这样告诉我。我没有流泪，站在电话机前我不知道应该做什么好；我把这个消息转告朋友的太太，她立刻哭起来。这个好心的女人，这些年来她一家人在最黑暗的时期中给了你友情的温暖。为了挽救你的生命，他们已经尽过力了。

我赶到医院。病房的门大开着，你静静地睡在床上，白色被单盖着你的身子，我揭开面纱，看你的脸。一夜的功夫，你变得这么瘦，这么黄，这么衰老！两眼紧闭，脸颊深陷，嘴微微张开。我站在床前，咬着嘴唇，我在心里讲了一句话，我等着你的回答。

你没有声音。朋友把面纱给你盖上。另一个友人带来两束鲜花放在你的身边。看护小姐要我们退出病房。我们站在窗前阶上等候殡仪馆的柩车。这等待的时间是很痛苦的。我们谁都不愿讲一句话。我不停地问着自己：这就是死么？你一生就这样地完结了么？我不忍回答。死毁坏了一切。你原说过你等着我回来有许多话要对我讲，有一些梦要我帮忙你实现。现在这一切都成了一阵烟，一阵雾。你没有能讲出什么来。也不曾从我这里得着什么安慰。你默默地走了。据那个朋友说，你临死时只发出一声轻微的叹息。

下午两点钟你的遗体在上海殡仪馆中入殓。九天后我们把你葬在虹桥公墓。活着你是孤零零一个人，死了你也是孤零零一个人。你留下两部未完成的译稿（冈察洛夫的名著《奥布诺莫夫》和威尔斯的长篇小说《莫洛博士岛》），一部已译完待整理的中篇小说《女巫》（亚·库普林著），一本已付印的三幕剧《战争》，一本法国通俗小说《无名岛》，和十多篇零碎的短篇译文。此外便是朋友和学生对你的敬爱的纪念了。

从墓地回来，我非常疲倦。我已决定两天以后回重庆去。我坐在你住了五年的楼房里，回想着我这一个月来的上海生活。我来，我去，你病，你死，一切都是这么匆匆。我再想到在这短短的聚合中你对我说过的那些话、那些事，我才明白你是这世界上最关心我的一个人。可是在我多么需要你的时候，你却永远离开我去了。

“活了四十多年，没有做出什么事情，这是多可悲的事。”你对我说过这样的话。可是你死得并没有遗憾。你活着时没有害过谁，反而常常把你有限的收入分给别人。你做过十年的中学教员，不少的学生得过你的益处，他们常常带着敬爱谈起你，但是你自己却喜欢谦逊的平凡生活，始终不让人把你看作青年的导师。你像一根火柴，给一些人带来光与热，自己却卑微地毁去。你虽然默默无闻地过了一生，可是你并没有白活。你悄悄地来到这个世界，又悄悄地走了。你不愿意惊动别人；但是你却播下了爱的种子。再过40年你的纪念也不会死的。

我睁开眼睛，屋子里还是静静的。有人在二楼讲话，还有人在笑。在半点多钟的时间里我又经历了过去23年的悲欢。现在是你死后的第六个月了。我真疲倦，我想休息。我应该暂时把你的事忘掉了。我站起来。

可是在离我们家乡不远的地方有一个称你做“亲爱的爹爹”的女孩，我不能忘记她。那是我们大哥的女儿，在她很小的时候就“过房”给你的。这个多情的孩子没有见过你，却十分爱你。她把许多梦寄托在你的身上。在八九岁的年纪，她就常常说：“我要到下面去找我的爹爹。”现在她已经做了两年小学教师，却始终得不到跟你见面的机会，而且永远不会有这样的机会了。我不愿伤害她的心，把你的死讯瞒着她。但是她那敏感的心已经猜到了一切。人告诉我，有好几个星期天，她回到家里不笑，也不讲话，最后她生母问她为什么不给她的“爹爹”写信，她哭着回答：“用不着了。”她知道她一切的梦全破了。为什么不让她和你见一面，住一个时候？为什么不给她一个机会，让她对你倾吐她的胸怀，叙说她的梦景？她喜欢音乐，像你一样；她热诚待人，像你一样；她正直，她无私心，也像你一样。你们在一块儿，应该是一对最理想的父女。为什么她这个小小的要求也不能够得到满足？让她在这样的年纪就尝到永不磨灭的悲哀？

没有人来回答我这些不平的疑问。你已经和平地安息了。可是那个善良的孩子前面还有长远的岁月。她最近还来信诉说她的悲痛。我无法安慰她。我希望你的纪念能够给她勇气，使她好好地活下去，让她能够得到一般年轻人应当享受的人间幸福。可怜的孩子！

1946年5月在上海

再忆萧珊

昨夜梦见萧珊，她拉住我的手，说："你怎么成了这个样子？"我安慰她："我不要紧。"她哭起来。我心里难过，就醒了。

病房里有淡淡的灯光。每夜临睡前，陪伴我的儿子或者女婿总是把一盏开着的台灯放在我的床脚。夜并不静，附近通宵施工，似乎在搅拌混凝土。此外我还听见知了的叫声。在数九的冬天哪里来的蝉叫？原来是我的耳鸣。

这一夜我儿子值班，他静静地睡在靠墙放的帆布床上。过了好一阵子，他翻了一个身。

我醒着，我在追寻萧珊的哭声。耳朵倒叫得更响了。我终于轻轻地唤出了萧珊的名字："蕴珍。"我闭上眼睛。房间马上变换了。

在我们家中，楼下寝室里，她睡在我旁边另一张床上，小声嘱咐我："你有什么委屈，不要瞒住我，千万不能吞在肚里啊！"

在中山医院的病房里，我站在床前，她含泪地望着我说："我不愿离开你。没有我，谁来照顾你啊？！"

在中山医院的太平间，担架上一个带人形的白布包，我弯下身子接连拍着，无声地哭唤："蕴珍，我在这里，我在这里……"

我用铺盖蒙住脸。我真想大叫两声。我快要给憋死了。"我到哪里去找她？！"我连声追问自己。我又回到了华东医院的病房。耳边仍是早已习惯的耳鸣。

她离开我12年了。12年，多么长的日日夜夜！每次我回到家门口，眼前就出现一张笑脸，一个亲切的声音向我迎来，可是走进院子，却只见一些高高矮矮的没有花的绿树。上了台阶，我环顾四周，她最后一次离家的情景还历历在目：她穿得整整齐齐，有些急躁，有点伤感，又似乎充满希望，走到门口还回头张望。……仿佛车子才开走不久，大门刚刚关上。不，她不是从这两扇绿色大铁门出去的。以前门铃也没有这样悦耳的声音。12年前更不会有开门进来的挎书包的小姑娘。……为什么偏偏她的面影不能在这里再现？为什么不让她看见活泼可爱的小端端？

我仿佛还站在台阶上等待着车子的驶近，等待一个人回来。这样长的等待！12年了！甚至在梦里我也听不见她那清脆的笑声。我记得的只是孩子们捧着她的骨灰盒回家的情景。这骨灰盒起初给放在楼下我的寝室内床前五斗橱上。后来“文革”收场，给封闭了十年的楼上她的睡房启封，我又同骨灰盒一起搬上二楼，她仍然伴着我度过无数的长夜。我摆脱不了那些做不完的梦。总是那一双泪汪汪的眼睛！总是那一副前额皱成“川”字的愁颜！总是那无限关心的叮咛劝告！好像我有满腹的委屈瞒住她，好像我摔倒在泥淖中不能自拔，好像我又给打翻在地让人踏上一脚。……每夜每夜，我都听见床前骨灰盒里她的小声呼唤，她的低声哭泣。

怎么我今天还做这样的梦？怎么我现在还甩不掉那种种精神的枷锁？……悲伤没有用。我必须结束那一切梦境。我应当振作起来，即使是最后的一次。骨灰盒还放在我的家中，亲爱的面容还印在我的心上，她不会离开我，也从未离开我。做了十年的“牛鬼”，我并不感到孤单。我还有勇气迈步走向我的最终目标——死亡。我的遗物将献给国家，我的骨灰将同她的骨灰搅拌在一起，洒在园中给花树作肥料。

闹钟响了。听见铃声，我疲倦地睁大眼睛，应当起床了。床头小柜上的闹钟是我从家里带来的。我按照冬季的作息时间：六点半起身。儿子帮我穿好衣服，扶我下床。他不知道前一夜我做了些什么梦，醒了多少次。

1984年1月21日

我的哥哥李尧林

一

前些时候我接到《大公园》编者的信，说香港有一位读者希望我谈谈我哥哥李尧林的事情。在上海或者北京也有人向我表示过类似的愿望，他们都是我哥哥的学生。我哥哥去世37年了，可是今天他们谈论他，还仿佛他活在他们的中间，那些简单、朴素的语言给我唤起许多忘却了的往事。我的“记忆之箱”打开了，那么一大堆东西给倾倒了出来，我纵然疲乏不堪，也得耐心把它们放进箱内，才好关上箱子，然后加上“遗忘之锁”。

一连两夜我都梦见我的哥哥，还是在我们年轻的时候，醒过来我才想起我们已经分别37年。我这个家里不曾有过他的脚迹。可是他那张清瘦的脸在我的眼前还是这么亲切，这么善良，这么鲜明。我不知道自己还可以工作多少时候，但是我的漫长的生活道路总会有一个尽头，我也该回过头去看看背后自己的脚印了。

我终于扭转我的开始僵化的颈项向后望去。并不奇怪，我看到两个人的脚印，在后面很远、很远的地方。在我的童年，在我的少年，甚至青年时期的一部分，我和哥哥尧林总是在一起，我们冒着风雪在泥泞的路上并肩前进的情景还不曾在我眼前消失。一直到1925年暑假，不论在家乡，还是在上海、南京，我们都是同住在一间屋子里。他比我年长一岁有余，性情开朗，乐观。有些事还是他带头先走，我跟上去。例如去上海念书这个主意就是他想出来，也是他向大哥提出来的。我当时还没有这个打算。离家后，一路上都是他照顾我，先在上海，后去南京，我同他在一起过了两年多的时间，一直到他在浦口送我登上去北京的火车。这以后我就开始了独往独来的生活，遇事不再征求别人的意见，一切由我自己决定。朋友不多，他们对我了解不深，他们到我住的公寓来，大家谈得热烈，朋友去后我又感到寂寞。我去北京只是为了报考北京大学。检查体格时医生摇摇头，似乎说我的肺部不好。这对我是一个意外的打击，我并未接到不让参加考试的通知，但是我不想进考场了。尧林不在身边，我就轻率地作了决定，除了情绪低落外，还有一个原因，我担心不会被录取。

从北京我又回到南京，尧林还在那里，他报考苏州东吴大学，已经录取了。他见到我很高兴，并不责备，倒安慰我，还陪我去找一个同乡的医生。医生说我“有肺病”，不厉害。他知道我要去上海，就介绍我去找那个在“法租界”开业的医生（也是四川人，可能还是他的老师）。我在南京住了两天，还同尧林去游了鸡鸣寺、清凉山，就到上海去了。他不久也去了苏州。

他在苏州念书。我在上海养病、办刊物、写文章。他有时也来信劝我好好养病、少活动、读点书。我并没有重视他的劝告。我想到他的时候不多，我结交了一些新朋友。但偶尔遇到不如意的事情，情绪不好时，我也会想到哥哥。这年寒假，我到苏州去看他，在他们的宿舍里住了一夜。学生们都回家去了，我没有遇见他的同学。当时的苏州十分安静，我们像在南京时那样过了一天，谈了不少的话，总是谈大哥和成都家中的事。我忽然问他：“你不觉得寂寞吗？”他摇摇头带着微笑答道：“我习惯了。”我看得出他的笑容里有一种苦味。他改变了。他是头一次过着这样冷冷清清的生活。大哥汇来的钱不多，他还要分一点给我，因此他过得更俭省，别人都走了，他留下来，勤奋地学习。我了解他的心情，我觉察出他有一种坚忍的力量，我想他一定比我有成就，他可以满足大哥的期望吧。在闲谈中我向他提起一个朋友劝我去法国的事，他不反对，但他也不鼓励我，他只说了一句“家里也有困难”。他讲的是真话，我们那一房正走着下坡路，入不敷出，家里人又不能改变生活方式，大哥正在进行绝望的挣扎，他把希望寄托在我们两个兄弟的“学成归来”。在我这方面，大哥的希望破灭了。担子落在三哥一个人的肩头，多么沉重！我同情他，也敬佩他，但又可怜他，总摆脱不掉他那孤寂瘦弱的身形。我们友爱地分别了。他送给我一只旧怀表，我放在衣袋里带回上海，过两三天就发觉表不见了，不知道它是在什么时候给扒手拿走的。

去法国的念头不断地折磨我，我考虑了一两个月，终于写信回家，向大哥提出要求，要他给我一笔钱作路费和在法国短期的生活费。大哥的答复是可以想象到的：家中并不宽裕，筹款困难，借债利息太高，等等，等等。他的话我听不进去，我继续写信要求。大哥心软，不愿一口拒绝，要三哥劝我推迟赴法行期两三年。我当时很固执，不肯让步。三哥写过两封信劝我多加考虑，要我体谅大哥的处境和苦衷。我坚持要走。大哥后来表示愿意筹款，只要求我和三哥回家谈谈，让我们了解家中经济情况。这倒叫三哥为难了。我们两个都不愿回家。我担心大家庭人多议论多，会改变大哥的决定。三哥想，出外三年，成绩不大，还不如把旅行的时间花在念书上面，因此他支持我的意见。最后大哥汇了钱给我，我委托上海环球学生会办好出国手续，领到护照，买到船票，1927年1月15日坐海轮离开了上海。

出发前夕，我收到三哥的信（这封信我一直保存到今天），他写道：

你这次动身，我不能来送你了，望你一路上善自珍摄。以后你应当多写信来，特别是寄家中的信要写得越详越好。你自来性子很执拗，但是你的朋友多了，应当好好的处，不要得罪人使人难堪，因此弄得自己吃苦。××兄年长、经验足，你遇事最好虚心请教。你到法国后应当以读书为重，外事少管，因为做事的机会将来很多，而读书的机会却只有现在很短的时间。对你自己的身体也应当特别注意，有暇不妨多运动，免得生病……

这些话并不是我当时容易听进去的。

二

以上的话全写在我住院以前。腿伤以后，我就不可能再写下去了。但是在我的脑子里哥哥的形象仍然时常出现。我也想到有关他的种种往事，有些想过就不再记起，有些不断地往来我的眼前。我有一种感觉：他一直在我的身边。

于是我找出八个月前中断的旧稿继续写下去。

……我去法国，我跟三哥越离越远，来往信件也就越少。我来到巴黎接触各种新的事物。他在国内也变换了新的环境。他到了北平转学燕京大学。我也移居沙多—吉里小城过隐居似的学习和写作的生活。家中发生困难，不能汇款接济，我便靠译书换取稿费度日，在沙多—吉里城拉·封丹中学寄食寄宿，收费很少。有一个住在旧金山的华侨工人钟时偶尔也寄钱帮助，我1928年回国的路费就是他汇给我的。

我回国后才知道三哥的生活情况比我想象的差得多。他不单是一个“苦学生”，除了念书他还做别的工作，或者住在同学家中当同学弟弟的家庭教师，领一点薪金来缴纳学费和维持生活。他从来没有向人诉苦，也不悲观，他的学习成绩很好，他把希望放在未来上面。

1929年大哥同几个亲戚来上海小住，我曾用大哥和我的名义约三哥到上海一晤。他没有来，因为他在暑假期间要给同学的弟弟补习功课。其实还有一个问题，我在去信中并不曾替他解决，本来我应当向大哥提出给他汇寄路费的事。总之，他错过了同大哥见面的机会。

1930年他终于在燕京大学毕了业，考进了南开中学做英语教师。他在燕京大学学习了两个科目：英语和英语教学，因此教英语他很有兴趣。他借了债，做了两套西装，准备“走马上任”。

作为教师，他做出了成绩，他努力工作，跟同学们交了朋友。他的前途似乎十分平坦，我也为他高兴。但是不到一年意外的灾祸来了，大哥因破产自杀，留下一个破碎的家。我和三哥都收到从成都发来的电报。他主动地表示既然大哥留下的担子需要人来挑，就让他来挑吧。他答应按月寄款回家，从来不曾失过信，一直到抗战爆发的时候。去年我的侄儿还回忆起成都家中人每月收到汇款的情况。

1933年春天三哥从天津来看我，我拉他同去游了西湖，然后又送他到南京，像他在六年前送我北上那样，我也在浦口站看他登上北去的列车。我们在一起没有心思痛快地玩，但是我们有充分的时间交换意见。我的小说《激流》早已在上海《时报》上刊完，他也知道我对“家”的看法。我说，我不愿意为家庭放弃自己的主张。他却默默地挑起家庭的担子，我当时也想象得到他承担了多大的牺牲。后来我去天津看他，在他的学校里小住三次。1934年我住在北平文学季刊社，他也来看过我。同他接触较多，了解也较深，我才知道我过去所想象的实在很浅。他不单是承担了大的牺牲，应当说，他放弃了自己的一切。他背着一个沉重的（对他说来是相当沉重的）包袱，往前走多么困难！他毫不后悔地打破自己建立小家庭的美梦。

他甘心做一个穷教员，安分守己，认真工作。看电影是他唯一的娱乐；青年学生是他的忠实朋友，他为他们花费了不少的精力。

他年轻时候的勇气和锐气完全消失了。他是那么善良，那么纯真。他不愿意伤害任何人，我知道有一些女性向他暗示过爱情，他总是认为自己穷，没有条件组织美满的小家庭，不能使对方幸福。30年代我们在北平见面，他从天津来参加一位同学妹妹的婚礼。这位女士我也见过，是一个健美的女性，三哥同她一家熟，特别是同她和她的哥哥。她的父母给她找了对象，订了婚，却不如意，她很痛苦，经过兄妹努力奋斗（三哥也在旁边鼓励他们），婚约终于解除。三哥很有机会表示自己的感情，但是他知道姑娘父母不会同意婚约，看不上他这样一个穷女婿。总之，他什么也没有表示。姑娘后来另外找到一个门当户对的男人订了婚。至于三哥，他可能带着苦笑地想，我早已放弃一切了。我可没有伤害任何一个人啊！

他去“贺喜”之前，那天在文学季刊社同我闲聊了两三个小时，他谈得不多。送他出门，我心里难过。我望着他的背影，虽然西服整洁，但他显得多么孤寂，多么衰老！

三

1939年我从桂林回上海，准备住一个时期，写完长篇小说《秋》。我约三哥来上海同住，他起初还在考虑，后来忽然离开泡在大水中的天津到上海来了。事前他不曾来过一封信。我还记得中秋节那天下午听见他在窗下唤我，我伸出头去，看见一张黑瘦的面孔，我几乎不相信会是他。

他就这样在上海住下来。我们同住在霞飞坊（淮海坊）朋友的家里，我住三楼，他住在三楼亭子间。我已经开始了《秋》，他是第一个读者，我每写成一章就让他先看并给我提意见。不久他动手翻译俄国冈查罗夫的小说《悬崖》，也常常问我对译文的看法。他翻译《悬崖》所根据的英、法文译本都是我拿给他的。

我不知道英译本也是节译本，而且删节很多。这说明我读书不多，又常是一知半解，我一向反对任意删改别人的著作，却推荐了一本不完全的小说，浪费他的时间。虽然节译本《悬崖》还是值得一读，他的译文也并不错，但想起这件事，我总感到内疚。

第二年（1940年）7月，《秋》出版后我动身去昆明，让他留在上海，为文化生活出版社翻译几本西方文学名著。我同他一块儿在上海过了十个月，仿佛回到了几十年前在南京的日子，我还没有结婚，萧珊在昆明念书，他仍是孤零零一个人。一个星期里我们总要一起去三四次电影院，也从不放过工部局乐队星期日的演奏会。我们也喜欢同逛旧书店。我同他谈得很多，可是很少接触到他的内心深处。他似乎把一切都看得很淡，很少大声言笑，但是对孩子们、对年轻的学生还是十分友好，对翻译工作还是非常认真。

当时我并没有想到，现在回想往事，我不能不责备自己关心他实在不够。他究竟有什么心事，连他有些什么朋友，我完全不知道。离开上海时我把他托给主持文化生活出版社的朋友散文作家陆蠡，这是一个难得的好人。他们两位在浦江岸上望着直航海防的轮船不住地挥手。他们的微笑把我一直送到海防，还送到昆明。

这以后我见到更多的人，接触到更多的事，但寄上海的信始终未断。这些信一封也没有能留下来，我无法在这里讲一讲三哥在上海的情况。不到一年半，我第二次到桂林，刚在那里定居下来，太平洋战争爆发，上海的消息一下子完全断绝了。

日本军人占领了上海的“租界”，到处捉人，文化人处境十分危险。我四处打听，得不到一点真实的消息。谣言很多，令人不安。听说陆蠡给捉进了日本宪兵队，也不知是真是假。过了一个较长的时期，我意外地收到三哥一封信，信很短，只是报告平安，但从字里行间也看得出日军铁蹄下文化人的生活。这封信在路上走了相当久，终于到了我眼前。我等待着第二封信，但不久我便离开了桂林，以后也没有能回去。

我和萧珊在贵阳旅行结婚，同住在重庆。在重庆我们迎接到“胜利”。我打电报到上海，三哥回电说他大病初愈，陆蠡下落不明，要我马上去沪。我各处奔走，找不到交通工具，过了两个多月才赶回上海，可是他在两天之前又病倒了。

我搭一张帆布床睡在他旁边。据说他病不重，只是体力差，需要休养。

我相信这些话。何况我们住在朋友家，朋友是一位业余医生，可以解决一些问题。这一次我又太大意了。他起初不肯进医院，我也就没有坚持送他去，后来还是听他说："我觉得体力不行了"，"还是早点进医院吧"，我才找一位朋友帮忙让他住进了医院。没有想到留给他的就只有七天的时间！事后我常常想：要是我回到上海第二天就送他进医院，他的病是不是还有转机，他是不是还可以多活若干年？我后悔，我责备自己，已经来不及了。

七天中间他似乎没有痛苦，对探病的朋友们他总是说"蛮好"。但谁也看得出他的体力在逐渐衰竭。我和朋友们安排轮流守夜陪伴病人。我陪过他一个晚上，那是在他逝世前两夜，我在他的床前校改小说《火》的校样。他忽然张开眼睛叹口气说："没有时间了，讲不完了。"我问他讲什么。他说"我有很多话"。又说："你听我说，我只对你说。"我知道他在讲胡话，有点害怕，便安慰他，劝他好好睡觉，有话明天说。他又叹口气说了一句："来不及了。"好像不认识我似的，看了我两眼，于是闭上了眼睛。

第二天早晨我离开病床时，他要说什么话，却没有说出来，只说了一个"好"字。这就是我们弟兄最后一次的见面。下一天我刚起床就得到从医院来的电话，值夜班的朋友说："三哥完了。"

我赶到医院，揭开面纱，看死者的面容。他是那么黄瘦，两颊深陷，眼睛紧闭，嘴微微张开，好像有什么话，来不及说出来。我轻轻地唤一声"三哥"，我没有流一滴眼泪，却觉得有许多根针在刺我的心。我为什么不让他把心里话全讲出来呢？

下午两点他的遗体在上海殡仪馆中入殓。晚上我一个人睡在霞飞坊五十九号的三层楼上，仿佛他仍然睡在旁边，拉着我要说尽心里的话。他说谈两个星期就可以谈完，我却劝他好好休息不要讲话。是我封了他的嘴，让他把一切带进了永恒。我抱怨自己怎么想不到他像一支残烛，烛油流尽烛光灭，我没有安排一个机会同他讲话，而他确实等待着这样的机会。因此他没有留下一个字的遗嘱。只是对朋友太太讲过要把"金钥匙"送给我。我知道"金钥匙"是他在燕京大学毕业时因为成绩优良而颁发给他的。他一生清贫，用他有限的收入养过"老家"，帮助过别人，这刻着他的名字的小小的"金钥匙"是他唯一珍贵的纪念品，再没有比它更可贵的了！它使我永远忘不了他那些年勤苦、清贫的生活，它使我今天还接触到那颗发热、发光的善良的心。

九天以后我们把他安葬在虹桥公墓，让他的遗体在一个比较安静的环境里得到安息。他生前曾在智仁勇女子中学兼课，五个女生在他墓前种了两株柏树。

他翻译的《悬崖》和别的书出版了，我们用稿费为他两次修了墓，请钱君匋同志写了碑文。墓上用大理石刻了一本摊开的书，书中有字："别了，永远别了。我的心在这里找到了真正的家。"它们是我从他的译文中选出来的。我相信，他这个只想别人、不想自己的42岁的穷教师在这里总可以得到永久的安息了。第二次修墓时，我们在墓前添置了一个石头花瓶，每年清明和他的忌日我们一家人都要带来鲜花插在瓶内。有时我们发现瓶中已经插满鲜花，别人在我们之前来扫过墓，一连几年都是这样。有一次有人远远地看见一位年纪不大的妇女的背影，也不曾看清楚。后来花瓶给人偷走了。我打算第三次为他修墓，仍然用他自己的稿费，我总想把他的"真正的家"装饰得更美好些。但是已经没有时间了。不久发生了"文化大革命"，我靠了边，成了斗争的对象。严寒的冬天在"牛棚"里我听人说虹桥公墓给砸毁了，石头搬光，尸骨遍地。我一身冷汗，只希望这是谣言，当时我连打听消息的时间和权利都没有。

后来我终于离开了"牛棚"。我要去给三哥扫墓，才发现连虹桥公墓也不存在了。那么我到哪里去找他的"真正的家"？我到哪里去找这个从未伤害过任何人的好教师的遗骨呢？得不到回答，我将不停地追问自己。

1983年8月10日写完

小端端

一

我们家庭年纪最小的成员是我的小外孙女，她的名字叫端端。

端端现在七岁半，念小学二年级。她生活在成人中间，又缺少小朋友，因此讲话常带“大人腔”。她说她是我们家最忙、最辛苦的人，“比外公更辛苦”。她的话可能有道理。在我们家连她算在内大小八口中，她每天上学离家最早。下午放学回家，她马上摆好小书桌做功课，常常做到吃晚饭的时候。有时为了应付第二天的考试，她吃过晚饭还要温课，而考试的成绩也不一定很好。

我觉得孩子的功课负担不应当这样重，偶尔对孩子的父母谈起我的看法，他们说可能是孩子贪玩不用心听讲，理解力差，做功课又做得慢，而且常常做错了又重做。他们的话也许不错，有时端端的妈妈陪孩子复习数学，总要因为孩子“头脑迟钝”不断地大声训斥。我在隔壁房里听见叫声，不能不替孩子担心。

我知道自己没有发言权，因为我对儿童教育毫无研究。但是我回顾了自己的童年，回想起过去的一些事情，总觉得灌输和责骂并不是好办法。为什么不使用“启发”和“诱导”，多给孩子一点思索的时间，鼓励他们多用脑筋？我想起来了：我做孩子的时候，人们教育我的方法就是责骂和灌输；我学习的方法也就是“死记”和“硬背（诵）”。70年过去了，我们今天要求小端端的似乎仍然是死记和硬背，用的方法也还是灌输和责骂。只是课本的内容不同罢了，岂但不同，而且大不相同！可是学生功课负担之重，成绩要求之严格，却超过从前。端端的父母经常警告孩子：考试得分在90分以下就不算及格。我在旁听见也胆战心惊。我上学时候最怕考试，走进考场万分紧张，从“死记”和“硬背”得来的东西一下子忘得精光。我记得在高中考化学我只得30分，是全班最末一名，因此第二次考试前我大开夜车死记硬背，终于得到100分，否则我还毕不了业。后来虽然毕了业，可是我对化学这门课还是一无所知。我年轻时候记性很好，读两三遍就能背诵，但是半年以后便逐渐忘记。我到了中年才明白强记是没有用的。

几十年来我常常想，考核学习成绩的办法总得有所改变吧。没有人解答我这个问题。到了1968年我自己又给带进考场考核学习毛泽东思想的成绩。这是“革命群众”在考“反动权威”，不用说我的成绩不好，闹了笑话。但是出乎我的意外，我爱人萧珊也被“勒令”参加考试，明明是要看她出丑。她紧张起来，一个题目也答不出来，交了白卷。她气得连中饭也不吃。我在楼梯口遇见她，她不说一句话，一张苍白色的脸，眼睛里露出怨恨和绝望的表情，我至今不曾忘记。

我还隐约记得（我的记忆力已经大大地衰退了）亚·赫尔岑在西欧亡命时梦见在大学考试，醒来感到轻松。我不如他，我在六十几岁还给赶进考场，甚至到了八十高龄也还有人找我“就题作文”。那么我对考试的畏惧只有到死方休了。

我常常同朋友们谈起端端，也谈起学校考试和孩子们的功课负担。对考试各人有不同的看法。但是我们一致认为，减轻孩子们精神上的负担是一件必须做的事情。朋友们在一起交流经验，大家都替孩子们叫苦，有的说：学习上有了进步，身体却搞坏了；有的说：孩子给功课压得透不过气来，思想上毫无生气；有的说：我们不需要培养出唯唯诺诺的听话的子弟，……意见很多，各人心里有数。大家都愿意看见孩子“活泼些”。大家都认为需要改革，都希望改革，也没有人反对改革。可是始终不见改革。几年过去了。还要等待什么呢？从上到下，我们整个国家、整个社会都把孩子们当作花朵，都把希望寄托在孩子们的身上，那么为什么这样一个重要问题都不能得到解决，必须一天天地拖下去呢？

“拖”是目前我们这个社会的一个大毛病。我不知道我是不是可以这样说，不过我的确是这样想的。

二

也还是端端的事情。

端端有一天上午在学校考数学，交了卷，九点钟和同学们走出学校。她不回家，却到一个同学家里去玩了两个小时，到十一点才回来。她的姑婆给她开门，问她为什么回家这样迟。她答说在学校搞大扫除。她的姑婆已经到学校去过，知道了她离校的时间，因此她的谎话就给揭穿了。孩子受到责备哭了起来，承认了错误。她父亲要她写一篇“检查”，她推不掉，就写了出来。

孩子的“检查”很短，但有一句话我现在还记得：“我深深体会到说谎是不好的事。”这是她自己写出来的。又是“大人腔”！大家看了都笑起来。我也大笑过。端端当然不明白我们发笑的原因，她也不会理解“深深体会到”这几个字的意义。但是我就能够理解吗？我笑过后却感到一阵空虚，有一种想哭的感觉。十年浩劫中（甚至在这之前）我不知写过、说过多少次“我深深体会到”。现在回想起来，我何尝有一个时期苦思冥想，或者去“深深地体会”？我那许多篇“检查”不是也和七岁半孩子的“检查”一样，只是为了应付过关吗？固然我每次都过了关，才能够活到现在，可是失去了的宝贵时间究竟有没有给夺回了呢？

空话、大话终归是空话、大话，即使普及到七八岁孩子的嘴上，也解决不了问题。难道我们还没有吃够讲空话、大话的苦头，一定要让孩子们重演我们的悲剧？

我唯一的希望是：孩子们一定要比我们这一代幸福。

1982年1月20日

再说端端

一

我还想谈谈外孙女小端端的事情。

前一篇关于她的文章是三年前发表的，现在端端不再是“我们家庭最小的成员”了（我儿子结了婚，家里添了一个一岁的小孙女）。但她仍然是全家最忙的人。她在小学读到了五年级，每天还是带了不少的课外作业回家，到家后休息不过半小时，就埋头用功，常常坐到晚上八九点钟，中间只除去吃一顿晚饭的时间。她在家做功课，常常借用我的写字台。我算了一算她一天伏案的时间比我多。我是作家嘛，却没有想到连一个小学生也比我写得更勤奋。“有这样的必要吗？”我不止一次地问自己。我总觉得：儿童嘛，应当让她有时间活动、活动，多跑跑，多笑笑，多动动脑筋。整天坐着看书写字，就不像小孩了。我自己也有过童年，我并不曾忘记我是怎样过来的。虽然生活在封建或半封建的社会里，我也还是一个跳跳蹦蹦的孩子，常常用自己的脑筋想主意，我有时背书背不出来挨板子，但也有痛痛快快和同伴们游戏的时候。我始终不曾感觉到读书像一种沉重的负担，是一件苦事。所以有一天我听见端端一个人自言自语发牢骚：“活下去真没劲！”不觉大吃一惊，我对孩子的父母谈起这件事，我看得比较严重，让一个十岁多的孩子感觉到活下去没有意思，没有趣味，这种小学教育值得好好考虑。孩子的父母并不完全同意我的看法，特别是做母亲的总以为孩子不肯多动脑筋，做作业做得太慢，自己又没有功夫辅导孩子，有时看见到了九点孩子还在用功，就动了气，放连珠炮似地大骂一顿，逼着孩子上床睡觉。孩子只得第二天提早起床做功课。孩子的父亲偶尔和我同声说一句："孩子睡眠不足。"但是他也不得不警告孩子：将来念中学，考重点学校，功课更多，老师抓得更紧，现在不练就一些本领，以后怎样过日子？

端端并不理解这个警告的严重性。她也不知道如何练就应付那些功课的本领。她母亲责备她"窍开得慢"，似乎也有道理。我的两篇文章写成相隔三年，这就说明三年中她的情况并未改善，可见进步很小。她的学习成绩始终不稳定，而且常常不大好。但孩子既爱面子，又怕挨骂，每逢考试成绩在九十分以上，她回到家，就马上告诉大人（姑婆、太娘或者她的父母），要是成绩在八十分以下，她便支支吾吾，设法拖延一两天，终于给妈妈知道，还是挨一顿痛骂。说也奇怪，我女儿思想很开放，但是要她抓孩子的功课，或者她发现了孩子的毛病，就缺乏耐心，不由分说，迎头来一阵倾盆大雨，有时甚至上纲上线，吓得孩子无话可说。我不同意这种教育方法，我心里想：她不开窍，你帮忙她开窍嘛。可是我女儿、女婿都在为自己的"事业"忙碌着，抽不出时间来照顾孩子的学习。我在旁边冷静地观察，也看得出来：孩子挨骂的时候，起初有些紧张，后来挨骂的次数多了，她也就不大在乎了。所以发生过的事情又继续不断地发生。做母亲的却从未想过：为什么孩子会有"活下去真没劲"的思想。她大概以为"不要紧，大家都是这样地教育成人的"。

当然，谁也不必把孩子的话看得太认真。的确大家都是这样过来的。孩子不会因为功课重就"看破红尘"，也不会因为挨骂多就起来"造反"。一切会照常进行，不必紧张。孩子虽爱面子，但也不会去考"重点学校"，她父母也不会强迫她考"重点学校"，我更不鼓励她念"重点学校"，因为做"重点"学生，要付出更大的代价，她还不够条件。

我三年前就曾指出，现在的教学方法好像和我做孩子时候的差不太多，我称它为"填鸭式"，一样是灌输，只是填塞进去的东西不同罢了。过去把教育看得很简单，认为教师人人可做，今天也一样，无非是照课本宣讲，"我替你思考，只要你听话，照我说的办。"崇高理想，豪言壮言，遍地皆是；人们相信，拿起课本反复解释，逐句背诵，就可以终生为四化献身，向共产主义理想迈进了。

我是受过“填鸭式”教育的，我脑子里给填满了所谓孔孟之道，可是我并没有相信过那些圣贤书，人们从来不教我开动脑筋思考，到了我自己“开窍”的时候，我首先就丢开那些背得烂熟的封建糟粕或者封建精华。我总是顺着自己的思路想问题，也只能顺着自己的思路想问题，那些填进去的东西总不会在我的脑子里起作用，因为我是人，不是鸭子。

今天的孩子当然也不是鸭子，即使我们有十分伟大、极其崇高的理想也不能当作“饲料”使用吧。要是作为“饲料”，再伟大的东西也会走样的。何况用“饲料”填鸭只是为了让鸭子快快长肥给人吃掉。我们给孩子受教育却是为了让他们做有用的人，为建设祖国长期尽力，这是“百年大计”，绝不是单单把他们“养肥”就解决问题。

为孩子们着想，培养他们最好是“引导”，“启发”，使他们信服，让他们善于开动脑筋，学会自己思考问题。真正懂得什么是伟大，什么是崇高，什么是好，什么是美，他们才有可能向伟大、崇高、好和美的方面追求。听话的孩子不一定就是好学生，肯动脑筋的孩子总比不动脑筋的好。人总是不停地前进的，人类社会总是不断地发展的。不论是人，不论是社会，都不可能照一个模式世世代代不变地传下去。依赖父母的子女是没有出息的。下一代不会让我们牵着鼻子走，他们一定会把我们抛在后面，因为我们常说：孩子是我们的未来，我们的希望。是希望，是未来，就得跟“填鸭式教育”决裂。未来绝不会跟过去和现在一模一样。

最近人们又在谈论教育改革，这是好事。改革教育，人人有份，它不只是少数专家的事情。大家都希望这一次能改出一点成绩来。我看，单单伸起颈项等待是没有用的，有意见就讲出来。不能再走几千年、几百年、几十年前的老路了。多考虑，多议论，多征求意见，一切认真对待。总之，千万不要忘记认真二字。

二

我的前一篇关于端端的短文是一口气写下去的。这一段“随想”则写得很吃力，还删改了三次。为什么会这样困难？我找出一个原因：我把自己同端端混在了一起，我写端端，却想到自己。我的书橱里有二三十册笔记本或者更多一些，都是“文革”期间给“造反派”抄走，后来落实政策又退了回来的。本子上记录着“老师们”的“讲课”，全是我的字迹。在那段漫长的时间里，我经常像小学生那样战战兢兢地应付没完没了的作业，背诵、死记“老师们”的教诲；我强迫自己顺着别人的思路想事情，我把一连串的指示当作精饲料一股脑儿吞在肚里。是的，这全是为我准备、而我消化不了的精饲料。为了讨好“老师”，争取分数，我发愤，我虔诚，埋头苦学到夜深，只换来连夜的噩梦：到处寻找失去的东西，却一样也找不回来。应该说，有一个时候我也是“全家最忙的人”。我也是一个“没有开窍”的小学生，永远记不牢“老师们”的教导和批评，花费了那么多的学习时间，我得到的却常常是迎头的倾盆大雨。头发在灌输和责骂中变成了银丝，拿笔的手指颤抖得不由自己控制，写作成为惩罚的苦刑，生活好似长期的挣扎。“没劲！没劲！”甚至在梦里我也常常哀求：“放学吧！”我真想做一个逃学的“小学生”。说老实话，我同情端端，我也怜悯过去的自己。

三

关于端端我还得讲几句公道话。固然在学习方面她有缺点，成绩也属于中等，但正如她自己所说“不能把人看死”，她还是一个“在发展中的”十一岁的小姑娘。她也是要变的。

我妹妹批评我“偏爱”端端，我不否认，生活把我和这孩子拴在一起了。我常常想起狄更斯的《老古玩店》。我和端端都看过根据这小说改编的电视连续剧。老外公和小外孙女的形象常常在我的眼前出现。我摔伤后从医院回家，生活不能自理，我和孩子的两张床放在一个房间里，每天清早她六点起身后就过来给我穿好袜子，轻轻地说声“再见”，然后一个人走下楼去。晚上她上楼睡觉，总是先给我铺好床。星期天我比她早起，就叫她过来给我穿好袜子，让她再上床睡一会，我笑着说：“这是包给你的。”她得意地回答：“我承包下来了。”似乎她为这种没有报酬的“承包”感到自豪。

她不会想到每天早晨那一声“再见”让我的心感到多么暖和。

1985年5月25日

第六辑

故友旧交，
三三两两

永远不能忘记的事情

朋友，你要我告诉你关于那个老人的最后的事情。我现在不想说什么话，实在我也不能够说什么。我只给你写下一些零零碎碎的事情，我永远不能忘记的事情。

在万国殡仪馆里面，我和一些年纪差不多的朋友，过了四天严肃而悲痛的日子。灵堂中静静地躺着那个老人，每天从早到晚，许许多多的人到这里来，一个一个地或者五六个人站成一排地向他致最深的敬礼。我立在旁边，我的眼睛把这一切全看进去了。

一个秃顶的老人刚走进来站了一下，忽然埋下头低声哭了。另一个十三四岁的女孩子已经走出了灵堂，却还把头伸进帷幔里面来，红着眼圈哀求道："让我再看一下罢，这是最后的一次了。"

灵堂里灯光不够亮。一群小学生恭敬地排成前后两列，一齐抬起头，痴痴地望着那张放大的照片。忽然一个年纪较大的孩子埋下头鞠躬了。其余的人马上低下头来。有的在第三次鞠躬以后，还留恋地把他们的头频频点着。孩子们的心是最真挚的。他们知道如今失掉一个爱护他们的友人了。"救救孩子。"我的耳边还仿佛响着那个老人的声音。

我所认识的一个杂志社的工友意外地来了。他红着脸在灵堂的一角站了片刻，孩子似地恭恭敬敬行了三个礼，然后悄悄地走开了。

我还看见一个盲人，他穿着一身整齐的西装，把一只手扶在另一个穿长衫的人的肩头，慢慢地从外面走进来。到了灵前那个引路人站住了。盲人从引路人的肩上缩回了手，向前移动一步，端端正正地立着，抬起他那看不见的眼睛茫然望了望前面，于是低下头，恭恭敬敬地行了三鞠躬礼。他又伸出手，扶在引路人的肩上默默地退去了。

两个穿和服的太太埋着头，闭着眼睛，默默地合掌祷告了一会儿。我给她们拉帷幔的时候，我看见了她们脸上的泪痕，然后在帷幔外面响起了悲痛的哭声。

我的耳朵是不会误听的，像这样的哭声我每天至少要听到几次。我的眼泪也常常被它引了出来。

我的眼睛也是不会受骗的。我看见了穿粗布短衫的劳动者，我看见了抱着课本的男女学生，我也看见了绿衣的邮差，黄衣的童子军，还有小商人，小店员，以及国籍不同、职业不同、信仰不同的各种各类的人。在这无数不同的人的脸上，我看见了一种相同的悲戚的表情。这一切的人都是被这一颗心从远近的地方牵引到这里来的。

在这些时候我常常想：这个被我们大家敬爱着的老人，他真的就死去了？我不能够相信。但是这些悲戚的面容，这些悲痛的哭泣却明白地告诉我，这个老人绝不会再坐起来，带着温和的笑容对我们高谈阔论了。

二十一日夜里，已经过了十一点钟，我和几个朋友准备动身回家。灵堂里很静。我一个人走到灵柩前面，静静地站了四五分钟的光景。我借着黯淡的灯光，透过了那玻璃棺盖，痴痴地望着我们所熟悉的那张脸：眼睛紧紧地闭着，嘴也紧紧地闭着。一种温和的表情笼罩在这张脸上。没有死的恐怖。仿佛这个老人就落在深沉的睡眠里。这四周都是鲜花扎成的花圈和花篮，晚香玉的馥郁的香气一股一股地沁入我的心肺。我不禁想着：这难道不是梦？我又想：倘使这个老人一翻身坐起来呢？

但是一个沉重的声音在我的心上叫起来：死了的不能够复活了。

死者的遗体是在这天下午入殓的。我跟着许多朋友行了礼以后，站在人丛中，等着遗体入殓。前面一片哭声刺痛我的心。我忍不下去了，含着眼泪回过头来，无意地看见那个高身材的朋友[1]红着眼睛，伸出手拼命在另一个朋友[2]的肩头

①高身材的朋友：指郑振铎。

②朋友：指靳以。

上抓。我看见他心里难过，自己心里也更难受了。在这一刻满屋子人的心都是相同的，都有一样东西，这就是——死者的纪念。

出殡的日子我和一个朋友[1]早晨七点半钟到了殡仪馆。别的朋友忙着在外面做事情。我一个人绕着灵柩走了一周，以后又站了片刻。我的眼前仍旧是那酣睡中的慈和的面颜，空气里依旧弥漫着浓郁的晚香玉的芬芳。我又一次想起来：这也许是梦罢，倘使他真的坐起来呢？

朋友，这不是梦。我们大家所敬爱的导师，这十年来我一直崇拜着的那位老人永远离开我们而去了。旁边花圈上一条白绸带写着“先生精神不死”。然而我心上的缺口却是永远不能填补的了。

我不能够这样地久站下去。瞻仰遗容的人开始接连地来。有的甚至是从远方赶来看他们所敬爱的老人最初的也就是最后的一面。“让我们多看几眼罢，”我伸手拉帷幔的时候，常常有人用眼睛这样地恳求。但地方是这样狭小，后面等着的人又有那么一长列，别的朋友也在催促。我怎么能够使每个人都多看他几眼呢？

下午两点钟，灵柩离开了殡仪馆，送葬的行列是很有秩序的。许多人悲痛地唱着挽歌。此外便是严肃的沉默。

到了墓地，举行了仪式以后，十三四个人抬起了灵柩。那个刚刚在纪念堂上读了哀词的朋友[2]，突然从人丛中跑出来，把他的手掌也放在灵柩下面。我感动地想：在这一刻所有的心都被躺在灵柩中的老人连接在一起了。

在往墓穴去的途中，灵柩愈来愈重了。那个押柩车来的西洋人跑来感动地用英语问道：“我可以帮忙吗？”我点了点头。他默默地把手伸到灵柩下面去。

到了墓穴已经是傍晚了，大家把灵柩放下。一个架子上绑着两根带子，灵柩就放在带子上面。带子往下坠，灵柩也跟着缓缓地落下去。人们悲声低唱安息歌。在暮色苍茫中，我只看见白底黑字的旗子“民族魂”渐渐地往下沉，等它完全停住不动时，人们就把水门汀的墓盖抬来了。一下子我们就失去了一切。

“安息罢，安息罢……”这简直是一片哭声。

仪式完毕了，上弦月在天的一角露出来。没有灯光。在阴暗中群众像退潮似

---

①朋友：指靳以。

②读哀词的朋友：指胡愈之。

地开始散去了。

夜晚十点钟我疲倦地回到家里，接到了一个朋友[①]的来信，他说：

“……我如果不是让功课绊住，很想到殡仪馆去吊周先生。人死了，一切都成为神圣的了。他的人格实在伟大。他的文章实在深刻……”

事实上，写信的人今天正午还到殡仪馆来过。我那时看见他，却不知道他已经寄发了这样的信。

我的书桌上摆了一本《中流》。我读了信，随手把刊物翻开，我见到这样的一句话，便大声念了出来；

“他的垂老不变的青年的热情，到死不屈的战士的精神，将和他的深湛的著作永留人间。”

朋友，我请你也记住这一句话。这是十分真实的。

1936年10月22日

①写信的朋友：指李健吾。

悼鲁迅先生[1]

十月十九日上午，一个不幸的消息从上海的一角传出来，在极短的时间里就传遍了全中国，全世界：

鲁迅先生逝世了！

花圈、唁电、挽词、眼泪、哀哭从中国各个地方像洪流一样地汇集到上海来。任何一个小城市的报纸上也发表了哀悼的文章，连最远僻的村镇里也响起了悲痛的哭声。全中国的良心从没有像现在这样地悲痛的。这一个老人，他的一支笔、一颗心做出了那些巨人所不能完成的事业。甚至在他安静地闭上眼睛的时候，他还把成千上万的人牵引到他的身边。不论是亲密的朋友或者恨深的仇敌，都怀着最深的敬意在他的遗体前哀痛地埋下了头，至少在这一刻全中国的良心是团结在一起的。

我们没有多的言辞来哀悼这么一位伟大的人，因为一切的语言在这个老人的面前都变成了十分渺小；我们不能单单用眼泪来埋葬死者，因为死者是一个至死不屈的英勇战士。但是我们也无法制止悲痛来否认我们的巨大损失；这个老人的逝世使我们失去了一位伟大的导师，青年失去了一个爱护他们的知己朋友，中国人民失去了一个代他们说话的人，中华民族解放运动失去了一个英勇的战士。这个缺额是无法填补的。

---

①这是《文季月刊》一卷六期的卷头语。《文季月刊》是我和靳以编辑的文学刊物，由上海良友图书公司发行。

鲁迅先生是伟大的。没有人能够否认这样的一句话。然而我们并不想称他做巨星，比他作太阳，因为这样的比喻太抽象了。他并不是我们可望而不可即的自然界的壮观。他从不曾高高地坐在中国青年的头上。一个不识者的简单的信函就可以引起他胸怀的吐露；一个在困苦中的青年的呼吁也会得到他同情的帮忙。在中国没有一个作家像他那样爱护青年的。

然而把这样的一个人单单看作中国文艺界的珍宝是不够的。我们固然珍惜他在文学上的成就，我们也和别的许多人一样以为他的作品可以列入世界不朽的名作之林，但是我们更重视：在民族解放运动中，他是一个伟大的战士；在人类解放运动中，他是一个勇敢的先驱。

鲁迅先生的人格比他的作品更伟大。近二三十年来他的正义的呼声响彻了中国的暗夜，在荆棘遍地的荒野中，他高举着思想的火炬，领导无数的青年向着远远的一线亮光前进。

现在，这样的一个人从中国的地平线上消失了。他的死是全中国人民的一个不可补偿的损失。尤其是在国难加深、民族解放运动炽烈的时候，失去了这样的一个伟大的导师，我们的哀痛不是没有原因的。

别了，鲁迅先生！你说：“忘记我。”没有一个人能够忘记你的。我们不会让你静静地死去。你会活起来，活在我们的心里，活在全中国人民的心里。你活着来看大家怎样继承你的遗志向中华民族解放的道路迈进！

1936年10月在上海

纪念友人世弥

我想不到我会来写这样的文章，记忆逼着我写。记忆使我痛苦。甚至在这样一个个人命运和民族命运紧密地联系在一起的时代中，我还受着个人情感的熬煎。我不说我们民族的损失，固然世弥（即罗淑）是中国的一个优秀的女儿；我不说我们文坛的损失，固然世弥的作品显示了她未来的光辉的成就；因为在侵略者铁蹄的践踏下，许多青年有为的生命，许多优秀卓绝的文学才能已经变成了白骨黑灰。为了一个民族的独立和生存，这样的牺牲并不算是昂贵的代价。许多人默默地死去，许多人默默地哀悼他们的死者，没有谁出来发一声不平的怨言。我也没有权利把我个人的悲痛提出来加在这许多人的悲痛上面，促他们多回顾“过去”，给他们多添一分苦恼。他们需要的是“遗忘”，要忘记过去的一切，要忘记灾祸与悲痛，像堂吉珂德那样地投身到神圣的抗战中去。

然而我不能够制止个人的悲痛，我无法补偿个人的损失。这一个友人的死给我留下的空虚，到现在还不曾得到填补。记忆逼着我写，悲痛逼着我写，为了我自己，为了我的一些朋友，我要写下这篇关于世弥的文章。

世弥是一个平凡的人，甚至在她的外貌上，人也看不出锋芒。她写过文章，但她的文笔并不华丽，那里面有的是一种真实、朴素的美。她不喜欢表现自己，她写文章也不愿意让朋友们知道。她把她的热情隐藏在温厚的外表下。许多人说她是个贤妻良母型的女性，却少有人知道她是社会革命的斗士。在我们这些友人中间，有时因为意见的分歧会损害友情，个人的成见妨害到事业的发展。然而她把我们（至少是我们中间的一部分人）团结在一起。她的客厅仿佛成了我们的会所。但我们并不是同时去的，我们个别地去，常常怀着疑难和苦恼去求助于她。她像长姐似地给我们解决问题，使我们得到安慰和鼓舞。她的考虑十分周到，她的话语简单而有力量，我们都相信她，敬爱她。

她有一种吸引力把许多朋友拉到她的身边，而且使他们互相接近了解。一个朝鲜朋友被日本人追缉得厉害的时候，他到上海来总是由她和她的丈夫款待，他就住在他们家里，或者她替他转信。那个朋友也是我的友人。艰苦的环境使他的北发在几个月内完全变成了白色，但是他的精神并没有衰老。有一次我受了一个朋友的嘱托从日本海军陆战队布岗警戒下的虹口带了一支手枪、一百颗子弹和一包抗日文件到她的家里寄存。她毫不迟疑地收下了我提去的那口箱子，让那些东西在她的家里放了一年，到她离开上海时才让另一个朋友拿去。这些事倘使她活着，她一定不让我说出来，而我也不便写。但是如今她和我已经成了两个世界的人。我不曾当着她的面说一句感激的话，我知道这会使她不高兴。然而这时候思念割痛我的心，我愿意让人知道我们从她那里得过的恩惠。要是这触犯了她，她也会原谅她的朋友，因为这是最后的一次了。

我不敢想，有时候我甚至不能相信世弥的死讯是真实的。去年九月八日上海西车站的分别仿佛还是昨天的事。上海沦陷后她和宗融打过急电来探问我的安全，又屡次写信劝我离开“孤岛”。我答应今年到他们那里去。如今我失了约，而她也不能活着来责备我了。

这三四年来，我在生活里、事业上遇到各种麻烦。我究竟缺乏忍耐，我不能从容地应付一切，常常让自己沉溺在苦恼中间。朋友不宽恕我，敌人不放松我。我不能严格地改正错误，我反而让自己陷在绝望的心境中。好几次我带着气愤到她那里倾诉，她仔细地开导我，安慰我，甚至指责我的缺点。她知道我的弱点，我的苦恼和我的渴望。但是她决不姑息她的友人。我是在朋友们的督责下成长起来的。她便是那许多朋友中间给了我帮助最大的一位。但是如今我不知不觉间就失掉了这样一位友人。我的悲痛是很大、很大的。

我唠唠叨叨地叙说我个人的损失，我太自私了。我们许多人中间失去这一个连锁，那损失比我个人的更大。而且就个人的悲痛来说，我们大家热爱的马大哥，我认识他在他和世弥结婚以前，我知道世弥在他的生活里、情感上占着什么样的位置，我知道世弥是他的一个怎样的不可分离的生活与工作的伴侣。他们九年来始终没有分离过。如今一只残酷的魔手把她抓了去，永远不放回来。留下他一个人带着那个聪明可爱的小弥和一个新生的孩子（那个男孩是她用自己的生命换来的），在那间空阔的屋子里，八岁的小弥天天嚷着要“妈妈”，新生的孩子又无知地啼哭等着人喂奶。做一个这样的父亲，不知道要花费多少的心血。对于在书堆里过惯生活的马大哥，我简直不敢想象他的悲痛。我不能够安慰他，因为他的灾祸太大了。但是我想借用意大利爱国者马志尼劝赫尔岑的话来劝他：

“勇敢些，你要抑制悲痛，不要叫你的精神破碎。我常常以为我们亲爱的人的死会使我们变成更好的人，你的义务是去做一切她所喜欢的事而不去做任何她所反对的事。……”

现在正是这个时候了。

别了，我永不能忘记的友人，我不再用言词哀悼你。我知道你不喜欢我这样做。你不愿意在这样的年纪早早地死去，你更不会愿意在你渴望了几年的抗战的烽火燃烧的时候寂寞地闭上眼睛。但是你已经尽了你的职责了。你留下了这么深的敬爱在我们中间。我们失去了你这样一个连锁，可是我们已经坚实地团结起来。你的手所放下的火炬，也将由我们接过来高高地举起。我们会把它举得更高，使你的和我们的理想早日实现，我知道那会是你最快活的时候。到了那一天，你会活起来，活在我们的心里，活在我们的理想里。

1938年4月在广州

悼范兄

昨夜窗外落着大雨，刚刚修补好的屋顶，阻止不了雨水的浸泻，我用一个面盆做武器，跟那接连不断的雨滴战斗。我躺在床上，整夜发着高热，不能闭上眼睛，那些时候我都想起你，我善良仁厚的亡友。我的心燃烧着，我的身体燃烧着，但我的头脑却是清醒的。在这凌乱地堆满家具和书报的宽大楼房的黑暗中展开了十二年的友情。你的和蔼的清瘦的面颜，通过了十二年的长岁月，在这雨夜里发亮。在闽南一个古城的武庙中，我们第一次握手，这是我最初从你的亲切的话里得到温暖和鼓舞。没有经过第三个人的介绍，我们竟然彼此深切地了解了。是社会改革的伟大理想把我们拉拢的。你为着自己的理想劳苦了二十年，你把你的心血、精力、肌肉都献了给它，人们看见你一天天地瘦下去，弱下去。一直到死，你没有停止过你的笔和唇舌。

我没有忘记，就是在十二年前那个南国的秋天里，我们在武庙的一个凉台上喝着绿豆粥，过了二三十个黄昏，我们望着夜渐渐地从庭前两棵大榕树繁茂的枝叶间落到地上，畅快地谈论当前的社会问题和美丽的未来的梦景。让我们热情的声音，在晚风中追逐。参加谈话的人，我记得有时是五个，有时是六个。他们如今散处在四方，都还活得相当结实，却料不到偏偏少了一个你。

在朋友中你是一个切实的人。即使在侈谈梦景的时候，你也不曾让热情把你引到幻想的境域里去。在第一次的闲谈中我就看出来，甚至当崇高的理想在你脸上发光的时候，你也仍旧保持着科学的头脑。靠着你，我多知道一些事情，我知道怎样节制我的幻想，不让夸张的梦景迷住了我的眼睛。凉台上的夜谈并不是白费的。至少对我已经发生影响了。

在那个古城里，我们常常同看秋夜的星空。在那些夜里我也曾发着高热，喝着大碗神曲汁，但是亿万的发光的生命，使我忘记了身体的燃烧。从星球的生命中，我更了解了“存在界”的意义。你告诉我许多关于星球的事，让我知道你怎样由宇宙问题的探讨，而构成了你的生活哲学。

白天你又从外面那些浮着绿萍的水沼、水潭里带回来一杯、一瓶的污水，于是在你的书桌上，显微镜下面展开了一滴水中的世界，使我看见无数的原生动物的活动与死亡。

在你这里我看见了那无穷大的世界，在你这里我也看见了那无穷小的世界。我知道人并不是宇宙的骄子，我知道生命无处不在，我知道生命绵延不绝。你的生活哲学影响了我的。你的待人的态度也改变了我的。倘使我今天从我的生活中完全抽去了你的影响，则我将成为一个忘恩的人而辜负了死友的期望了。

你不是一个空谈家，也不是一个发号施令的英雄。在武庙凉台上的夜谈中你就显露了你的真实面目。谦逊，大量，勤勉，刻苦，这都是你的特点。你不是一个充满夺目光彩的豪士，也不是一个口如悬河的辩才。你是用诚挚，用理智，用坚信，用恒心来感动人的。别人把崇高的理想用来做成自己头顶上的圆光的时候，你却默默地在打算怎样为它工作，为它牺牲。所以你牺牲了健康，牺牲了家庭幸福，将自己的心血作为燃料，供给那理想多放一点光辉，却少有人知道你的名字，或者还有些不做一事的人随意用轻蔑的态度抹杀了你的工作。

的确在生前你是常常被人误解的。有人把你看作一个神经质的肺病患者，有人把你视为一个虚伪的道学家，还有人以为你只是一个被生活担子压得透不过气来的读书人。有好多次那些狂妄的、或者还带有中伤意味的话点燃了我的怒火，我愤慨地、热烈地争辩，我甚至愿意挖出我的心，只为了使友人能够更明白地了解你。我这争辩自然是没有用处的，我的话并不曾给你的面影增加光彩。后来还是你自己用你的笔、你的唇舌、你的工作精神、你的生活态度把许多颗年轻的心拉到你的身边，还是你自己用这些把别人投掷在你的面影上的污泥洗去，是你自己拨开了那些空谈家的烟雾，直立在人们的面前，不像一个病人，却像一个战士，一个被称为“生命的象征”的战士。（一个朋友称你做“生命的象征”，她这话的确不错。）

诚然十二年前我就知道你是一个肺病患者，而且我们也想得到有一天你终于会死在这个不治之症上。但是和你在一起时我却始终忘记你是一个病人。你的思想、你的言语和你的行为都不带丝毫的病态。从你的身上看不到一点犹疑，一丝悲观，一毫畏怯。你不寻求休息，却渴望工作。你在各处散布生命，你应该是一个散播生命种子的人。十几年前你写过歌颂战士的文章，到临死你还写出了《生之欢乐》。你最后留下遗言，望年轻人爱真理向前努力。

在《战士颂》中你坦白地说过："我激荡在这绵绵不息、滂沱四方的生命洪流中，我就应该追逐这洪流，而且追过它，自己去制造更广、更深的洪流。我如果是一盏灯，这灯的用处便是照彻那多量的黑暗。我如果是海潮，便要鼓起波涛去洗涤海边一切陈腐的积物。"

在《生之欢乐》的开端，你更显明地承认："有人把人生当作秕糠，我却以为它是谷粒。有人把人生视同幻梦，我却以为它是实在。有人把人生作为苦药，我却以为它是欢乐。有许多人以人生为苦恼、黑暗、艰难、乏味、滞钝、不自由、憎恨、丑恶、柔弱的象征，我却认为人生是爱、美、光明、自由、活泼、有为、创造、进步的本身。"

你还勇敢地叫喊："人生的美、爱、力量，都是从奋斗中创造出来的。所以人不是环境的奴隶，而是环境的主人……从奋斗的人格中，我们窥见生之光明，生之进步，生之有为，生之自由。……人生的解释受了积极思想的指导，人将为自由，为光明，为爱，为美，为创造，为进步而生，因此人将与压迫、黑暗、暴行、丑恶搏斗。燧石因相击而生火，人则由奋斗而尝到生之欢乐。"

我从未听见过像这么美丽的洋溢着生命的战歌！在朋友中就只有你一个人是这么热情地在各处散布生命，鼓舞希望！在一个孩子的纪念册上你写着："希望是人生所需要的，人如没有希望，何异江河涸了流水。"你这条江一生就没有涸过流水。不但这样，而且你这条江更投入在"那个人类生活的大海里"，用你自己的话，"在大海里你得到了伟大的生命力，发现了不灭的希望"，的确一直到死，你没有失掉希望。

你和我都曾歌颂过战士，我们的战士所用的武器，不是枪和刀，却是知识、信仰，和自己的意志。他把自己的意志锻炼成比枪刀更锋利、更坚实、更耐久的东西。他永远追求光明。他并不躺在晴空下面享受阳光，他却在暗夜里燃起火炬给人们照亮道路。对于他，生活便是不停的战斗。他不是取得光明而生存，便是带着满身伤痕而死去。你正是这类战士的一个典型，你从不知道灰心与绝望，你永没有失去青春的活力。

“除非他死，人不能使他放弃工作。”这是我称誉战士的话。你确实做到了这个地步。甚至在你的最后两年间，你的肺病已经进入第三期，你受着那么大的肉体痛苦的折磨，在死的黑影的威胁下，你还实践了你那“以有限的余生，为社会文化、思想运动作最后努力”的约言，完成了《科学与人生》《达尔文》《科学方法精华》三部译著。这许多万字，都应该是在“胸部剧痛”和“咳嗽厉害”中写成的。最后躺在死床上，你还努力写着你那篇题作《理想社会》的文章。可见一直到死都是些什么事情牵系住你的心。

十几年来你努力跟死挣扎，你几次征服了死，最后终于给死捉了去。这应该是一个悲剧。但是想到你怎样在死的威胁下努力工作，又以怎样的心情去接受死，我觉得这是一个壮观。一个朋友说，临死的你比任何强健的友人“都更富于生命力”！另一个青年友人却因为你以濒死之躯竟能够如此平静地保持着“坚决的信心和旷达的态度”而感到惭愧。一个温柔的女性的心灵曾经感动地为你写下这样的赞辞：“透过那为病菌磨枯了的身体，我望见了一个比谁都富于生命的欣欣向荣的灵魂！永远不绝望，永远在求生——为工作而生。”我应该给她添上几句：而且像一个播种的农夫，永远在散播生命的种子。你以一种超人的力量平静地吞食了那一切难忍的病痛，将它们化作生命的甘泉而吐出来。难道世间还有比这更强健的人？还有比这更美丽的生命的表现？

自然在你一生中，经济的压迫与生活的负担很少放松过你。要是换上一个环境，你也许至今还在美国的实验室里度着岁月。你也并不是没有“向上爬”的机会。对你的生活有决定影响的更不是经济的压迫。你为了理想才选取现在走的这条路，而且也是为了理想才选取了过去所走过的路。甘愿过着贫苦生活，默默地埋头工作，在绝望的情形下苦苦地支持着你的教育事业，把忌恨和责难全引到自己的身上，一直到用尽了自己的力量，使事情告一个段落，才又默默地卸下两肩的责任，去到另一个地方开始接受新的工作。倘若单是为了个人的生活，你不会让工作把你的身体磨到这样；倘若单是为了个人的生活，你又不会有那么坚强、充实的精力，在患病垂危的最后两年间还做出那样多的事情。

通过了你的一生，你始终把握着战士的武器。你的一生就是意志征服环境的一个最有力的表现，你做了许多在你的处境里似乎是不可能的事情。你在艰苦的环境中锻炼自己，创造自己，只为了来完成更大的工作。你终于留下不少的成绩和不小的影响而去了。你的死使我想到了法国大革命时期的启蒙学者龚多塞，他在服毒以前安静地写下了遗言：“科学要征服死。”我又想起一个躺在战场上的兵，他看见自己的战胜的旗帜在敌人的阵地上飘扬，才安然闭上燃烧的眼睛。

看了这样辉煌的战绩以后，你对自己的死应该没有遗憾了。你是完成了你的任务以后才倒下的。而我们呢？作为你的朋友的我们，至少我是没有理由来哀悼你的。失去了这个散布生命的人，失去这个“生命的象征”，像这样一个生命的壮观如今竟然在我们的面前永久消去，我们应该感到何等的寂寞。我们应该为这个巨大的损失悲痛。

在这里我不敢提说到个人的私谊，这几年来我已经失掉不少能够了解我、鼓舞我、督责我、安慰我、帮助我的友人，如今又失去这个不可少的你！十二年来的关切、鼓励、期望、扶助（我永不能忘记“八一三”，以后两个月你汇款给我的事，那时你自己也是相当困苦的），现在都成了一阵烟，一阵雾。我在成都得到你的死讯回来，读到你生前寄出的告别信。我读了开头的几句：“无论属于公的或属于私的，我有千言万语需要对你说，但我无从说起，”我只有伏在书桌上淌泪，范兄，我不是在为你流泪，我是在哭我自己。

在你的告别信里还有两段我不能卒读的话，我不知道你是怎样把它们写下来的，你甚至带点残酷地说：

“自去年冬至节以后，忽然变成终日喘哮不绝，且痰塞喉间，乎卢乎卢作响，咽喉剧痛，声音全部哑失。现由中西医诊断，谓阴历十二月一个月为生死关键。

“最近几个月来我已受够了病的痛苦，因为喉痛，连鲜牛乳、鸡汁都不能自由的吃。四肢和身躯已成枯柴，仅剩了骨和不光泽的皮。我已不能自己穿衣，不能自己研墨执笔，我的身体可说完全失了自由。”

在我们这些活着的友人中间有谁受过这样痛苦的病的折磨？又有谁能够忍受这一切而勇敢地一直工作到死？更有谁在自己就要失去生命的时候还能够那么热情地到处散布生命，写出洋溢着生命的歌颂生之欢乐的文章？倘然有一天我也到了你这样的境地，我不知道自己是否可以保持着你的十分之一的勇敢和热情，像一个战士那样屹立在人世的波涛中间？我更担心自己是否还可以像你那么宁静，那么英勇地去迎接死？

今天仍旧在这间堆满家具和书报的宽大搂房里，窗外街中响着喧嚣的汽车声，尘土和炎热不断地落到我的头上、身上、手上和纸上。时间已是开篇所谓“昨夜”后的第四天了，我的高热刚刚退尽。这几天里我不能够做别的事情，我就只想到你，我善良仁厚的亡友。你现在永远地离开我们了。一直到最后你还给我们留下一个战士的榜样，你还指示我们一个充实的生命的例子，你对自己，对朋友都可以说是毫无遗憾的。正如我在前面说的那样，你是尽了你的战士的任务躺下了，你把这广大的世界和这么多待做的工作留给我们。继续你的遗志前进，这正是作为你的友人的我们的责任。范兄！你静静地安息罢，我不能再辜负你的殷切的期望了。

从炎热的下午到了阴雨的深夜，雨洗去了闷热，但也给我带来寂寞。而且这是带点悲凉味的寂寞。一切都睡去了，除了狗吠和蛙鸣。十二年的友情又来折磨我的心。我从凌乱的书桌上，拿起你的信函，你那垂死的手写出来的有力的字迹，正在诉说十二年中间两个友人的故事。武庙中第一次的握手，也就是同样的写这信的手和拿这信的手罢，那么这应该是我们的最后一次的握手了。这样的告别，这是多么可悲痛的告别啊！

但是望着眼前你的活跃的字迹，我能够相信你已经离开了我们这个世界么？

凉风从窗外吹入，我伸出头去望天空，雨天自然没有星光，但是我的眼前并不是一片黑暗。我想起了一颗死去的星。星早已不存在于宇宙间了，但是它的光芒在若干年后才达到地球，而且照耀在地球上。范兄，你就是这样的一颗星，你的光现在还亮在我的眼前，它在给我照路！

1941年6月17日夜在重庆沙坪坝

纪念憾翁[①]

工人堆上了最后的一撮土，细雨便跟着夜色来了。我又一次揭下帽子，晚风冰冷地敲着我的头，好像要给我唤起那些记忆似的。我转头望望四周，一片黄沙，一堆山影，几棵枯树，除了我们这一群十多个，再不见一个人影，工人们收拾了器具走了。我最后一次望了一下眼前的新冢，然后戴上帽子。我也动身回家了。我的眼睛是干的，那里面没有眼泪，有的只是一个人的影子。我敬爱的亡友，你的影子送我走过那些泥泞的道路，一直把我送到篱笆门前。我到了家，看见那亲切地招呼着我的灯光。两所房屋紧紧地靠在一起，可是我回到了家，一你的影子却永远地消失了。

厅堂里那张竹沙发上坐着另一位朋友。那里原是你从前常常坐的地方，那饭桌是你靠过的，那板凳也不知被你坐过多少次，那窗板也曾好几回由你亲手装上，那茶杯和茶壶上面应当还留着你的指痕。板壁和土地也曾听见你的爽朗的笑声，整个厅子似乎都在呼唤你回来。但是一屋子阴沉的脸色给了我一个多么绝望的回答：你永远不会回来了。

在外面爆竹声万马奔腾似地响着，空气里仿佛隐约地飘荡着一阵一阵的欢笑声。这是一个喜庆的日子，一个欢乐的日子。我们也想跟着这个城市发笑，我们也想说些吉庆的话，可是我们的笑容是忧郁的，我们的笑声是空虚的。便是最会讲话的嘴现在也显得笨拙了。朋友们用痛苦的眼光对望着，然后露出无可如何的

①憾翁：他就是我的长篇小说《火》第三部（旧版本）里面的田惠世。

微笑。大家都明白任何努力也不能够立刻除去各人心上的重压。我们开始觉得这种团聚是难堪的了，城里的朋友便借了种种的口实一个一个地走开了。剩下住在这里的几个人默默地对着一盆火坐了许久。

夜在接连不断的爆竹声中慢慢地走了过去，它并没有惊动我们。在隔壁你的房间里静静的没有声息，黑黑的没有灯光。我的眼皮渐渐地垂下来。朋友们也都埋下了头。方桌上一盏植物油灯也渐渐地暗淡了。我是在做梦吗？在这里并没有发生过什么事情吗？什么都还是同以前一样的吗？

我突然吃惊地睁大了眼睛。这不是梦。什么都没有改变。就只是你不会回来了，永远不回来了。

我敬爱的亡友，十三年前我们第一次见面的时候，也曾想到十三年后今天的这情形么？

十三年，那些数不清的长日子，我应当忘记了许多事情。可是你那时的面容还清晰地留在我的脑子里，我们没有机会讲许多话，我只默默地注视你那温和的微笑。这微笑经历了长久的艰苦的岁月都没有消去。它慢慢地把我拉向你的身边。在七年的沉默之后，我们偶然遇在一起，我又在你的脸上见到那同样的笑容。迟疑和拘束在一瞬眼的功夫完全消失了，我兴奋地握着你伸过来的手。友情从这里开始，苦难巩固它，欢乐装饰它。在寒冷中我感到它的温暖，在暗夜里我见到它的光辉。我开始为了七年的沉默责备自己。现在在一个平凡的面貌下面，我听到一颗善良的心的跳动了，我又开始为自己庆幸。

从那时到今天整整六个年头过去了。我不能计算这七十二个月中我从你那里得到多少东西。你太慷慨了，你为我打开了你那海似的心，让我的心灵在你的鼓舞、安慰、帮助下成长起来。有一个时期在上海租界里敌伪的魔爪向四处伸展，死亡在我们的周围窥伺，外面散布着种种的流言，人对自己常见的朋友都不能够相信了。一天晚上我接到几次朋友们警告的电话，我也把这似可信似不可信的消息用电话转告你。在电话中我听见了你那爽朗的笑声，我的心安了。这些日子里都是你的笑声引起我的笑声，你的镇定和乐观增加了我的勇气，你的豪侠的精神净化了我的心灵。正如在广州大轰炸中和从广州脱险出来的日子里，我因了你的友情的鼓舞而更勇敢地面对着死亡的威胁一样。在任何时候我都觉得我不是孤独的，甚至在危险当前、黑云蔽天、最绝望的时候。我原是一个渺小的人，但我现在也知道为大义献身；我原是一个心贫的人，但我如今也愿意做一块木柴给人间添一点温暖。我始终是在朋友的庇护下面生活的。你正是那些能够了解我、鼓舞我、安慰我、督责我、帮助我的友人中间的一个。现在我又能够在什么地方找到更多的这样的友人呢？

我不应当在这里唠唠叨叨地诉说个人的私谊。其实受到损失的不止我一个，还有更多的人在悲痛中过日子，她们失去了丈夫，失去了父亲，这损失更是不能补偿的了。在他们的旁边我没有权利悲叹哭泣。我更没有权利用过去的回忆折磨他们。你原是一个口如悬河的辩才，却默默地跟他们诀别。一瞥最后的注视，一滴最后的泪，你放心地闭了眼睛。你自己安息了，你也把安静留了给他们。一直到死，你都是一个谦和的人；一直到死，你都是在替别人着想。你永远想到别人，忘了自己。

我没有看到你跟死挣扎，我没有看到你在死面前显出胆怯的样子，你死去如同酣睡。“我没有病，我没有病。”你不知说了多少遍。我们不相信你的话。其实也许你比我们更清楚。你是有道理的，因为一直到最后还没有一个医生看出你致死的病源，而那个一口断定一个星期包好的“名医”，几次挺起肚子坐在车上经过你的门前，也忘记下车来问一句他卖出的几十颗高价的“特效药”是否灵验。要是你现在还有知觉，我想你一定会望着他发出你那爽朗的笑声。

然而我们却不能够笑了。我们不是大量的人，不能够宽恕那疏忽和愚蠢。他的轻率的诊断在许多人的心里挖了一条沟，那是无法填满的了，纵使我们活到百年的高龄。

我敬爱的亡友，原谅我又在这里诉说我个人的损失。不过你不会误解我的意思，我并非说你只是在几个人中间发光的人。你的死使神圣的抗战失掉了一个热烈的拥护者，使为正义奋斗的人失去了一个忠实的朋友。你是一个理想家，但你又是实际的人；你是一个虔诚的基督教徒，但你又和非宗教者做了好友。你在朋友中间发射着光彩，但是你单单为了一件小小的工作就牺牲了生命。的确，你是为了你那个“该死的刊物”（你骂它该死，更可见你是如何爱它！）死的。你为它牺牲了健康，牺牲了安乐，牺牲了家庭幸福，甚至冒着种种危险；你将自己的心血和精力熬成墨水，给理想多涂一点光彩，为抗战多尽一分力量。这些年来我就没有看见你闲过一天。最后躺在病床上，你还带着焦虑地筹划刊物的维持与发展。就在去世的前两天，你还关心地问起刊物的事情。你不会想到就在这么短短的时间以后，在你自己的刊物上会印出哀悼你的文章。

六年来我的眼睛牢牢地注视着你的生活。我看见你怎样挣扎，怎样跌倒，又怎样爬起来继续前进。没有人在旁边搀扶你一把，或者说几句切实的安慰的话，但你永远是乐观的，永远是谦和的，你从不怨恨别人，只是苛责自己。六年来你就没有畅快地休息过一天，你忠实地守着你的工作，你终于死在你的岗位上。固然，你的事业并未完成，你的抱负并未实现，但是你已经尽了你的职责死去了，你是不该有遗憾的。以后的责任应当由那些活着的人担负，希望他们能好好地继承你的遗志，实现你的抱负，让你更光辉地活在你的事业里罢。

门外寂无人声，夜是这么深了。我还坐在方桌前面拿起一支笔，写你的事情。这方桌就是你从前工作的地方，厅子里除了新添的一张写字台外，一切跟你在时完全一样。但这已是我写了开篇以后的一个多月了，也就是你离开我们以后的一个多月了。在灯光的四周聚着一团黑影，仿佛有一对眼睛在向我注视。我忽然听见了一声轻微的咳嗽，声音是这么熟。桌上正放着一杯热气腾腾的浓茶，我说："你坐下喝杯茶吧。"我惊喜地抬起头，可是只看见映在墙壁上的热水瓶的影子，没有一个人，我原来在对自己讲话。你是永远不会回来的了。

门外是一个落着细雨的夜，在那边，润湿的泥土下面一定很冷。但愿叫号似的风不要惊醒你的长眠。我想到伴着你的一片黄沙、一堆山影和几棵枯树，心隐隐地发痛了。原谅我这个自私的人，我独自享受了温暖的灯光和热腾腾的浓茶。……对着这一屋子的凄凉的静寂，我只有愤然掷下我这管秃笔。

1943年3月在桂林

写给彦兄

在报纸上读到你的死讯，我觉得心里空虚得很。我躺了几个钟头，没有讲一句话。这时候我愿意我能忘记一切，但十几年前的往事偏偏来到我的眼前。是的，我的眼睛不肯休息，它们找回来那些我以为我早已忘却的事情。我看见你穿一件白衬衫，带着一个本地小孩走到鼓浪屿一家滨海的旅馆里来。在二楼那间宽敞的房间里，畅谈了一点多钟以后，我们成了朋友，那是十四年前的事。那次并不是我们第一次见面，而我知道你的名字，却更要早六七年。在中学读书的时候，你的《灯》，你的《狗》感动过我。[1]那种热烈的人道主义的气息，那种对于社会的不义的控诉，震撼了我的年轻的心。我无法否认我当时受到的激励。自然我不能说你给我指引过道路，不过我若说在那路上你曾经扶过我一把。那倒不是夸张的话。我们十三四年的友情就建立在这一点感激上面。我始终没有让你知道我这个小小的秘密。其实我何必要告诉你呢？在我们这些分多于聚的十三四年中间，我们也曾一同经历过苦难的日子，分享过朋友畅谈的欢乐。不论在泉州某高中的教务室里，上海法租界某公寓的小房间内，或者上海信义村的住家，或者桂林福隆街的寓楼，我都不曾看见你有过十分畅快的笑容。生活的担子重重地压在你的瘦削的肩上，它从没有放松过你。这些年你一直在跟它挣扎，你始终不肯屈服，你要畅快地吐一口气。可是你愈挣扎，愈透不过气来，好像这就是对你的惩罚一样。我知道，要是你肯屈服、肯让步、肯妥协，你一定会过得舒适，安乐。

①《灯》和《狗》都是鲁彦写的散文。

你并不是不喜欢舒适和安乐的生活。然而你的性格不让你有片刻的安宁。你的性格使你拖着一大家儿女在各处漂流。在某一点上，你有些像罗亭。这并不是说你能说不能行，我是说你不能适应环境，你不能为自己建立一个安定的窝，你不能为了个人的安乐，忍受任何不公平的待遇。你到处撞，到处碰壁，可是长期的困苦并不曾磨去你的锐气。就是在患病以后，不管躺在床上，或是拄杖缓行，你还是昂着头在撞，你还是因碰壁而恼怒。后来你的声音哑了，结核菌蚕食着你的喉咙，肉体的痛苦跟着死亡的逼近一天天地在增加。但你还是不肯放下你的笔，你还是不断地为你创办的《文艺杂志》焦心。到最后，你身上只剩了一层皮，你只能用铃子代替你的语言，你还是没有失去对生命的热望，你还是没有失去求生的意志。在生，没有人称你做一个战士。事实上许多年来你一直在奋斗，你想为你自己，也为别的一些人创造一个较好的环境。可是结果你终于痛苦地死在寂寞和贫穷里，像一个死在战地上的兵士，你没有看到胜利的希望就闭了眼睛。即使有人说你没有留下光辉的战迹（其实你的一部分作品不就是光辉的战迹么！），但谁能否认你是一个勇敢的战士呢？

虽然我们中间有着十几年的友情，可是我没有资格论断你。我这里说的只是一个朋友的意见。认识你的人都有他对你的一种看法。不管他看重你的好处，或者注意你的缺点。你两样都有，因为你是一个人。而且我们谁又没有更多的缺点呢？况且作为一个十几年的朋友，我在你苦难中给过你够多的助力么？我分尝过你些许的痛苦么？我做过什么减轻你苦难的努力么？那么我还有什么资格在这里絮絮地谈到你，夸张地叙说我们中间的友情呢？

不，彦兄，你多少知道我一点，那么你会明白你的死使我失去了一些什么东西。正是在两年前，有一天傍晚你从桂林三家村寓所把我送到洋桥，我要你陪我进城，到一家小馆里吃点东西，多谈个把钟头，你因为天晚身体不舒服，不肯进城。我们站在洋桥头，随便地谈了一刻钟的闲话，然后你支着手杖一拐一拐地走了。我望着你那歪斜地走着的身影，在逐渐加浓的夜色中消去，我的心忽然痛起来，泪水迷糊了我的视线，彦兄，我不是在为你哭，我是在哭自己。我那时就想到在你身上也活着我一部分活动、快乐、年轻的岁月，它们快要跟着你死去了。这些年我哭过世弥，哭过范兄，哭过憾翁，现在又轮着我来哭你。每次我都在埋葬，我不是在埋葬你们（自有你们的亲属来使你们的遗体得到安息），我是在埋葬我自己的一部分。那就是跟着几个朋友遗体埋葬了的一些岁月，在那里面也许还有一点点金沙似的发光的东西。现在即使年岁能够倒流，我也找不到像你们那样的印证的人了。

今天，我坐在那间陈设凌乱的书店办公室里，对着一盏昏暗的电灯，给你写这封诀别的信，这一封你已无法看见、而我不得不写的信。门外是一条热闹的大街，隔壁戏园刚刚散场，一大群人的脚步和笑语潮水似地在门外流过。接着又是小汽车急驶的声音，然后又是一男一女在大声相骂。一个卖炒米糖开水的小贩走过了。两个女人叽里呱啦地走过了。又有人在大声喊“煮两碗抄手”。只隔着一堵墙！在门外，人们在享乐，在活动，在笑，在吵。在我这里却只有老鼠啃字纸的小声音，伴着我的是寂寞，是一些正在折磨我的回忆，还有一颗饱受熬煎的痛苦的心。永别了，我的亡友。在敌骑践踏的星子岩的土地中，你的睡眠不会是安适的吧。但是我们不久就会回到你身边来的。那时我要在你墓前背诵《灯》里面求母亲收回那颗爱人类的心的哭诉，和《狗》里面那些漠视弟兄痛苦的自责。我还要告诉你，我怎样在我们两人都喜欢的地方（鼓浪屿）去寻找我们的脚迹。当你知道你是怎样地活在朋友们心中的时候，你或者会原谅这个未能在你最痛苦的时刻来到你身边的友人吧。

1944年8月在重庆

纪念一个善良的友人

一

今天在街上看见一个背影跟你很相似的人，我几乎要叫出你的名字，可是我立刻想起你已经在三个月前离开这个世界了。

这大半年来，我的生活特别乱，我的心特别烦。过去的每个日子都给我带来新的追悔，新的苦恼，“生命的浪费”的感觉压迫着我。我像是一个被判定在监牢里憔悴一生的囚人，我不敢用思想，我怕触动我对于无法达到的东西的渴望。我又回到写《灵魂的呼号》[①]的时代了。可是那时候我还有我的一支笔，可以整天写出我心里的话，现在我有的却是那无数琐碎的事情。我无法摆脱它们。我始终绝望地挣扎，我在跟它们挣扎。这时候我多么需要友情的安慰和鼓舞。我想找个机会去你那里同你畅谈一两个整夜，因为在朋友中你是比较了解我而又愿意听我发牢骚的人，正如你自己所说，你“一直在系念着”我，而且恐怕再没有像你这样系念着朋友的人。并不是我没有机会。我知道你随时都欢迎我去。还是那些杂事耽误了我。于是我等着你进城，你去年十一月二十九日的信里还提过“不久就要进城‘就业’”的话。我一直在等着……等着。可是一月十八日早晨我突然在报纸上看到了你的死讯，是用小五号字排的，不过短短的三四行。我不能相信那

① 你一定记得十三年前我在你住的那个北平小小公寓里开头写的那篇短文。我知道你那善良的心对朋友的任何事情都不会忘记。《灵魂的呼号》在天津写完，发表在上海《大陆杂志》上，后来又作为“代序”印在《电椅集》的卷首。

是关于你的消息，你不能用这模糊的铅字的痕迹向朋友们告别。然而过了三个钟点，同你住在一个地方的左兄的快信到了：

“崇群今晨三时二十五分长逝于江苏医院，因医院不能久停，无法俟友好齐至一瞻遗体始行安葬，爰定后日（十七日）上午九时落土，心痛笔重，容缓详告。”

一切可能有的疑惑和希望都消灭了。想不到一张薄薄的信笺却能够毁灭那么多的东西。朋友，这次真是永别，你竟然一声不响地悄悄走了。这封短信在邮路上走了四天，我到十八日的下午才看到它。我赶到你长眠的地方，却只能看见一抔新土和两个纸制花圈。花圈上贴着白纸条：“崇群先生千古……”除了你的名字外，再没有什么东西使人相信躺在这松松土堆里的会是你本人。那是一个斜坡，旁边有两座简单的坟墓。不知道是怎样的人做了你的邻舍。你躺在那里应该是多么寂寞。

我在你墓前站了五分钟光景，我没有向你说一句话，或者行一个礼。我默默地跟着朋友们走到渡口去。要是在一个月前你一定会跟我们同去的，可是现在我们却撇下了你。十四年的友谊就这样梦也似地结束了。离开那个地方的时候，我在心里暗诵着你从前写给我的那句话：“我们无端的相聚又无端的别离了。”[①]

无端！难道这真是无端的么？

二

就在这一天的晚上，我睡在江的彼岸，半夜里风敲着窗，窗门被吹开了，寒气从洞开的窗户扑进来，把我从梦中惊醒。屋子里一片黑，外面是砂土飞舞的声音。我不能睡。寒风从四面八方袭来。身子的颤抖使我的脑子特别清醒了。我想到躺在土里的你……那个光秃的斜坡，那些经不住风吹雨打的松松的土块……最后我想到这天傍晚一个朋友告诉我的你临死的情形：

①见缪崇群著的《一对石球》。

"他真是太善良了，他一直到死都不愿意麻烦别人。"朋友左叹息地说。

"我从没有见过像他这样善良的人。"左太太说，眼圈已经红了。

我蜷缩在被窝里，一边低声念着他们的话，一边流着眼泪。

只有在这时候我才知道我的损失是多么地大。我失去了一些永远找不回来的东西，一些我应该珍惜却没有好好珍惜的东西。在我们相识的十四年中间。我不知错过了多少次和你相聚、和你通信的机会。我没有好好地认识你的纯白的心灵，我也没有尽我的力帮助你跟疾病、跟困苦挣扎，我也没有尽我的力帮助你安排一个较好的生活。我给你的只是一些空话，一些不能实现的希望。一直到你死，我没有能给你一点安慰，减轻你一些寂寞和痛苦。作为一个朋友，我辜负了你的信任了。

三

在这不眠的寒夜里，我重温着我们十四年的友情。在这动乱的、漫长的十四年中间，我目睹了够多的人世的兴衰，我忘记了不少的事。可是我们相识、相聚的情景还历历在目。

我回想着，回想着，我的心慢慢地温暖起来，黑夜也逐渐淡去，你那温和善良而带苍白色的面颜出现了，还是你那包着水的眼睛，微笑的嘴唇，带痰的咳声，关切的问询。这一切仿佛是永不会改变的东西。从最初的相识到最后的会晤，我没有看见你改变过一点，甚至不治的痼疾，甚至人世的苦辛，都不曾毁损了你的面容和心灵。

"九一八"事变的前几个月，我去南京访左兄，在成贤街一个小楼上，我们第一次见面，没有经过第三者的介绍，我们各人说出自己的名字。我读过你的文章，你也读过我的作品。在我等候左兄的两个钟点里面，我们谈了将近一点半钟。这不是普通的寒暄，这是肝胆的披沥，心灵的吐露。我没有谈起我的过去，你也不曾说到你的身世，可是这天傍晚我们握手分别时，却像是相知数十年的老友。

过了一天我便回到上海。我们中间信函的往返就是从这时候开始的。当时你正代左兄编辑一份文艺杂志，我做了这杂志的长期写稿人。每个月在一定的日期我为你寄出一个短篇。你收到我的稿子，总是老实地写出你读后的意见，有时也不客气地指出我的缺点和错误。这态度，这习惯，你一直到死前两个月还保持着，虽然你早已不做杂志的编辑了。去年十月我的小说《憩园》出版，你还是它的一个精细的读者，你甚至为我指出那书中的一个“小毛病”（你客气地说，那是“小毛病”），而我自己和别的一些读过这小说的朋友都把它看漏了。

有一次（还是在“九一八”前）我寄你一篇《我的眼泪》，这小说是为了纪念那个被称为“二十世纪最优美的精神”的意大利卖鱼者樊塞蒂写的。你第一封信向我叙说了你的感动，可是接着又来了第二封信，你愤慨地告诉我你为了我这篇文章跟杂志社负责人发生了争执。第三封来信说负责人已经让步，不再阻止发表这篇文章，却只要求将稿子压一期付排，你还预备以去就力争要我的小说早与读者见面。我感谢你对朋友的热诚和做事的认真，可是我不愿意你为这一件小事就放弃你的工作。我便另外写了一个短篇为你寄去。这就是我收在《短篇小说第一集》里的《一封信》，它占据了《眼泪》的地位。但《眼泪》在下一期杂志上也居然堂皇地与世人相见了。你应该是我见过的一个最有责任感的编辑吧。后来我又为你的杂志写了长篇小说《雨》，可是它只刊出一半，你就因病或者因为别的事情离开了杂志社，离开了南京。从这时起我就没有看见你的名字印在任何文艺刊物上面了。

“一·二八”沪战爆发的那个夜晚，我正在由京开沪的火车里面，车子开到丹阳又折回了南京，使我在那里同你多聚几天。在我那篇《从南京回上海》中，我这样写着：

“……下午醒来，到一个朋友那里去。朋友看见我便惊喜地说：‘原来你回来了！我们正在替你担心。’我很感激朋友的关心，但是我看见桌上那张《新民报号外》，我的心又被沉重的石头压住……

“‘看这情形，上海是没法回去了，天津恐怕也危险，你就在南京多住几天吧，住旅馆不方便，还是搬到我这里来住好些。’这是朋友的殷勤的劝告。在平时我倒很喜欢听这样的话，但是这时候它们却把我的希望杀死了……

“在朋友那里谈的只有愤激的话，痛苦的话。朋友也是一个有心而无力的人，他的身体比我的坏。他生肺病，最近还吐过血，他是需要静养的。跟他多谈话，只有增加他的痛苦。我已经看见他的没有血色的脸上怎样燃起了愤怒的火，他那只捏着报纸的手怎样在颤抖。然而我们能够做什么呢？我们的口只能在屋子里叫，我们的手只能拿笔……”

一个星期以后我安全地回到了上海。过了几个月你也就到了北平。

这年九月我去北平看你，我在你那个小小公寓的小小房间里住过几个夜晚。那时你新结了婚，但是你让你太太住在岳母家，你一个人睡在公寓里养病。还是你那包着水的眼睛和微笑的嘴唇，只是精神较差一点。

关于这次的相聚，你写过一篇短文。你写着：

“记得你来的时候你曾那样关怀地问：

“——在这里，听说你同着你的妻。“——是的，现在，我和她两个人。

“我诚实的回答你，可是我听了自己的答语却觉得有些奇异，从前我是同你一个样的：跑东跑西，总是一个单身的汉子。现在，我说‘我同她两个’——竟这样的自然而平易！

“你来的那天白日，她便知道她的寂寞的丈夫还有一个孤独的友人。直到夜晚她才喘嘘嘘地携来了一床她新缝就的被子。

“我为你们介绍着说：

“——这就是我的朋友；这就是你适才所提到的人。

“那夜她临走的时候我低低地问：

“——一张床，我和朋友应当怎样息呢？

“——让他在外边，你靠里。……没听说过——有朋自远方来，抵足而眠啊……

‘朋友，你在我这里宿了一夜，两夜，三夜……我不知道那是偶然，是命定，还是我们彼此的心灵的安排？

“有一次你似乎把我从梦呓中唤醒，我觉出了我的两颊还是津湿。我几次问你晨安，你总是说好，可是夜间我明明听见了你在床上辗转。……”①

你把这篇文章题作《一对石球》。那对有红色斑点的石球是我在颐和园里买来的，我打算把它们带回上海，却放在你那间小屋里忘记带走。你说要给我寄去，我更愿意把它们作为纪念物留给你。那次在北平我玩了好些地方，却只有两

①见《寄健康人》散文集（良友图书公司1933年版）中的《一对石球》。

次拉着你和你太太同路。一次是游三殿，你们让我一个人进去，却坐在进门处石阶上等候我。你喘着气告诉我你委实没有力走到里面去了。你那时身体似乎很坏，连走路都很费力。你整天就坐在公寓里安静地度着日子。还有一次，我们坐车去看电影，到了戏院门口，你用力拖住我，好让你太太去买了票。我知道你的性情，我必须让你那愿意使每个人欢笑的心灵得到满足。从电影院出来我又跟着你们到附近一家广东酒楼去。我默默地看着你们夫妇红着脸（病态的红），带着欢笑张罗一切，我脸上露着笑，心里却只想哭。我也许只是一个卑微不足道的利己主义者，可是在这一刻我却愿意拿我一生中最好的时间来换取你们的健康。我不能给人间添一点点温暖，我活着不就是在浪费我的生命？

酒浇在我痛苦的心上，我醉了。回到公寓里我不想说话，我却拿出稿纸写起我的《灵魂的呼号》来。

第二天下午我离开了北平。你扶病送我到车站，你太太也去了的。开车的时候我从三等车厢里伸出头来，你们还站在月台上频频对我挥手。我万想不到这一别就是三五年，而且我永远见不到你那位好心的太太了。

在车上我想起了几句话，一到上海我就把它们写下来寄给你：

“我无端的来，无端的去。打扰了你们好几天，分享了你们一些快乐，我带走了一些东西，也许还留下一些东西。可是过去的终于过去了。……”

第二年秋天我又去北平，但是你们已经到南京去了。在一篇短文里我这样写着：

“火车在细雨蒙蒙中离开了浦口，时候是十一点钟。我没有留我的脚迹在南京，我是有遗憾的。……尤其使我挂念的是那个害肺病的朋友和他的夫人。他最近还写信给我说：‘你的心灵的纯洁，生活的洒脱，只要在我得到一刻沉静的时候，我便追怀着你。我是渐埋渐深的成了一个泥人了。我常常希望着因为我有痼疾而早结束了我的生命。’去年我在北平承他款待了我一个多星期，和他在一张床上度过了那些夜晚，听了他许多次的咳声和梦呓。……我带走的他的印象到现在还没有褪色，依旧是去年那样地鲜明。‘心灵的纯洁’，只有他可以接受这个评语。但是没有人了解他。他如今在艰苦的生活的斗争里、社会的轻蔑的眼光下一天一天地衰弱下去了。每次我读着他的混合着血和泪的散文，我的整个心灵都被扰乱了。我常常在心里狂叫着：‘他是不能够死的，他应该活下去，强健起来，去享受生活里的幸福。’但是谁能够使这愿望实现呢？……”[1]没有人回答我这个呼吁，后来连我自己在忙乱的生活中也忘了常常给你去信。我只寄过你两三册我著译的书，《秋天里的春天》便是其中的一本。这应该归罪于我，因为你困居南京，实在追不上我的脚迹。

但是在我去日本的前两夜，我还有机会在上海一家公寓里同你相见。记得你那时刚从南京来，暂住在一个朋友在公寓里定下的房间。小小的屋子里已经坐了四五位客人，他们应该是那位朋友的友人吧。里面有一个偶尔在《现代》杂志上发表一两篇短文的作家。我平日很讨厌他，看见他那油滑的面孔，我无法和你谈话，在那个不通风的房间里坐了不到半点钟，我就匆匆地告辞走了。我没有对你说明我匆匆告辞的原因，正因为“匆匆”，也忘了向你讨一个通信地址。

第三天早晨，浅间丸载着我向横滨驶去。三天后我到了那个地方。在那个岛国的居留期中，我改换了我的姓名，除了两三个朋友，没有人知道我的行踪。从这时候起整整有二十二个月我们没有通过信。我失去了你的地址，你也不知道我的踪迹。

然而两年以后，一个秋天的傍晚，我在上海意外地接到了你的信，我认出你的字迹，我高兴地对自己说：“我又找回他了！”可是拆开了信，我看到的却是这样的话：

“……你还记得在南京，不，在这个广大世界上，有一个你系念过的人，你曾为他祝福，希望他生活下去．得到生活里的幸福……并且他也一直的在系念着你。病没有使他灭亡，还如你所希望的在生活着……就是你曾经把一对石球遗忘给的那个人，也是写了《一对石球》寄赠你的那个人。

“朋友，五年的时光一霎间的过去了。如今除了我还在系念着我的几个私自景仰、私自向往的友人之外，怕再没有如我这样的在系念着我的友人了。我是一无所有的。你所希望于我的，生活下去，这便是我生活下去的一条荒凉的寂寞的路程。

“朋友，你还记得你一度闯入我们蜜蜂一般的生活圈里，不但不曾把你看作生客，还把你当作蜂王，当作长老的我们么？一个人小心翼翼地为了你抱了新缝

①见《旅途随笔》中的《三等车中》。

的被衾而来，一个人诚诚恳恳地留着你抵足而眠么？那一个是你知道的祖英，也许经过了五年你早已把她忘记了。她是一直的和我在一起，她是一直的和我一样为生活而苦苦挣扎。她在上月二十五日傍晚已经死去了，她想挣扎再也不能挣扎的向生活永诀了。

“想到那些日子，才是我们生活的日子，想到那些日子里有过你，我们生活的日子才仿佛有过记录。现在什么都完了，祖英一死，连那些生活里有过记录的日子也没有一个人知道，没有一个人谈起了。

“想到前年秋天她每天给我读一节你赠我们的《秋天里的春天》，我们每每随声对泣。爱巴达查尔师，又怨他。谁还料到祖英死后我再对你提起这个书中人物呢？

“祖英临死的时候还说：她死，我将是世界上一个漂泊的人，我漂泊到什么地方去，又为什么漂泊，她就没有给我接话，连我也不知道！

“正因为我是一个平凡地想平凡生活下去的人，我想我应该把这个消息告诉你。

“打扰你了，我想着祖英，想着你，想着我还有自由可想的人……我就这样地再可以生活下去了吗？你该应我一声！”

我读着这封信的时候，另一个和你相熟的朋友①正坐在我旁边，他也是两年多没有得到你的信了。我把信拿给他看。我们默默相对，许久讲不出一句话。

我回想着那个红红脸的年轻主妇的面影，我暗暗地问自己：这不是梦么？为什么她这么年轻就离开这个世界？

可是这一次我不能再沉默了。我立刻写了回信。我盼望着“明年的春风会给你煽起生命的烈焰，给你吹散痛苦的回忆”，使你能够强健地活下去。

那个朋友也给你去了信，他当时正在上海编辑一份文艺月刊，要求你寄稿子来。你并没有寄过文章，可是我们间的通信却不曾间断过，并且一直继续到“八一三”。

那个朋友在北平住得比较久。有一次我们谈起你，他才告诉我，你在北平还有一个老家。你住在那个湖南人开的公寓里的时候，你家里人知道你在北平，却

①这个朋友便是靳以。

不知道你住在什么地方。后来你父亲去世，你的兄弟登报找你，你才回到家里去主持你父亲的丧事。那个朋友就是在你的老家里和你第一次见面的。

你始终没有对我谈到你的身世和你的家庭，我也始终不知道你有一个什么样的过去。可是从那个朋友的口中知道你还有一个老家以后，我不久又读到你的一篇题作《棘人及其他》的文章。这篇文章是早已写好，早已发表了的，可是这时我才读到它。读你的文章仿佛在听你谈话，亲切，温柔，还夹杂了一点点哀伤。

“我这次回到家里，已经隔了好几个寒暑。到家的那天距父亲的死已是六天了。倘使我在六天之前归来，也许在父亲衰老的脸上还弛下一条笑纹，在将要模糊了的脑中添一个还存在的儿之印象吧……

“几年前我离开这无母的家，几年后我又回到这没有父亲在的家了。

“父亲躺在漆黑了的棺里，弟弟被满头满身的缟素包裹着……

“父亲生前到学校用的书包还原封搁在他的房里，所有的父亲用的东西也都统统锁在一起。……”①

这文章写成的日期是“1933年1月”。离我们那次在北平的相聚不过三个月光景。三个月！这么短的时期，你的生活里发生了多大的变化！我却无法在你的信里找到一句与它有关的话。为什么保持沉默呢？虽然这文章告诉了我一些你没有对我讲过的事，可是我到现在还不明白你为什么脱离家庭。这中间也许有一段痛心的故事。但你为什么不让做朋友的分担一点你的痛苦？

现在你抱着你的痛心的“秘密”到永恒里去了。那里有你的妻，你的母亲，你的父亲，希望你能够在那里找到一个温暖、和睦的家吧。那么过去的就应该让它静静地过去了。

抗战的第二年，我在广州遇到左兄，从他那里打听到你的通信处。我寄了一封信到桂林去。不久你的回信来了。是一封短短的信。可是你告诉了我一些我愿意知道的消息：你活得相当强健，体力和精神都比从前好多了。你甚至兴奋地说起渴望看到抗战的胜利。

但是这封信带给我的快乐并没有继续多久。敌人在大亚湾登陆，接着广州沦陷，我和几个朋友沿着西江辗转到了桂林。

---

①见《寄健康人》。

到桂林的第二天我就在一家北方饭馆里遇见了你。还是那包着水的眼睛，微笑的嘴唇，苍白的面颜。你并没有什么大的改变！可是我觉得你胖了些，气色好看些，精神也好了些。我的眼睛证实了你的话，我当然高兴。你还告诉我，你现在能吃能走，还可以陪我走很远的路，游遍桂林的山水。

这以后，你果然陪我玩了不少的地方。在这个古城里我们常有聚谈的机会。后来你决定离开广西时，为了等候便车，你曾搬到我的寄寓里，同我们过了好几天愉快的日子。我说“我们”，因为当时在一块儿聚谈的还有一个“害怕过桥的少女”，她同你还是在那个古城里第一次相见，可是她不久就对着拾来的炸弹片为你编织绒线背心了。在《希望者》[①]中你称她做“一个好心的孩子”。这些年来她一直没有把你忘记。现在她作了我的妻，也作了你一个永不相忘的友人。前天她还捧着《眷眷草》垂泪，她一定在追忆漓水边上的美丽的日子，那些连炸弹同大火都不能使它们褪色的光辉的日子吧。

一别又是两年。这中间我走过不少地方，你也走过不少地方。可是后来我们终于在一处碰到了。那是重庆—北碚—北温泉；这三个地方，现在都还保存着我们的脚迹吧。

这次你还是没有什么改变，或者你故意不让我看见你有什么改变。我相信你的健康在逐渐恢复，我相信我们还有够多的聚首的机会，我坚决地相信着未来，也相信着在“未来”里我们可以在一起过着比较理想的生活。在这时期我开给你的不兑现的支票更多了。（在前一个时期我逼着你写文章，却只为你印过四本小书。）我给过你不少的希望，却终于看着它们一个一个地毁灭。我三次来重庆，三次和你在北碚见面同游北泉，都没有能够帮忙你减轻一点你心灵的痛苦的重压（我不说“物质”，因为你的生活原是那么简单）。尤其是最近这一次——我动身来渝的前一天在贵阳先后遇见你的两位老友（左兄和云兄）。他们都同我谈到你。一个说你的身体还可以支持（他用了“拖”字）若干年；一个说你渐渐地逼近险境了。我说去渝后一定设法为你安排一个较好的生活。可是在北碚看见你，我给你的还是一个空的希望。你对朋友始终无所要求。每次同游北泉，都是你殷勤款待。你为朋友，可以舍去你最后的汗衫。我存在上海的行李中还有你在桂林送给

①《希望者》：见缪崇群著散文集《眷眷草》的第五辑。

我的一件毛衣（我从桂林穿到上海，就没有能带出来），有一个时期它曾使我的身体得到了够多的温暖。

如今你终于没有得到朋友的帮助，静悄悄地死了。活着你没有麻烦朋友，临死你也没有麻烦朋友。[①]你病，我不知道，你死，我没有和你诀别。我未能到病床照料你的病，也未能送你的棺木入土。十四年的友情就这样静悄悄地结束了。想起你去年八月十二日夜间写给我的信里的那一段话：

“你说了我的话：我们几个朋友终于有一个时候可以长久在一起生活，在一起工作的。战时我们分别或同住在帐篷里，战后我们更要建造一条船，一个小舢板也好，一齐在里面当作家，不只是家，恐怕还要渡过一面风不平浪不会静的大海，操作着，努力着，驶向我们真要向往的一个港湾，或一片处女地去。我的身体也许不会支持太久了，但是我从来没有放弃过这个念头。……

“说这些话也许还渺茫，我也活得实在渺茫啊！”还有十一月十六日信里写的：

“我现在希望着我的希望如同一坛酒，让它愈埋藏愈醇郁吧。”

我真不知道应该怎样安放我的这一颗心！你对我从没有说过一句怨愤的话，但是我能够宽恕我自己么？

你的善良的宽恕一切的心已轻在土里得到安息了。可是我，活着的我是得不到安息的。我每想到我那些没有兑现的空头支票，每想到我那些骗了你几年的空的希望，我的心怎么能熬得住那长期的苦刑！

四

风静了。我的四周是一片死寂。夜凉得像水一样。黑暗中闪起一股灰白光。我知道寒夜快到了尽头。我的回忆也快到了尽头。在这短短的两三小时里我经历

---

①你病中不让人为你写信通知朋友，就是在你得不到适当的照料使病势加重时，你也保守缄默（听说有一次你叫了一夜口渴，到天明才得到一杯水喝）。后来左兄知道你的病状，坚持着送你进医院去，那时你已经没有充分的生命力，跟那压迫了你多年的疾病继续战斗了。据说你一直到死并没有发出一声痛苦的呻吟，也没有留下一句告别的遗言。你死后脸上罩着和平的笑容，人看不见一点痛苦挣扎的痕迹。你好像是没有遗憾地安安静静死去的。你死后身边还留着可以偿付医药费的钱。并且你生前就已经把后事安排清楚，好像准备着随时随地死去，都不致烦累别人。

了十四年中的聚散和悲欢。现在这一切都得跟着寒夜逝去了。在那光秃的斜坡上，在经不住风吹雨打的松松的土块下，人们埋葬的不止是你的遗体和那些没有实现的希望，还有我过去十四年的岁月。那应该是我一生中最美丽的日子。青春，热情，理想，勇气，快乐……那些编织幻梦的年龄……它们已经跟着可以为我印证的友人同逝了。……

想到这，我只有痛哭。

但是崇群兄，我不是在哀悼你，应该哀悼的倒是我自己。我失去了我的一部分，我的最好的一部分；我失去了一个爱我如手足的友人。那损失是永远不能补偿的了。

永别了，我纯洁善良的友人。听说你在病中说过，你不愿意死，不应该死。是的，你是不会死的。你给我们，你给这个世界，留下了九本小书。[①]那些洋溢着生命的呼声，充满着求生的意志、直接诉于人类善良的心灵的文字，那些有血有泪、有骨有肉、亲切而朴实的文章，都是你的心血的结晶，它们会随着明星长存，会伴着人类永生。

记得你说过：

“惟有爱才是向荣的，正当的，幸福的。”又说：

“我铭感着人间还有熏风，还有灵雨，还有同情，还有自然的流露，还有爱。”[②]

你说了真话。正因为这样，你的充满了爱的心便不是那不治的痼疾所能毁灭的了。

1945年4月在重庆

①《晞露集》（星云堂）、《寄健康人》（良友）、《归客与鸟》（正中）、《废墟集》（文生）、《夏虫集》（文生）、《石屏随笔》（文生）、《卷卷草》（文生）、《现代日本小品文》（翻译——中华）。还有一本散文集，我正在替他编辑，拟题作《碑下随笔》。

《碑下随笔》已收在《文学丛刊》第十集中，1949年初出版。——1959年注

②见《石屏随笔》。

怀陆圣泉

六年前一个夏天的早晨我坐“怡生轮”去海防。圣泉赶到金利源码头来送行。开船时，他和我哥哥都立在岸上对我微笑。我对他们说，两年后再见。

我绝没有想到这就是我和圣泉的最后的一面。

我离开上海后第二年，在成都得到圣泉被捕的消息，那是从桂林传来的，后来又听说他已经出狱。但是我到了桂林才知道他入狱后下落不明。我各处打听，一直得不到确实消息。朋友们见面时，常常谈起圣泉，我们想念他，暗中祝他平安。有时在静夜，我们三四个友人对着一盏油灯围着一张破旧而有油垢的方桌寂寞地闲谈。桂林郊外的寒气从木板壁缝侵入。我们失去了热情。怀念和焦虑在折磨我们。我们的谈话变得没有生气了。我们便安慰自己：“等到抗战胜利了，圣泉就会回到我们中间来的。”

四年来我们就用这个希望来安慰自己的焦虑的心。时光在木板壁缩裂时发出的清脆响声（那是我们静夜中的音乐）中匆匆逝去。抗战终于胜利，我们几个朋友也终于回到上海。可是圣泉一直没有消息。他就这样令人不能相信地失踪了。

我不愿相信他已经死亡，所以我不想写纪念他的文章。一个像他那样爱憎分明而且敢爱敢恨的人不能死得这么简单。他有着那么强烈的爱，绝不能不留下一点踪迹。我们固然不能相信他活，但是我们也没有证据证明他死。只要希望未绝，我们愿意等待一生。

虽然他是一个视死如归的人，但他为什么必须死呢？他与其说是被捕，不如说是自首。日本人找不到他，他自己走到捕房去，准备跟那些人讲道理，辩是非。他有着强烈的正义感，他相信敌人也会在正义面前低头。据说他唯一的罪名就是他的口供强硬，他对敌人说，汪精卫是汉奸，大东亚战争必然失败。他可能为这几句真话送命。可是许多干地下工作的人都保全了生命，为什么敌人偏偏毒恨这个赤手空拳的书生，必欲置他于死地？有人揣测他受不了牢中苦楚，患病身亡。但他是一个身心两方面都健全的人，再大的磨炼他也必能忍受。

以上是议论，猜想，担心。而事实却是他那时和两个朋友守着书店（文化生活出版社），书店被抄去两卡车的书，他失去了踪迹。书店保全，他却不见了。

我和圣泉相知较晚。“一·二八”沪战后一年我在福建泉州看朋友，在一个私立中学里第一次看见他。可是我们没有谈过十句以上的话。他给我的印象，是一个沉默寡言的人。抗战前两年我参加了书店的编辑工作，第二年他也进来做一部分事情，我们才有了谈话的机会。抗战后，书店负责人相继离去，剩下我们三四个人维持这个小小的事业。我和他都去过内地，但都赶回来为书店做一点事情。共同的工作增加了友情，我们一天一天地相熟起来。在一年半的时间内，我们常常在书店见面。一个星期中至少有一次聚餐的机会，参加的人还有一位学生物学的朋友①。我们在书店的客厅里往往谈到夜深，后来忽然记起宵禁的时间快到了，我和那位生物学者才匆匆跑回家去。在那样的夜晚，从书店出来，马路上不用说是冷冷清清的。有时候等着我们的还是一个上海的寒夜，但我的心总是很暖和，我仿佛听完了一曲贝多芬的交响乐，因为我是和一个崇高的灵魂接触了。

我这种说法在那些不认识圣泉或者认识他而不深的人看来，一定是过分的夸张。圣泉生前貌不轩昂，语不惊人，服装简朴，不善交际，喜欢埋头做事，不求人知。他心地坦白，忠诚待人，不愿说好听的话，不肯做虚夸的事。他把朋友的意义解释得很严格，故交友不多。但是对他的朋友，他总是披肝沥胆地贡献出他的一切。他有写作的才能，却不肯轻易发表文章。他的散文和翻译得到了读书界的重视②，他却不愿登龙文坛。他只是一个谦虚的工作者。但这谦虚中自有他的骄傲。他不是“文豪”“巨匠”，甚至他虽然真正为“抗”敌牺牲，也没有人尊他为烈士。他默默地活，默默地死（假定他已死去）。然而他并不白活，他确实做了

① 即《蛋生人与人生蛋》等书的作者朱洗。

② 他用陆蠡的笔名出版了三本散文集：《海星》、《竹刀》、《囚绿记》和三册翻译小说《罗亭》、《烟》（都是屠格涅夫的作品）和拉马丁的《葛莱齐拉》。

一些事情，而且也有一些人得到他的好处。但是这一切和那喧嚣的尘世的荣誉怎么能联在一起呢？那些喜欢热闹，喜欢铺张，喜欢浮光的人自然不会了解他。

在我活着的四十几年中间，我认识了不少的人，好的和坏的，强的和弱的，能干的和低能的，真诚的和虚伪的，我可以举出许多许多。然而像圣泉这样有义气、无私心、为了朋友甚至可以交出自己生命、重视他人幸福甚于自己的人，我却见得不多。古圣贤所说“富贵不能淫，贫贱不能移，威武不能屈”，他可以当之无愧。

有了这样的朋友，我的生存才有了光彩，我的心才有了温暖。我们平日空谈理想，但和崇高的灵魂接触以后，我才看见了理想的光辉。所以当我和圣泉在一起的时候，我常常充满快乐地想：“我不是孤独的。我还有值得骄傲的朋友。”我相信要是我有危难，他一定会不顾一切地给我援助。

我和他就是这样的朋友。我认识他的心灵，而且和它非常接近。我对人说我了解圣泉，我谈到他的刚直，他的侠义，他那优美的性格和黄金的心。然而要是有人向我问起他的生平，他的家世，甚至他的年龄，我却无法回答，唯一的原因是我不知道。我认识的只是他的人和心，此外便是他的文章。别的，他从未对我谈过，我也始终没有向他问起。胜利后回到上海，我才知道他台州的家里还有年老的双亲和他前妻留下的女儿。在上海我才见到他新婚的太太。听说他和她只过了一个半月的结婚生活。现在她已经空等了四年了。

朋友们登过报找寻他，又曾在各处打听他的下落。有一个时期，我们还梦想第二天早晨他提着一只箱子在外面叩门。又有一个时期我们等待一封不识者的来信，告诉我们圣泉死在何时，埋骨何处。又有一个时期我们盼望着他从太平洋某岛上集中营里，寄来信函，向我们报告他还健在。

但是，这一切都成了一场空，我们又白白地等了一年了。自然我们还得等待下去。难道真要我们等待一生么？

一个崇高的心灵就这样不留痕迹地消失了，这是可能的么？我常常这样问自己。

我知道，万一他还活着，万一他能看到我这篇短文，他一定会责备我：“在中国有那么多的人在受苦，你们为什么只关心到我一个？”

是的，在我们中国每天有千千万万人死亡，许多家庭残破，生命像骨头似地被随意抛掷。一个读书人的死活更不会有人关心。然而就在这样的中国，也有人爱理想，爱正义，恨罪恶，恨权势，要是他们有一天读到圣泉的书，知道圣泉的为人，明白他的爱和恨，那么他们会爱他敬他，他们会跟着我们呼唤他，呼唤他回来，呼唤那个昙花一现的崇高的心灵重回人间。

1946年11月在上海

悼振铎

十月二十日我在莫斯科第一次听到振铎遇难的消息，当时还不大相信。最初苏联同志对我说十七日由北京起飞的图一〇四班机在中途失事焚毁，接着萧三同志偷偷地告诉我振铎就在这架飞机里面。我们都不愿意让代表团内更多的同志知道这件不幸的事情，因为我们的代表团正在办理飞机票登记的手续，就要搭图一〇四班机回国。但是团里的同志们在两天里面就从各种不同的来源知道了这个消息。后来消息完全证实了，几个朋友在一起偷偷地谈起振铎，我们谈得不多，但是想得很久。我们一路上都在想念他。我们都有这样的一种感觉：他仿佛就在我们的面前，像他这样充满生命力的人，这样始终乐观的人是不可能死亡的。甚至在他的骨灰送回来以后，我和曹禺站在他的故居那两扇小红门前按电铃，我还期待着他走出书房来迎接我们，我还等待着他的一声爽朗的笑和一次紧紧的握手。

振铎就是这样一个令人不能忘记的人。我认识他将近三十年，我们常常见面，我们中间也有过争论，但是我一直敬爱他。在他身边我觉得非常安全，因为他关心朋友，也能毫无顾忌地批评朋友，而且更喜欢毫无保留地帮助朋友。他为人正直，热情，喜欢帮助年轻人，鼓励人走新的前进的道路。三十几年来有不少的人得过他的帮助，受过他的鼓舞，我也是其中之一。他对人坦白，有话肯直说，我也常常受到他的批评，例如有一次他就责备过我近几年写作太少。然而我听得更多的倒是他推荐好的作品，讲别人的长处；对别人的优点他总是尽力表扬。他待人厚道（有时也不免流于姑息），朋友们谈起他，总说他是一个大好人。然而他并不是毫无原则的“好好先生”。他一生爱憎分明，疾恶如仇，对于汉奸、特务、民族败类、帝国主义走狗以及国民党反动派之类他决不宽容，决不妥协。1937年抗日战争爆发、沪战失利的时候，他和几个朋友打算成立一个上海文艺界的抗敌组织，有一天在新雅酒楼召开座谈会，被国民党党棍和特务们夺取了会场，他不愿被坏蛋利用、愤然离开的情景我还分明记得。

振铎热爱国家，热爱民族，我每次跟他见面，他的谈话中都流露出这种深切的爱。他曾参加过争取民族独立和反帝国主义的运动，做过救亡的工作。在上海发生五卅惨案的日子里，他写过许多抗议和控诉的文章，做过许多事情。在上海沦为孤岛的时期，他也曾坚守在文化岗位上跟日伪作过长期的斗争。

朋友们称赞振铎是一个“多面手”。的确他的兴趣很广，他的工作范围也很广。在文学艺术，甚至在文化方面他做过不少研究、介绍、传播的工作。他还写过不少的散文、小说和诗。在解放以前，尤其是在最黑暗的日子里，他常常一个人做几个人的事情。他唯恐他的工作受到阻挠，所以一有机会，他总是尽力多做。我常常听见他说：“一个人的精力有限，应当做的事情太多，不努力做，不赶快做是不行的。”我也注意到他有时在工作中表现了粗枝大叶的作风。但是我不能不承认他气魄大，精力充沛，是一个永远不知道疲倦的工作者。

全国解放以后，他在党的领导下可以把自己的精力完全贡献给国家了。他担任了行政的工作，也接受了种种新的任务。他开始接受了马克思主义。他的思想渐渐地在改变，在进步。他常常心情愉快地谈到他现在的工作和将来的计划，谈到知识分子的改造，谈到祖国建设的巨大成就。他更乐观了，更显得年轻了。我最近一次看见他，他告诉我他要参加一个文化代表团到阿富汗和阿拉伯联合共和国去访问，我们约定在莫斯科见面。他谈到人民公社时，兴奋地说：“人民公社成立了，共产主义社会快要实现了，我能够亲眼看见共产主义社会，我个人再没有什么要求了。以后得好好地改造自己，多多地做事情。”他当时非常高兴，他还谈到年底回国以后的计划，谈到明年即将在我们首都建成的几个大博物馆，谈到我们祖国建设的远景，他接连地发出了响亮的笑声。我带笑地对他说，他不仅可以见到共产主义的社会，他还可以活到一百岁，为国家做出许多、许多的事情。的确像他这样身体健康、心情愉快、始终乐观的人，在新社会中是可以活到一百岁的。我当时绝对想不到这就是我们最后的一面，我在莫斯科接到的会是他遇难的消息！

敬爱的朋友，你失去了四十年的光阴（再过一个多月你就满六十了），这是多么令人痛心的事。你要是真能活到一百岁，那多好！我没法想象你最后一刹那间的心情。但是我想你是不会有遗憾的。你为祖国献出了你的宝贵的生命。你的许多未完的工作会有更多的人来接替，你的家属会得到很好的照顾，你所关心的一切都会得到适当的安排。我们国家在各方面都会继续飞跃前进，空前的文化大繁荣的时期马上就要到来。你静静地安息在八宝山的墓地上，你的爽朗的笑声永远留在幸福的中国人民的中间！

1958年10月在北京

哭靳以

上午我到了万国殡仪馆。院子里寥寥两三个人，台阶下有块黑漆木牌，上面写着两个白色大字："章府"。灵堂里只有一张方桌和几十把椅子。我知道你的遗体一时不会离开"化妆间"。我只是先来看看你的新居。我慢慢地走上台阶，又慢慢地走下来。我在阴暗的厅子里站了好一会，又望望院子，望望草地。几个钟点以前看见的你那张没有血色的脸在我的眼前现了一下，又隐去了。我好像在做梦。怎么我在这里见到了二十三年前我们两个人的脚迹！就是这个台阶、这个院子和这块草地，它们应该记得十几个青年作家抬着鲁迅先生的灵柩走下台阶到柩车前的情景，那么它们也不会忘记你和我吧，它们也会了解两个普通人的将近三十年的友情吧。但是为什么这样的友情就不能再继续三十年？为什么偏偏该年纪较大的我来埋葬你呢？

台阶和院子一点也没有改变，连草地也是原来的那个样子。我还记得那一天我们怎样一步一步地走下这几级台阶。一个伟大人物的纪念和在艰苦斗争中逐渐发展的文学事业曾经把两颗年轻的心紧紧地拴在一起。三年前鲁迅先生遗体迁葬的时候，我们两个人又在一起扶着鲁迅先生的柩车到新的墓地。二十年漫长的岁月使我的头发褪了颜色，在你的浓发中间也出现了好些银丝。可是我们站在鲁迅先生的塑像前，看见先生头上和身上一片灿烂的金色阳光，我们的心情多么舒畅。我们"二十年的愿望实现了"：鲁迅先生安息在美丽的花园中，我们生活在“幸福的日子”[①]里。我们周围的一切不论是一景一物，一人一事，都把我们的心系得更牢。不知道有多少次我们互相勉励，互相鼓舞，要用最响亮的声音、最饱满的感情歌颂新中国的幸福生活，歌颂伟大的时代和英雄的人民，歌颂这些年中间数不尽的移山倒海的壮举和惊天动地的奇迹。不知道有多少次我们互相鞭策、互相激励，要贡献全部力量，做建筑社会主义大厦的一砖一瓦，跟着时代前进，永不掉队。现在回想起我们这许多次的谈话，我还感觉到一股热流通过我的全身。这些年总是你走在我的前面，你的声音比我的响亮，你的热情扇旺我的心灵之火，你的爽朗的笑声增加我前进的勇气。你的心里充满着那么强烈的爱，你的身上有那么充沛的精力，你的笔下绽出那么多的火花，你怎么能够默默地走向死亡？而且去得那么匆匆，那么突然，不留下一句话，也不让我们有时间跟你告别？

我不相信你就永远离开了我们，我不相信你就永远放下了你那管热情奔放的笔！所有认识你的人都没法把“死”字跟你连在一起。每个看见你的人都感觉到你的身上好像有无穷无尽的力量。你的身体并不强壮，可是你的感情健康。人们看见你那么热情地为总路线欢呼，为大跃进欢呼，为人民公社欢呼，看见你那么兴奋地去工厂，下农村，写出一篇又一篇激动人心的散文和特写，听见你滔滔不绝地描绘新中国的光辉面貌和欢乐气氛，怎么会想得到三十三年前的老病仍然在蚕食你的肉体，怎么能够说服你躺下来休息！你并不像安东·契诃夫那样，知道病的可怕，便想尽方法掩饰疾病，不让亲近的人为自己担心；你轻视病，而且相信自己能够战胜疾病，意气风发的时候连自己也忘记了这个凶恶的敌人并不曾离开过你。你忽略医生们几次的警告，你用微笑回答朋友们多次的劝告。你相信自己的坚强的意志，你有决心要活到共产主义的社会。你那表示衷心欢快的满面红光和爽朗笑声，不但迷惑了你的朋友，也欺骗了你自己。我们和你都白白地错过了两次有力的警告（心力衰竭）。你第三次入院躺在病床上的时候，你也只是说：“以后记住决不再晚睡早起。”（你指的是清晨五点钟起身，你两次发病都是在这个时候！）就是在你最后一次发病（就只有十六分钟！）以前几个钟头，你还对

①《幸福的日子》是靳以十年来散文选集的名字。《二十年的愿望实现了》是这个集子里的一篇散文。

人说，你一两天便要回家。后来在你逝世前三个钟点，你还兴奋地跟住在隔壁房间的病友畅谈创作上的问题。谁想得到你就只有这么短促的时间！

你今年刚满五十。你毕竟比契诃夫活得久，还比他幸福，你终于见到了自己追求的新社会的光明，而且为这光明工作了整整十年。你为文学事业贡献了将近三十年的光阴，甚至在生活最艰苦的时候，甚至在白色恐怖最厉害的时候，你也不曾放下笔；你像许多知识分子那样，走过了漫长的、曲折的道路，才找到了党。你曾经因为写小说受到轻视，因为编辑文学刊物受到迫害。三十年来，你在生活的道路和创作的道路上遭遇到不少的困难和打击，也有过丰收和胜利的喜悦，你始终严肃、诚恳地挺起胸膛向前迈步。有时你的步予跨得大些，有时脚步显得迟缓；有时头抬得高些，有时背略略弯下。但是我永远看见你在前进。解放十年来你的精神越来越饱满，你的心情越来越舒畅，你的声音越来越响亮，你的感情越来越年轻，你的笔越来越有力。特别是在国庆节以前五六十天中间，你写得那么勤奋，那么畅快，你用了那么热烈、那么欢乐的调子，歌颂十年来千千万万无限美好的事物；你用了诗一样的激情的语言抒写个人深切的感受，歌唱人民的幸福生活。你一口气写了十几篇好文章。差不多每隔一天你会打电话来告诉我，一篇文章又写成了，另一篇的腹稿也有了。我称赞你写得多，写得快。你总是谦虚地带笑回答："不易啊！"有时候我们见面谈起来，你还会讲出你打算写的另一些小说和散文的内容，你讲得那么生动，那么愉快，那么自然，好像你的心里安装了喷泉，有那么多美好的东西流不尽，喷不完。我读你的文章，总感觉到作者从纸上伸出手来，紧紧地拉住读者，向前飞奔。你把你对新社会的热爱尽量地放在文章里面，你把读者全当作你的朋友，向他们倾吐你最深的感情。读你的文章，我接触到你那颗火热的心；跟你在一起谈话，我也接触到你那颗火热的心。在你的文章里充满的是生命，在你的身上充满的也是生命。

你多么想活下去，你多么想好好地活下去。你常常说，过去你走了不少的弯路，浪费了不少宝贵的光阴，好不容易找到了东方鲜红的太阳，就应当全心全意为它严肃工作。你曾经大声歌唱："为了社会主义，不浪费一分一秒。"你多么爱惜在新社会里过的日子。你多么珍视这种得来不易的幸福生活。你又多么勇敢、多么坚决地保卫着它们。你一生爱憎分明，爱得深也恨得切，对于社会主义的敌人从来不知道宽容，然而你又那么热烈地爱着一切为祖国生产财富、走在时间前面的英雄。谈起英雄事迹来，你眉飞色舞，眼睛发光，你讲得活灵活现，更显得你生气勃勃。你的热情常常给我很大的鼓舞，有时我兴奋起来，说："我们真该活一百岁，就可以做不少的事情。"你就带笑说："活一百岁也还不够，工作是做不完的。"有的人真愿意无穷无尽地工作下去。你应当属于这种人吧。没有人能够相信你的生命会在五十岁结束！没有人能够相信你那雄壮的歌声会突然停止！

但是你毕竟离开了你所爱的亲人，你毕竟离开了朝夕在一起工作的同志和朋友，你毕竟离开了欣欣向荣的社会主义文学事业，你毕竟离开了我们伟大祖国的美丽的河山与英雄的人民。你离开了你所热爱的一切，静静地永闭了眼睛。你的妻女呼唤你的哀哀哭声都不能把你惊醒。我永远忘不了医院里的两三个钟头：天明以前的寒冷的夜，阴暗的大厅，轻微的人声，难堪的等待。为了不要叫出声来，我不能不几次咬紧嘴唇。我到过太平间，我又回到大厅。你那张没有血色的脸绞痛了我的心。难道这就是诀别？难道这就是三十年文学生活的结束？难道一颗火热的心就这样无声地死灭？难道一个光辉的生命就这样淡淡地消失？为什么不给你更多的时间让你完成计划中的工作？为什么不给你更多的机会让你唱出更美丽的"热情的赞歌"？六亿五千万人民团结得像钢一样向着锦绣前程飞奔的时候，全国文艺界欢欣鼓舞信心百倍地继续跃进的时候，偏偏少了一个生龙活虎般的你！读者在等待你的新作，《收获》需要你主持、安排，各地文艺刊物编辑都纷纷来信向你约稿，作协的同志们念念不忘你的热情的语言和不知道疲倦的干劲，你的家属……你不能够躺在那里闭紧眼睛！

你的脸上没有一点痛苦或忧伤的表情，你好像睡得十分深沉，十分安静。这不是死，这应当是长期的休息。你没有留下一句遗言，因为你没有任何的遗憾，你已经尽了你的职责，你的愿望也已经逐渐地实现：你看见了阳光普照中国，"美丽的花朵铺满祖国辽阔的土地山河"；你终于做了光荣的共产党员。你留下了三十多册优秀的作品，它们将继续在读者心上开放灿烂的花朵。你并不曾白白地浪费了你的生命。我有什么理由在这里哭你！我有什么理由来打扰你安静的休息！

一年前，铎兄因坐机失事遇难的时候，你写过一篇悼文《现在不是悲伤的时候》。我了解你的心情。倘使你现在还有知觉，你一定不愿意我在你的面前垂泪。我只好站在墙边默默地把眼泪吞进肚里。我没法制止它们，我在哭我自己的损失。

以后到作协开会我再也看不到你亲切的笑容，电话铃响拿起耳机，再也听不见你那一声带笑的“怎么样？”翻开杂志再也读不到你那些朴素而充满感情的文章，在前进道路上遇到困难的时候，再也得不到你的帮助和鼓舞……我不应当自私地想到我个人的损失。就在太平间里我还听见一个年轻的声音唤着“爸爸”。这个短短的哭声至今还在我的耳里激荡。我想起来了：你不是完全没有遗憾的。你的最后的思念一定在这个十五岁的女儿身上。你特别钟爱这个聪明的孩子，她也用了整个心灵爱着父亲。她是你的文章的第一个读者，她也是你的病中最大的安慰。我看见她扶着保姆的肩头、困难地走进你的病房，也看见她靠在保姆身上缓缓地走出医院。我看见你们在书房里相对读书，也见过你亲切地对她讲你的一些见闻。这个活泼的孩子三年前突然得了“多发性神经炎”，在病床上躺了很长一个时期，到现在还必须扶着别人的肩头才可以走动。三年来，她的病耗费了你们夫妇多少的心血。你在病房里还常常为她安排生活。我每次在病房里看见你们父女亲密地谈话，我特别感到温暖。但是看见你们两个病人彼此关心，互相安慰，我有时也会痛苦地暗想：万一你有一天撒手而去……现在这个孩子终于失掉了父亲。在医院的大厅上和太平间里她显得相当安静，在家里她却哭得那么伤心。你的纪念在她的心上已经成为神圣的了。谁也想象得到你的逝世对她是多大的打击！……

但是你的悬念已经是多余的了，在这个光辉灿烂的毛泽东时代中，在这个无限美好的新社会里，到处在开放爱的花朵，到处播送友谊的歌声。人们甚至可以为没有见过面的朋友献出自己宝贵的东西；一个人遇到困难的时候，四面八方都有人伸出手来援助。我们的社会里有的是健康的同情，有的是同志的友谊，有的是相互的关怀，有的是心连心携手前进。你心爱的女儿不会在悲痛中过孤寂的日子。她失去了一个她视作神圣的父亲，但是会有更多的父亲般的爱从祖国各个地方送到她的身边，帮助她，支持她勇敢地跟疾病战斗到底，保护她早日恢复健康，让她能够完全像同样年纪的女孩那样，过正常的生活，进行正常的活动；在集体的关怀下充分发挥她的精力，发展她的才智。那么她一定会成长为出色的青年，你这一生想做而来不及的许多工作都会在她的手里完成。你不仅活在人们的心里，你还会活在她的身上。你的南南，这个好心的孩子，为了纪念她所深爱的父亲，她一定能够坚强。你静静地安息吧，敬爱的朋友。

1959年11月在上海

怀念金仲华同志

昨夜我梦见仲华，他握着我的手不肯放，反复地说："我一直在等你的电话，你为什么不打来？下次不能再这样啊！"他笑了起来，我也一笑，就醒了。在这间灭了灯的屋子里，在铺着草席的矮矮的床上，我睁大眼睛朝左右望。只听见窗外一片虫声。我才知道自己做了梦。

我的确欠仲华一次电话。十二年前那个晚上，他像平常那样打电话来，唤声"老巴"，便亲切地向我问好。我老实告诉他：我可能马上就要"靠边"，请他不要再来电话。我说，等我的问题解决，我立刻打电话给他。他没有再讲什么，只答应了一声"啊"。这一声含着多大失望的"啊"至今还留在我的耳边。从那个时候起我就记住我的诺言。我常常考虑将来怎样跟他再通电话。我当时还相信会有那一天，我多么急切地等着那一天。在痛苦难堪的时刻，这样的等待也是一种安慰！可是不到两年我就听见仲华的噩耗。"牛棚"里的日子好像是醒不了的一场噩梦。我想，这也许是谣言吧。在漫长的等待中我也不曾完全失去信心。可是有一天我无意间走过仲华的门前，房屋已经换了主人，门上挂着一块牌子，什么机关在那里办公了。

仲华就这样无影无踪地消失了。每当我拿起电话听筒，我就想起这位等着我的电话的老友。我到哪里去找他呢？

仲华的死是完全出人意外的。我今天还想不通他为什么要死。我真想念他。他是那么善良，那么正直，那么乐观；他那么热爱生活，热爱祖国，热爱他的工作，——一根红线贯串着这一切，那就是他对党的感情，他一直是靠拢党、紧跟党的。和仲华在一起，我总觉得他没有一点私心。若干年来我没有听说他讲过一句错话，并不是他讲话过于谨慎，同熟人在一起他常常谈笑风生，他思想上没有疙瘩，心里没有尘土。就是在1966年他还对我说过几次："要紧跟着党啊！遇到什么事情我总是听党的话。"的确，解放以来的历次运动他都积极参加。对十七年中的国际斗争和对外宣传他也作出不少贡献。他是国际问题的专家，他做工作非常认真、精神贯注；工作面广，他却能从容应付。不管工作怎样繁忙，他晚上总要看书学习，剪贴材料，一直到最后的日子。在国外他团结了不少的反帝战士，结交了不少的朋友。他每次接到出国的任务，总是衷心愉快地通知我。完成任务回来他谦虚地谈旅行的收获，但也流露出轻松的感觉。我也替他高兴，因为我知道他是尽了自己的力量的。

朋友们都喜欢同仲华接近。我听见人讲道："仲华像一块吸铁石，吸引了许多人到他身边。"他善于做团结知识分子的工作。他待人亲切，真诚，同他在一起交谈我感到愉快，有益。他不是喜欢高谈阔论的人，也不善于表现自己，可是他知识丰富，态度恳切，他也虚心听别人谈话，向别人学习。六十年代中有一个时期我们一些专业作家每星期六下午在文艺会堂举行漫谈会，交流经验、讨论问题，也找人谈一下生活的体会和出国访问的见闻，出席的人都是自愿参加的。仲华便是我们的座上客，他很赞赏这种心情舒畅、没有拘束的气氛。他不仅参加我们的交谈，他还详细介绍了他带着艺术团访问西欧的情况。可是这个漫谈会后来也间接受到批评，无形中解散了。我对他谈起这件事，他淡淡地一笑，说："到我家里来谈吧。"在他家里，我们是无话不谈的，他并不限制我们。却常常把话题引到大路上去。我忘记不了一件事情：1950年11月下旬一个夜晚，我和仲华在华沙二届世界保卫和平大会的会场，这一天从早晨六点开会开到午夜，在闭幕之前我们到场外喝一杯咖啡休息，大家都很兴奋，谈起各人的感受和今后的工作，他说："我们互相帮助、共同前进吧"，然后脚步轻快地回到会场。一直到1966年他还表示过这样的意思。这些年我们经常在一起工作，在一起学习，在一起斗争，可是我始终落在他的后面。他那善意的笑容过去给过我多大的鼓励，今后也将督促我前进吧。

仲华的生活相当简朴，五十年代初我到他家里，看不见一张床，他晚上就睡在三用沙发上。他的儿女都在外地工作。他爱他的母亲，这是朋友们都知道的事。我最后一次看见老太太的时候，她已经八十出头了，身体还非常健康。仲华那时主动地到郊县农村锻炼，她很关心地谈起他的生活。她很担心在她之后有没有人来照料她的儿子。我望着这位白发老人，我没有忘记我在这个家里吃过多少次她亲手做的菜，仲华对朋友提起这些美味就感到自豪。这样一位母亲，她爱儿子，关心儿子，她全心全意地照料他，让他把全部力量放在工作上，更好地为人民服务。在这个家里，除了母亲和儿子以外，还有一个八九岁的小外孙女，仲华很喜欢这个小宝贝，她是这个家庭的一朵花！但是我“靠边”以后不到半年就听说小外孙女同外公“划清界限”到北京去了。这在当时是极其平常的事，我的女儿就不得不跟我“划清界限”，而且我也希望她跟我离得越远越好，免得她受到牵连。然而对于正直善良的仲华，对于这一对相依为命的母子，这是一个多大的打击啊！我虽然为仲华担心，但是我相信他一定经受得住，而且我已经自顾不暇，到了今天不知道明天的地步了。

仲华是不该死的，他是受到林彪和“四人帮”的迫害而死亡的。用不着我来谈他的死给我们带来的损失。倘使他能活到现在，他会在党中央领导下的新长征中做多少事啊！今天他的骨灰给安放在适当的地方，恢复了名誉，他可以毫无遗憾地安息了。但是回顾过去，展望未来，我不能不想起梦里的那句话：“下次不能再这样啊！”当然不会有“托梦”的事。只能说这是我“心有余悸”，热爱生活的人给逼着走上死路，高龄老母来不及看到儿子沉冤的昭雪，这个惨痛的教训怎么能够轻易忘记？和仲华分别了整整十二年，对着他的沉默的骨灰，我有一肚皮的话，不知道从哪里说起！倘使骨灰会讲话，我相信一定是这样的一句：坚决把反对林彪和“四人帮”的斗争进行到底！

1978年8月

一颗红心

——悼念曹葆华同志

去年六月初我离开北京的前夕，跟葆华通了电话，我说这次来不及了，下次到京一定去看他。他说他等着。八月中旬我又去北京，却只待了两天半，来去匆匆，连电话也没有接通。我失了信。我抱歉地想：下次见面，我要好好地向他解释。可是我回上海不到两个月，电报来了，讣告来了。这完全出乎我的意外。

在“四害”横行的日子里，我经常担心葆华的健康和安全。我还记得1973或1974年，一位北京朋友几次来信说葆华向他打听我的消息。他还说葆华患高血压和心脏病，又患白内障，眼睛看不清楚，他在什么地方遇见了葆华，这位老人摸索着吃力地走路，见到他拉着他衣袖絮絮地问我的情况。他的原话不一定就是这样。可是一连三四年我的脑子里始终保留着这样一个印象：孤零零一位老人拄着手杖在小胡同里歪歪斜斜地走着，仿佛随时都会让寒风吹倒似的。我多么想念他，多么感谢他。然而我不敢给他写一封信表达我的感情，我害怕给他带来更多的灾难。但是不写信我又怎么能放下心？谁能回答我这个疑问：我还能不能再见到他？然而这种好像是英国小说家狄更斯所描写的日子，好像是意大利诗人但丁所描写的生活终于过去了，像噩梦一样地过去了。去年三月我在北京见到了这位老友。我到了葆华的家，坐在他的小小会客室里同他闲谈。

完全和我所想象的不同，他望着我微笑，显得很高兴，声音还是十几年前那样。人也不老，看不出病容，原来他的眼睛经过手术除掉了白内障之后，视力基本上恢复，他可以看书写字了。他是那么乐观，那么愉快。我也是十分高兴，坐在椅子上感到非常舒适。我忘了他的病，忘了时间的限制，我有一肚皮的话要对他说，我有十几年的遭遇要让他知道。在这个非常关心我的朋友的面前，我有什么不能倾吐的呢？他好像也有很多话要找我谈。我想，我们在一起就很幸福，话慢慢地谈吧，反正有时间。我们谈了一般的情况。这只是一个开头。他仍然像十几年前那样关心我的生活，关心我的写作。他要我把“第二次解放”后我所写的文章全部寄给他，他叮嘱我的女儿一定要办到。他还讲起他读到我的《一封信》时的激动和喜悦。因为还有别的约会，我只在他的屋子里坐了一个多小时。在交谈中间我开始觉察到他兴奋后的疲劳，他还说，医生担心他感冒不让他出门。我同他分别的时候，他一再叮嘱我下次一定要“再来”。我爽快地答应了他。我相信我能够践约，我也相信他还能够活相当长的时间。

我太单纯了。我太粗心了。我忘了林彪和“四人帮”在人们身上制造的内伤还在溃烂，他们散发的毒气还在毁坏人们的健康；有人说我“焕发了青春”，却没有注意到我心上的伤口今天还在出血。我本来以为两三年就可以肃清流毒，打扫一次就能够除尽尘土。这只能说是个人的愿望。这两年中我又失去了不少的良师益友，杀害他们的刽子手仍然是林彪和“四人帮”，葆华就是其中的一位。他怀着极其热烈、极其深厚的对社会主义祖国的热爱，他愿意多做工作，他愿意贡献自己的一切，他要活下去，他愿意长久地活下去。但是他的健康已经被摧毁了，他挣扎，他斗争，他想创造奇迹，结果却得到突然的死亡。

我失了信，“下次”我没有去看他，从此就失去了同他交谈的机会。近十一年中间他的一些情况还是他的子女在来信中告诉我的。他们说，他为了找参考书曾带着孩子去中国书店，用一只手扶着书架，另一只手支起眼镜框，眼睛几乎贴着书脊，一本一本地挑选。他们说，他除了患糖尿病和心脏病外，两眼也先后失明，几乎无法阅读书报。他在黑暗中闭目吟咏，摸索着写下四十多首诗，悼念周总理，痛斥“四人帮”……他把抄录这些诗的小笔记本藏在贴身的衣袋里，只拿给最信得过的朋友看，有时他还亲自朗诵。他们说，1976年清明节首都人民悼念总理的革命行动遭到镇压后，他再也无法平静下去，他说：“那些不怕流血、不怕牺牲的孩子们，都给抓起来了，父母还在家里等他们回来。”紧接着他又说：“我要是二十几岁的青年，我也会走上街头这样干。”他们说，他基本上恢复了视力以后，又拿起十年前已经全部译完的《普列汉诺夫哲学通信第五集》译稿对照原文重新校订。就在他逝世前十天，出版社的同志来告诉他这本书已列入出版计划。他听到这个消息，连夜整理译稿，拿着散乱的篇页一一查对原文。这一夜他一共起来七次翻看手稿，眼睛看不清楚，脚站立不稳，手拿着稿纸发抖。就这样他一连工作了好几天，心脏病发作，他服了药又继续干下去，一直坚持到把全稿整理完毕。他们说，他去世前一天晚上还说要校对另一部译稿（席勒的《美育书简》）。临死前一个小时他还兴致勃勃地说："我的书已经列入国家计划，要早日交稿，如果身体吃不消，每天看五分钟，也要坚持下去。"说完他便走进里屋坐在藤椅上休息。阿姨出去取报纸，她回来看见他还坐在椅子上，手里拿着眼镜，好像要看什么文章，可是头歪垂着，他的脉搏已经停止了跳动。

这就是葆华的最后。他一直到死都没有离开自己的岗位。除了译稿外，他还留下四十多首歌颂周总理、讨伐"四人帮"的革命诗篇。他翻译过、校对过不少马列主义的经典著作和高尔基的文学论著。倘使不遭到林彪和"四人帮"的迫害，他一定会做出更大的成绩。他对社会主义祖国深厚的爱，在"四人帮"的眼里，也成了罪名。笔给夺走了，他的身上却添了各样的病。眼看着十年的好时光白白地过去，他带着内心的创伤，渴望追回它们。然而已经来不及了，留给他的就只有短短的两年！我没有想到这一点，作为对我"失信"的惩罚，我永远等不到"下次"了。

人应当永远向前看。可是我怀念葆华，却不由已地想到许多过去的事情。我1933年在北平认识他。他当时在编辑一家报纸的文学副刊，他写诗，翻译西方文艺评论。我们一见就熟，但相知不深。我和靳以经常同他开玩笑，他从不发脾气。抗战初期我听说他到了延安，又读到他在那里写的诗。1949年我在第一次全国文代会上见到了他。他的声音、相貌并没有大的改变，只是精神面貌不同了。我们又熟起来，这一次才是真正的"相知"。他仍然热情，坦率，而且谦虚。他爱讲别人的优点，有时候也讲些好人好事。他的生活简单朴素。解放初期我到他的宿舍去，他拿带点青色的小米干饭款待我，在那一段时期中他们都吃这样的伙食。可是他总是高高兴兴，有说有笑。他对我的工作和写作一直很关心。1958年姚文元打着"拔白旗"的招牌带头批判我的时候，我在塔什干开了会回到北京，他几次来旅舍看我，同我长谈，要我正确对待这次的批判。一年后我在京出席全国人民代表大会，他听说我为自己的选集写了一篇序言，里面有欠妥的辞句，大清早就跑来找我，劝我把它删去。其实我已经听从了另一位朋友的劝告，抽去了序言，我反而觉得他有点啰唆，不愿意同他多谈。他似乎没有觉察出来，还热情地谈一些事情。过了一阵，我才明白，他替我担心，是怕我犯错误。因此1962年他读了我那篇《作家的勇气和责任心》也替我捏了一把汗。他的担心是有理由的，在“文化大革命”中，为了这篇发言稿我受过几十次的批斗。批斗多了，人倒变得聪明了。批斗完毕，我吐一口气坐下来休息，我不能不想念葆华，这个经常给我的心带来温暖的老友。我还想到另一位朋友，我也替这位朋友担心，他终于给迫害致死，至今没有听说给他恢复名誉。他的爱人瘫痪在床，见到熟人眼泪汪汪。同这一对夫妇比起来，葆华还算是幸运的，他看到了林彪和“四人帮”的垮台，而且在最紧张、最困难的日子里写了几十首讨伐“四害”的诗，现在我才知道在那些时刻他四处打听我的消息，听到什么就告诉家里的人，连有人为我组织了全市性的电视批判大会，他也知道。他对孩子说我的日子难过，比他苦。说实话，我当时还以为他比我更苦呢！但是我已经没有多余的精力和精神替朋友们担心了。精神折磨和人身侮辱不断地刺激我的神经，我也在挣扎，也在斗争，为了不让自己发狂。一旦静下来，我精疲力竭、灰心绝望，朋友们的影子一齐奔到我的眼前，我仿佛听到许多人的亲切的、鼓励的声音。于是我又振作起来。我对自己说，我绝不辜负朋友们的期望。十年的没有工作的日子，十年的没有朋友交往的日子，并没有使我在精神上崩溃。林彪和“四人帮”的枷锁锁不住我的思想。任它海阔天空，它也要飞去，因此在精神上我并不是孤独的。我能够活到现在，我得感谢我的朋友们。四十五年前我写过这样的话：“友情在我过去的生活里就像一盏明灯，照彻了我的灵魂，使我的生存有了一点点光彩。”今天重读这几句话，我还十分激动。这些年我听说朋友们一个一个的死亡，总觉得好像自己的生命之水也跟着他们流失。最近每隔几天我得去一次龙华公墓参加朋友的骨灰安放仪式，仿佛死者排着队等候昭雪。我站在亡友的遗像前默哀，总觉得自己是在做梦。这样的浩劫是怎样发生的？有一天我总会得到明确的回答。没有参加葆华的追悼会，我感到遗憾。对于如此关心我、满心希望我不断进步的一位老友，我有多少话要说啊！现在我却不得不把它们全咽在肚里了。

葆华一直是向前看的。在最困难、最阴暗的日子里，他也不曾失去信心。他有一首诗讲他自己：

一颗红心走西北，

出没烽火四十年。
山腰挥锄辟天地，
窑洞点灯翻经篇。
炮火轰杀不知死，
灵魂改造似登天。
世界战鼓又催紧，
扛着红旗列队前。

这是他在几乎双目失明的情况下摸索着一字一字地写成的，的确是他自己的写照。他一直到最后都没有放下他的笔，他死而无憾。可是失去了这样一位朋友，对我是多么大的损失。林彪和“四人帮”的余毒并没有肃清，外伤和内伤还在把人拉向死亡。他不是头一个，也不是最后一个。但是他的生命是不会这样地完结的。他活在他的诗篇上，也活在他的译著里，更活在朋友们的心上。他那颗红心仍旧在燃烧。

我们一定要向前看。但是我们绝不会忘记过去十一年的惨痛教训。从背后来的匕首，两旁射来的暗箭和各种各样的阴谋诡计……这一切我们不能视若无睹，必须认真对待。没有后顾之忧，才能奋勇前进。我骄傲我有像葆华这样的朋友，在“四害”横行，“小报告”到处飞、卖友求荣成为风气的日子里，在他自己遭受残酷迫害的时候，他对我的信任始终没有动摇。我重视这种友情，我绝不辜负这种友情。

1978年12月

关于丽尼同志

——随想录十二

半年前我写过一篇创作回忆录《关于〈春天里的秋天〉》，谈了一些郭的事情。其实关于郭可谈的事不少，我虽然同他相知不深，可是我的脑子里至今还保留着这个善良人的形象。他的才能没有得到很好的发展，我常常这样想。倘使他有充足的时间，倘使他能够关起门来写作，他一定会给我们留下不少的好作品。我在这里用了“关起门来写作”这个词组，并没有特殊的意义，我只是想说不受到干扰。而在郭，这就是生活上的干扰。在抗日战争爆发以后，上海的小家庭给打掉了，他为了一家人的生活，东奔西跑，最后到国民党政府机关里工作，混一口饭吃。朋友分散了，刊物停了，没有人向他约稿逼稿，他写好文章也不知道该寄到哪里去换稿费。我同他失去联系大约一年的光景，忽然在桂林的街头遇见了他。我是从广州“逃难”到桂林的。他跟着机关从湖南某地迁往四川，经过这里，暂时住在旅馆里面。我们交谈了几句，听见警报声，就匆匆地分别了。当时我准备在桂林复刊《文丛》，向他拉稿，他答应把身边写好的稿子给我。第二天早晨他到东郊福隆街我住的地方来找我，把一篇散文放在桌上。他说，还有好几篇文章，打算校改后全交给我。他还说，他翻译了契诃夫的几个剧本，译稿都带来了。我们正谈得高兴，警报的汽笛声又响了起来。我们一起从后门出去躲避。

我们这次到了月牙山。在山上庙里看见敌机向城内投弹，看见大股上升的尘土，看见火光。郭担心他的行李，他估计他住的旅馆就在中弹的地区。警报刚解除，他急匆匆下山去。我后来进了城去找他。但是路给拦住了，走不过去。这次大概是这座古城第二次遭到大轰炸，街上乱糟糟的。

下午我进城去找郭。我到了他住的那个旅馆，眼前只有一大堆还在冒烟的瓦砾。他也来了。他想在瓦砾堆里找寻他的东西。有两三个老妈妈和中年人也在挖掘什么。他看见我，摇摇头说：“烧光了。”我问他：“怎么办？”他笑了笑，说：“今天就走，都准备好了。我来看一下。”他的笑中带了点苦味。我问：“稿子呢？”我感到留恋，又感到茫然。他说：“反正现在没有用，没有人要，烧了也就算了。”我心里难过，知道他也不好过。我还记得1933年年尾到1934年年初我带着他的散文到北平，终于把它介绍给靳以在《文学季刊》里发表了一组，后来又介绍给上海的黄源在《文学》月刊里发表了另一组，然后在1935年年底在上海出版了他的第一个散文集《黄昏之献》，我不仅是丛书的主编，我还是这本集子的校对人。我这样做，只是因为我喜欢他的散文，我甚至想说他的散文中有值得我学习的地方。在《黄昏之献》以后，我还编印了他的两本散文集《鹰之歌》和《白夜》。我准备着编辑他的第四本散文集子。“烧了也就算了，”短短的一句话，仿佛迎头给我一瓢冷水。但是我摇了摇头，我说：“不要紧，你再写。你写了给我寄来。”

这一天他离开了桂林。我回到福隆街的老式屋子里，摊开他给我送来的手稿，我读着：

“……我记得，在一次夜行车上，我曾经一手搂着发热的孩子，用另一只手在一个小小的本子上，握着短短的铅笔，兴奋而又惭愧地，借着月光，写下了几个大字：

“‘江南，美丽的土地，我们的！’……”

我几乎要叫出声来。他写得多好啊！我记得就在我来桂林之前在广州市一个码头，雇小艇转到我们租赁的木船，小艇沿着沙面缓缓地流去，岸上的景物开始变为模糊，我用留恋的眼光看那些熟悉的街道，和熟悉的房屋，我不敢想象敌军进城以后它们的“命运”，我不停地在心里说：“广州，美丽的土地，我们的！”那个时候我多么爱这个我们就要失去的美丽的城市！那个时候我才懂得它是多么美丽，多么牵系着我的心。

短短的一句话里包含着多么深、多么丰富的感情。抗战的年代里我不知道多少次反复说着这一句话，我常常含着眼泪，但是我心里燃起了烈火。甚至就在那些时候我也相信我们美丽的土地是敌人夺不走的。

1947年8月我从台北坐车去基隆，在那里搭船回上海，小车飞驰着，南国的芳香使我陶醉，一切是那么明亮，那么茂盛！我上了船，望着美丽的海港渐渐退去、朋友们的挥动的手终于消失的时候，我立在甲板上，身子靠着栏杆，摇着手，低声说："台湾，美丽的土地，我们的！"

我在1959年4月写的一篇庆祝上海解放十周年的文章里，还用了这样一个题目：《上海，美丽的土地，我们的！》。今天单单念着这个题目，我就十分激动。我在文章的开头写着：

"一九三八年一个初冬的夜晚，在桂林郊外的一间平屋里，一位朋友交给我他一篇散文的原稿，我激动地读着那个题目：《上海，美丽的土地，我们的！》……"

这里写的是"初冬的夜晚"，和我在前面写的"第二天早晨"相矛盾，现在记起来，应当是"早晨"。而且我最近借到了《文丛》第二卷合订本，重读了我提到的那篇散文，它的题目原来是《江南的记忆》。我把这篇散文发表在《文丛》第二卷五六期合刊上，我当时在桂林就只编印了这一册刊物。至于《文丛》第二卷第四期还是在广州排好的，刊物来不及付印，广州就受到敌军的围攻，我带着纸型逃到桂林。刊物的主编靳以早去了四川，大部分稿子，还是他留下来的。

我在桂林印出两期《文丛》，后来经过金华、温州回到上海，在文化生活出版社工作的朋友看到新的刊物，就在上海租界里重新排印出版了合订本，印数仅一千册，送了十多本给我。1940年7月我离开上海经海防去昆明的前几天，忽然听说日军要进租界搜查，我一天得到几次在报馆工作的朋友们的电话。从下午起我燃起火炉，烧信烧书，一直烧到深夜，剩下的七八本《文丛》合订本全烧了。倘使借不到这本书，我今天还弄不清楚那篇散文的题目。

以后我在重庆、在上海还看见郭。他重新翻译了契诃夫的剧本。可是他始终摆脱不了国民党政府机关里的工作，为了他一家人的生活，他默默地拖下去，混下去。全国解放后，他起初在武汉，后来在北京工作。我在北京见过他多次，他讲话很少，只是默默地微笑着，偶尔讲两句有关翻译工作的话，很少谈起散文。

他重新翻译了屠格涅夫的长篇小说《前夜》和《贵族之家》，他还校改了陆蠡翻译的小说《罗亭》。

我等待他的第四本散文集，白白地等了多年。《江南的记忆》以后他似乎再也没有写过散文了。他为什么沉默呢？为什么不争取一个机会写出他心里的感情，他热爱社会主义祖国，热爱新社会的感情呢？可能是过去那一段时期的生活像一个包袱重甸甸地压在他的肩上，他感到举步艰难。他从事电影艺术书刊的翻译。他响应号召去广州担任华侨学生的教师，1968年他在“劳动改造”中突然倒在地上，心脏停止了跳动。十年以后的1978年，广州暨南大学开追悼会，宣布了对他的历史的审查结论，给他恢复了名誉。

在我靠边的期间有人从广州来“外调”郭的事情，我所知有限，他不曾做过什么惊天动地的大事，谈起来，他只是一个心地善良的老好人，一个清清白白、寻寻常常的人。但是他的默默的死亡对我们的文学事业也是一个损失。倘使他能留下一本、两本新的散文，那有多好啊！

“江南，美丽的土地，我们的！”这样响亮的声音，这样深厚的感情！我永远忘记不了《江南的记忆》的作者。

郭的名字是安仁。他发表文章，用了一个奇怪的笔名：丽尼。这是他幼小时候一个女友的名字，这个外国女孩早早地死去了，为了纪念她，他写了《月季花之献》《失去》等散文，还把她的名字的译音作为自己的笔名。……

我在前面提到的那个主张翻印《文丛》第二卷合订本的友人是雨田，她几个月后就离开上海，后来到了福建永安，同黎烈文结了婚。抗战胜利后他们夫妇去了台湾。1947年我去台湾旅行曾到台北他们家做客，当时烈文在台湾大学教书。三年前我听说烈文病故，家境萧条，友人建议为他们的子女教育费用募款，雨田拒绝接收。去年我在北京见到在报馆工作的朋友，他证实了这个消息，说雨田表现得很坚强。分别二十二年，我非常惦记她。台湾回归祖国，我相信这绝不是梦想。我一定会看到它成为现实。只要有机会我愿意再到台湾旅行。1947年因为大雨冲坏了公路，我没有能去风景如画的日月潭，至今感到遗憾。倘使能再一次踏上美丽的南国宝岛，这将是我晚年莫大的幸福。

1979年2月9日

纪念雪峰

——随想录廿九

最近香港报上刊出了雪峰旧作诗八首在北京《诗刊》上重新发表的消息，从这里我看出香港读者对雪峰的怀念。我想起了一些关于雪峰的事情。

我去巴黎的前几天，住在北京的和平宾馆里，有一天傍晚雪峰的女儿来看我，谈起五月初为雪峰开追悼会的事，我说我没法赶回来参加，我想写一篇文章谈谈这位亡友。雪峰的女儿我过去似乎没有见过，她讲话不多，是个沉静、质朴的人。雪峰去世后不久，他的爱人也病故了，就剩下这姐弟三人，他们的情况我完全不了解，但是我有这样一个印象：他们坚强地生活着。

雪峰的追悼会1976年在八宝山开过一次。据说姚文元有过“批示”不得在会上致悼词。姚文元当时是“长官”嘛，他讲了话，就得照办。那算是什么追悼会！冤案未昭雪，错案未改正，问题似乎解决了，却又不能在光天化日之下出头。只有这一次要开的追悼会才是死者在九泉等待的那一种追悼会：伸张正义，推倒一切诬陷、不实之词。我在这里说“要开”，因为追悼会并没有在五月里举行，据说也许会推迟到召开第四次全国文代大会的日子，因为那个时候，雪峰的朋友们都可能来京参加，人多总比人少好。

我认识雪峰较晚，1936年年底我才第一次看见他。在这之前1922年《湖畔》诗集出版时我是它的爱读者。1928年年底我第一次从法国回来住在上海，又知道他参加了共产党，翻译过文艺理论的书，同鲁迅先生较熟。1936年我在上海，忽然听见河清（黄源）说雪峰从陕北到了上海。这年鲁迅先生逝世，我参加了先生的治丧办事处的工作，对治丧委员会某些办法不大满意，偶尔向河清发一两句牢骚，河清说这是雪峰同意的，他代表党的意见。我并未读过雪峰翻译的书，但是我知道鲁迅先生尊重党，也听说先生对雪峰有好感，因此就不讲什么了。治丧处工作结束以后，有一天鲁彦来通知要我到他家里吃晚饭，说还约了雪峰。他告诉我鲁迅先生答徐懋庸文最初是由雪峰起草的。我并不怀疑这个说法。先生的文章发表在孟十还主编的《作家》月刊上，在排印的时候，我听见孟十还谈起，就赶到科学印刷所去，读了正在排版中的文章，是许广平同志的手抄稿，上面还有鲁迅先生亲笔修改的手迹，关于我的那句话就是先生增补上去的。

我在鲁彦家吃饭的时候见到了雪峰。我们谈得融洽。奇怪的是他并未摆出理论家的架子，我也只把他看作一个普通朋友，并未肃然起敬。他也曾提起答徐文，说是他自动地起草的，为了照顾先生的身体，可是先生改得不少。关于那篇文章他也只谈了几句。其他的，我想不起来、记不下来了。我们海阔天空，无所不谈，每次见面，都是这样，总的说来离不了四个字："互相信任。"我还记得1944年到1945年我住在重庆民国路文化生活出版社，雪峰住在斜对面的作家书屋，他常常到我这里来。有一夜章靳以和马宗融要搭船回北碚复旦大学，天明前上船，准备在我这里烤火、喝茶、摆龙门阵，谈一个晚上。我们已经有过这样的经验了，雪峰走过出版社，进来看我，听说我们又要坐谈通宵，他就留下来、同我们闲谈到天将发白、靳以和宗融动身上船的时候。现在要是"勒令"我"交代"这一晚我们究竟谈些什么，我一句也讲不出，可是当时我们的确谈得十分起劲。

见第一面我就认为雪峰是个耿直、真诚、善良的人，我始终尊敬他，但有时我也会因为他缺乏冷静、容易冲动感到惋惜。我们两个对人生、对艺术的见解并不一定相同，可是他认为我是在认真地搞创作；我呢，我认为他是个平易近人的好党员。1937年我是这样看法，1944年我是这样看法，1949年我也是这样看法，一九五几年我也是这样看法，有一次在一个小会上，我看见他动了感情，有人反映今天的青年看不懂鲁迅先生的文章，可能认为已经过时，雪峰因此十分激动，我有点替他担心。解放后他有一次从北京回来，说某同志托他找我去担任一家即将成立的出版社的社长，我说我不会办事，请他代我辞谢。他看我意思坚决，就告诉我倘使我不肯去，他就得出来挑那副担子。我劝他也不要答应，我说事情难办，我想的是他太书生气，耿直而易动感情。但他只是笑笑，就回京开始了工作。他是党员，他不能放弃自己的职责。他一直辛勤地干着，事业不断地在发展，尽管他有时也受到批评，有时也很激动，但他始终认真负责地干下去。他还是和平时一样，没有党员的架子，可是我注意到他十分珍惜“共产党员”这个称号。谁也没有想到1957年他会给夺去这个称号，而且一直到死他没有能看到他回到党里的心愿成为现实。

错误终于改正，沉冤终于昭雪，可是二十二年已经过去，雪峰早已一无所知了。但我们还活着。我真愿意忘记过去。可是我偏偏忘不了1957年的事情。反右运动已经开始，全国人大会刚刚结束，我回上海之前一个下午跟雪峰通了电话，到他家里去看他。当时的气氛对他是不利的，可是我一点也感觉不出来，我毫无拘束地同他交谈，还对反右运动提出一些疑问，他心平气和地向我解释了一番。他殷勤地留我一起出去吃饭。我们是在新侨饭店楼下的大同酒家吃饭的。雪峰虽然做主人，却拿着菜单毫无办法，这说明他平日很少进馆子。他那艰苦朴素的生活作风在重庆时就传开了。吃过饭他还依依不舍地拉着我同他夫妇在附近闲走了一会。现在回想起来，他当时可能已经成为批判的对象，自己已预感到大祸即将临头了。

我回到上海，过一两个月再去北京出席中国作家协会党组扩大会议的最后一次大会。我还记得大会是在首都剧场举行的。那天我进了会场，池子里已经坐了不少的人，雪峰埋下头坐在前排的边上。我想不通他怎么会是右派。但是我也上了台，和靳以作了联合发言。这天的大会是批判丁玲、冯雪峰、艾青……给他们戴上右派帽子的大会。我们也重复着别人的话，批判了丁玲的“一本书主义”、雪峰的“凌驾在党之上”、艾青的“上下串联”等等、等等。我并不像某些人那样“一贯正确”，我只是跟在别人后面丢石块。我相信别人，同时也想保全自己。我在1957年反右前讲过：“今天谁被揭露，谁受到批判，就没有人敢站出来，仗义执言，替他辩护。”倘使有人揭发，单凭这句话我就可能给打成右派。这二十二年来我每想起雪峰的事，就想到自己的话，它好像针一样常常刺痛我的心，我是在责备我自己。我走惯了“人云亦云”的路，忽然听见大喝一声，回头一看，那么多的冤魂在后面“徘徊”。我怎么向自己交代呢？

这以后我还见过雪峰多次，不过再也没有同他长谈的机会了。他的外貌改变不大，可是换了工作单位，也换了住处。他给戴上帽子，又给摘了帽子；他劳动过，又在写作。然后浩劫一来，大家都变成了牛鬼。在什么战斗小报上似乎他又给戴上了“叛徒”的帽子，我呢，中国作家协会上海分会的“造反派”早已印发专书封我为“无产阶级专政的死敌”，而且我在“四人帮”的掌握中一直与世隔绝。1972年我爱人病危，我才从五七干校迁回上海。第二年七月忽然下来了当时的“上海市委书记”王洪文、马天水、徐景贤、王秀珍和常委冯国柱、金祖敏六个人的决定，我的问题作“人民内部矛盾处理，不戴反革命帽子，发给生活费”。这是由我们那个组织的“支部书记”当众宣布的，没有任何根据，也拿不出任何的文件，六个人的决定就等于封建皇帝的诏令。他们妄想用这个决定让我一辈子见不了天日。朋友中谁敢来看望我这个“不戴帽子的反革命”呢？我也不愿意给别人、也给自己招来麻烦。我更害怕他们再搞什么阴谋、下什么毒手。我决定采取自己忘记也让别人忘记的办法。我听说雪峰在干校种菜，又听说他到了人民文学出版社鲁迅著作编辑室。我不声不响，我听说雪峰患肺癌进医院动手术，情况良好，我请人向他致意；我又听说他除夕再进医院，我为他担心；最后听说他在医院里病故，一个朋友来信讲起当时的凄凉情景，我没有发过唁电；后来听说在北京举行无悼词的追悼会，我也不曾送过花圈。我以为我已经走上了“自行消亡”的道路，却没有想到今天还能在这里饶舌。

我还想在这里讲一件事，是关于《鲁迅先生纪念集》的事情。这本书可能在1937年年初就开始编辑发排了，详情我并不知道，八一三全面抗战爆发，上海成为战场，文化生活出版社的业务完全停顿，几个工作人员也陆续散去。有人找出了《鲁迅先生纪念集》的校样，八百多页，已经全部看过清样了。这本书可能是吴朗西经手的，但他留在四川，一时回不来。河清（黄源）是《纪念集》的一个编辑，不过他也不清楚当初的打算和办法。看见没有人管这件事，我就想抓一下，可是我手边没有一个钱，文化生活出版社也没有钱，怎么办？就在这个时候我遇见了雪峰，我同他谈起这件事，我说现在离鲁迅先生逝世一周年纪念日近了，最好在这之前把书赶印出来。他鼓励我这样做，还说他可以帮忙，问我需要多少钱。我就到承印这本书的科学印刷所去交涉，老实讲出我们的困难。最后印刷所同意先收印刷费两百元，余款以后陆续付清。我把交涉的结果告诉了雪峰。有天早晨他到我家里来交给我两百元，说这是许景宋先生借出来的。于是我就拉着河清一起动起来，河清补写了《后记》，但等不及看见书印成就因父亲患重病给叫回海盐老家去了。十月十九日下午，上海各界在浦东同乡会大楼开会纪念鲁迅先生逝世一周年，我从印刷所拿到十本刚刚装订好的《鲁迅先生纪念集》放在许广平同志的座位前面，雪峰也拿到了一册。

关于雪峰，还有许多话可说，不过他似乎不喜欢别人多谈他，也不喜欢吹嘘自己。关于上饶集中营，他留下一个电影剧本；关于鲁迅先生，他写了一本《回忆鲁迅》。前些时候刊物上发表了雪峰的遗作，我找来一看，原来是他作为“交代”写下的什么东西。我读了十分难过，再没有比这更不尊重作者的了。作家陈登科在《光明日报》上发表文章主张作者应当享有版权，我同意他这个意见，主要的是发表文章必须得到作者的同意。不能说文章一脱稿，作者就无权过问。雪峰长期遭受迫害，没有能留下他应当留下的东西，因此连1972年别人找他谈话的记录也给发表了。总之，一直到现在，雪峰并未受到对他应有的尊重。

1979年8月8日

靳以逝世二十周年

——随想录卅

时间好像在飞跑，靳以逝世一转眼就二十年了。但我总觉得他还活着。

1931年我第一次在上海看见他，他还在复旦大学念书，在同一期的《小说月报》上发表了我们两人的短篇小说。1933年年底在北平文学季刊社我们开始在一起工作。（他在编辑《文学季刊》，我只是在旁边帮忙看稿，出点主意。）这以后我们或者在一个城市里，或者隔了千山万水，从来没有中断联系，而且我仍然有在一起工作的感觉。他写文章，编刊物；我也写文章，编丛书。他寄稿子给我，我也给他的刊物投稿。我们彼此鼓励，互相关心。1938年下半年他到重庆，开始在复旦大学授课。他进了教育界，却不曾放弃文艺工作。二十几年中间，他连续编辑了十种以上的大型期刊和文艺附刊，写了长篇小说《前夕》和三十几本短篇小说和散文集，并为新中国培养了不少优秀的语文教师和青年文学工作者。今天不少有成就的中年作家大都在他那些有独特风格的刊物上发表过最初的作品，或多或少地得到他的帮助。那些年我一直注视着他在生活上、在创作上走过的道路，我看见那些深的脚印，他真是跨着大步在前进啊。从个人爱情上的悲欢开始，他在人民的欢乐和祖国的解放中找到自己的幸福，《青的花》的作者终于找到了共产党，他的精神越来越饱满，情绪越来越热烈，到处都听见他那响亮的、充满生命和信心的声音："你跑吧，你跑得再快再远，我也要跟着你转，我们谁也不能落在谁的后边。"

二十年过去了。他的声音还是那样响亮，那样充满生命和信心。我闭上眼，他那愉快的笑脸就在我的面前。"怎么样？"好像他又在发问。"写吧，"我不假思索地回答。这就是说，他的声音、他的笑容、他的语言今天还在给我的鼓励。

靳以逝世的时候刚刚年过五十，有人说："他死得太早了。"我想，要是他再活三十年那有多好。我们常常感到惋惜。后来在"文化大革命"期间，我和其他几位老作家在"牛棚"里也常常谈起他，我们却是这样说："靳以幸亏早死，否则他一定受不了。"我每次挨斗受辱之后回到"牛棚"里，必然想到靳以。"他即使在五九年不病死，现在也会给折磨死的，"我有时这样想。然而他还是"在劫难逃"，他的坟给挖掉了。幸而骨灰给保存了下来，存放在龙华革命公墓里。可是我哥哥李林的墓给铲平以后，什么都没有了[①]。

1959年靳以逝世后，中国作家协会派人到上海慰问他的家属，问起有什么要求，家属希望早日看到死者的选集或者文集。协会同意了，出版社也答应了，不过把编辑的事务委托给作家协会上海分会办理。最初听说要编四册，后来决定编成上下两集。《靳以文集》上集已经在"文化大革命"以前出版，印数少，没有人注意，而且"大写十三年"的风越刮越猛。即使还没有点名批判，出这样的书已经构成了右倾的罪名，再没有人敢于提起下集的事。于是石沉大海，过了十几年还不见下集的影子。死者的家属问原来的编辑人，说是早在"文化大革命"以前就交出了原稿。出版社呢，还没有人到出版社去交涉，但回答是料想得到的："现在纸张缺乏，"或者"不在计划以内。"不过我想，倘使靳以忽然走运，只要风往这边一吹，下集马上就会出来。否则……谁知道靳以是什么人？已经十几年没有印过他的一本书了。

要是靳以死而有知，他会有什么感想呢？

1979年8月11日

---

①墓是我给他修建的。墓上有一本大理石的书。书上刻着这样三行字："我的心在这里找到了永久的家。"这是从他翻译的小说《悬崖》（俄国冈查罗夫著）中摘录下来的，字还是请钱君匋同志写的，运动一来，连书、连碑、连死者的遗骨都不知弄到哪里去了。

怀念老舍同志

——随想录卅四

我在悼念中岛健藏先生的文章里提到1977年9月2日虹桥机场送别的事。那天上午离沪返国的，除了中岛夫妇外，还有井上靖先生和其他几位日本朋友。前一天晚上我拿到中岛、井上两位赠送的书，回到家里，十一点半上床，睡不着，翻了翻井上先生的集子《桃李记》，里面有一篇《壶》，讲到中日两位作家（老舍和广津和郎）的事情，我躺在床上读了一遍，眼前老是出现那两位熟人的面影，都是那么善良的人，尤其是老舍，他那极不公道的遭遇，他那极其悲惨的结局，我一个晚上都梦见他，他不停地说："告诉朋友们，我没有问题。"总之，我睡得不好。第二天一早我到了宾馆陪中岛先生和夫人去机场。在机场贵宾室里我拉着一位年轻译员找井上先生谈了几句，我告诉他读了他的《壶》。文章里转述了老舍先生讲过的《壶》的故事，[1]我说这样的故事我也听人讲过，只是我听到的故事结尾不同。别人对我讲的《壶》是福建人沏茶用的小茶壶。乞丐并没有摔破它，

①下面抄一段井上的原文（吴树文译）

"老舍讲的故事，内容是这样的：

很久以前，中国有一个富翁，他收藏有许多古董珍品。

后来他在事业上失败了，于是把收藏的古董一件件变卖，最后富翁终于落魄成为讨饭的乞丐，然而即使成了乞丐，有一只壶，他是怎么也不肯割爱的，他带着这只壶到处流浪。当时，另外有一个富翁知道了这件事，他千方百计想要获得这只壶。富翁出了很高的价钱想把壶买到手，虽经几次交涉，乞丐却坚决不脱手。就这样过了好几年，乞丐已经老态龙钟，连走路都十分困难了。富翁便给乞丐房子住，给乞丐饭吃，暗中等着乞丐死去。没多久，乞丐衰老至极，病死了。富翁高兴极了，觉得盼望已久的这一天终于来临。可是谁知道，乞丐在咽气之前，把这只壶掷到院子里，摔得粉身碎骨。"

他和富翁共同占有这只壶，每天一起用它沏茶，一直到死。我说，老舍富于幽默感，所以他讲了另外一种结尾。我不知道老舍是怎样死的，但是我不相信他会抱着壶跳楼。他也不会把壶摔碎，他要把美好的珍品留在人间。

那天我们在贵宾室停留的时间很短，年轻的中国译员没有读过《壶》，不了解井上先生文章里讲些什么，无法传达我的心意。井上先生这样地回答我："我是说老舍先生抱着壶跳楼的。"意思可能是老舍无意摔破壶。可是原文的最后一句明明是"壶碎人亡"，壶还是给摔破了。

有人来通知客人上飞机，我们的交谈无法继续下去，但井上先生的激动表情给我留下深刻的印象，他告诉同行的佐藤女士："巴金先生读过《壶》了。"我当时并不理解为什么井上先生如此郑重地对佐藤女士讲话，把我读他的文章看作一件大事。然而后来我明白了，我读了水上勉先生的散文《蟋蟀罐》（1967年）和开高健先生的得奖小说《玉碎》（1979年）。日本朋友和日本作家似乎比我们更重视老舍同志的悲剧的死亡，他们似乎比我们更痛惜这个巨大的损失。在国内看到怀念老舍的文章还是近两年的事。井上先生的散文写于1970年12月，那个时候老舍同志的亡灵还作为反动权威受到批斗。为老舍同志雪冤平反的骨灰安放仪式一直拖到1968年6月才举行，而且骨灰盒里也没有骨灰。甚至在1977年上半年还不见谁出来公开替死者鸣冤叫屈。我最初听到老舍同志的噩耗是在1966年年底，那是造反派为了威胁我们讲出来的，当时他们含糊其词，也只能算作"小道消息"吧。以后还听见两三次，都是通过"小道"传来的，内容互相冲突，传话人自己讲不清楚，而且也不敢负责。只有在虹桥机场送别的前一两天，在衡山宾馆里，从中岛健藏先生的口中，我才第一次正式听见老舍同志的死讯，他说是中日友协的一位负责人在坦率的交谈中讲出来的。但这一次也只是解决了"死"的问题，至于怎样死法和当时的情况中岛先生并不知道。我想我将来去北京开会，总可以问个明白。听见中岛先生提到老舍同志名字的时候，我想起了1966年7月10日在人民大会堂同老舍见面的情景，那个上午北京市人民在人民大会堂举行支援越南人民抗美斗争的大会，我和老舍，还有中岛，都参加了大会的主席团，有些细节我已在散文《最后的时刻》中描写过了，例如老舍同志用敬爱的眼光望着周总理和陈老总、充满感情地谈起他们。那天我到达人民大会堂（不是四川厅就是湖南厅），老舍已经坐在那里同当时的北京市副市长王昆仑在谈话。看见老舍我感到意外，我到京出席亚非作家紧急会议一个多月，没有听见人提到老舍的名字，我猜想他可能出了什么事，很替他担心，现在坐在他的身旁，听他说：“请告诉朋友们，我没有问题……”我真是万分高兴。过一会中岛先生也来了，看见老舍便亲切地握手、寒暄。中岛先生的眼睛突然发亮，那种意外的喜悦连在旁边的我也能体会到。我的确看到了一种衷心愉快的表情。这是中岛先生最后一次看见老舍，也是我最后一次同老舍见面，我哪里想得到一个多月以后将在北京发生的惨剧！否则我一定拉着老舍谈一个整天，劝他避开，让他在精神上有所准备。但有什么办法使他不会受骗呢？我自己后来不也是老老实实地走进“牛棚”去吗？这一切中岛先生是比较清楚的。我在1966年6月同他接触，就知道他有所预感，他看见我健康地活着感到意外的高兴，他意外地看见老舍活得健康，更加高兴，他的确比许多人更关心我们。我当时就感觉到他在替我们担心：什么时候会大难临头。他比我们更清醒。

可惜我没有机会同日本朋友继续谈论老舍同志的事情。他们是热爱老舍的，他们尊重这位有才华、有良心的正直、善良的作家。在他们的心上、在他们的笔下他至今仍然活着。四个多月前我第二次在虹桥机场送别井上先生，我没有再提“壶碎”的问题。我上次说老舍同志一定会把壶留下，因为他热爱祖国、热爱人民，他虽然含恨死去，却留下许多美好的东西在人间，那就是他那些不朽的作品，我单单提两三个名字就够了：《月牙儿》《骆驼祥子》和《茶馆》。在这一点上，井上先生同我大概是一致的。

今年上半年我又看了一次《茶馆》的演出，太好了！作者那样熟悉旧社会，那样熟悉旧北京人。这是真实的生活。短短两三个钟头里，我重温了五十年的旧梦。在戏快要闭幕的时候，那三个老头儿（王老板、常四爷和秦二爷）在一起最后一次话旧，含着眼泪打哈哈，“给自己预备下点纸钱”，“祭奠祭奠自己”。我一直流着泪水，好些年没有看到这样的好戏了。这难道仅仅是在为旧社会唱挽歌吗？我觉得有人拿着扫帚在清除我心灵中的垃圾。坦率地说，我们谁的心灵中没有封建的尘埃呢？

我出了剧场脑子里还印着常四爷的一句话：“我爱咱们的国呀，可是谁爱我呢？”完全没有想到，一个熟悉的声音在追逐我。我听见了老舍同志的声音，是他在发问。这是他的遗言。我怎样回答呢？我曾经对方殷同志讲过：“老舍死去，使我们活着的人惭愧……”这是我的真心话。我们不能保护一个老舍，怎样向后人交代呢？没有把老舍的死弄清楚，我们怎样向后人交代呢？1977年9月2日井上先生在机场上告诉同行的人我读过他的《壶》，他是在向我表示他的期望：对老舍的死不能无动于衷！但是两年过去了，我究竟做了什么事情呢？我不能不感到惭愧。重读井上靖先生的文章、水上勉先生的回忆、开高健先生的短篇小说，我也不能不责备自己。老舍是我三十年代结识的老友。他在临死前一个多月对我讲过：“请告诉朋友们，我没有问题……”我做过什么事情，写过什么文章来洗刷涂在这个光辉的（是的，真正是光辉的）名字上的浊水污泥呢？

看过《茶馆》半年了，我仍然忘不了那句台词：“我爱咱们的国呀，可是谁爱我呢？”老舍同志是伟大的爱国者。全国解放后，他从海外回来参加祖国社会主义建设事业，他是写作最勤奋的劳动模范，他是热烈歌颂新中国的最大的“歌德派”，1957年他写出他最好的作品《茶馆》。他是用艺术为政治服务最有成绩的作家。他参加各项社会活动和外事活动，可以说是把整个生命和全部精力都贡献给了祖国。他没有一点私心。甚至在红卫兵上了街，危机四伏、杀气腾腾的时候，他还拿着事先准备好的发言稿，到北京市文联开会，想以市文联主席的身份发动大家积极参加“文化大革命”，但是就在那里他受到拳打脚踢，加上人身侮辱，自己成了“文化大革命”专政的对象。老舍夫人回忆说：“我永远忘不了我自己怎样在深夜用棉花蘸着清水一点一点地替自己的亲人洗清头上、身上的斑斑血迹，不明白是哪里出了问题，不明白为什么会闹成这个样子……”

我仿佛看见满头血污包着一块白绸子的老人一声不响地躺在那里。他有多少思想在翻腾，有多少话要倾吐，他不能就这样撒手而去，他还有多少美好的东西要留下来啊！但是过了一天他就躺在太平湖的西岸，身上盖了一床破席。没有能把自己心灵中的宝贝完全贡献出来，老舍同志带着多大的遗憾闭上眼睛，这是我们想象得到的。

“为什么会闹成这个样子？”去年6月3日我在北京八宝山公墓礼堂参加老舍同志的骨灰安放仪式，低头默哀的时候，我想起了胡絜青同志的那句问话。为什么呢……从持骨灰安放仪式的人起一直到我，大家都知道，当然也能够回答。但是已经太迟了。老舍同志离开他所热爱的新社会已经十二年了。

一年又过去了。那天我离开八宝山公墓的时候，我忽然想起一位外籍华人、一位知名的女作家的谈话，她说："中国的知识分子是很了不起的，他们是忠诚的爱国者。西方的知识分子如果受到'四人帮'时代的那些待遇，那些迫害，他们早就跑光了。可是中国的知识分子，不管你给他们准备什么条件，他们能工作时就工作。"这位女士脚迹遍天下，见闻广，她不会信口开河。老舍同志是中国知识分子最好的典型，没有能挽救他，我的确感到惭愧，也替我们那一代人感到惭愧。但我们是不是从这位伟大作家的惨死中找到什么教训呢？他的骨灰虽然不知道给抛撒到了什么地方，可是他的著作流传全世界，通过他的口叫出来的中国知识分子的心声请大家侧耳倾听吧："我爱咱们的国呀，可是谁爱我呢？"

请多一点关心他们吧，请多一点爱他们吧，不要挨到太迟了的时候。

话又说回来，虽然到今天我还没有弄明白，老舍同志的结局是自杀还是被杀，是含恨投湖还是受迫害致死，但有一点是可以肯定的：人亡壶全，他把最美好的东西留下来了。最近我在北京出席第四次全国文代会，没有看见老舍同志我感到十分寂寞。有一位好心人对我说："不要纠缠在过去吧，要向前看，往前跑啊！"我感谢他的劝告，我也愿意听从他的劝告。但是我没有办法使自己赶快变成《未来世界》中的"三百型机器人"，那种机器人除了朝前走外，什么都看不见。很可惜，"四人帮"开动了他们的全部机器改造我十年，却始终不曾把我改造成机器人。过去的事我偏偏记得很牢。

老舍同志在世的时候，我每次到北京开会，总要去看他，谈了一会，他照例说："我们出去吃个小馆吧，"他们夫妇便带我到东安市场里一家他们熟悉的饭馆，边吃边谈，愉快地过一两个钟头。我不相信鬼，我也不相信神，但我却希望真有一个所谓"阴间"，在那里我可以看到许多我所爱的人。倘使我有一天真的见到了老舍，他约我去吃小馆，向我问起一些情况，我怎么回答他呢？……我想起了他那句"遗言"："我爱咱们的国呀，可是谁来爱我呢？"我会紧紧捏住他的手，对他说："我们都爱你，没有人会忘记你，你要在中国人民中间永远地活下去！"

1979年12月15日

图书在版编目（CIP）数据

人间随想录 / 巴金著. — 北京 : 中国文史出版社，2021.3
（政协委员文库）
ISBN 978-7-5205-2789-7

Ⅰ. ①人…　Ⅱ. ①巴…　Ⅲ. ①散文集—中国—现代
Ⅳ. ①I266

中国版本图书馆CIP数据核字（2020）第250647号

责任编辑： 张春霞

出版发行：**中国文史出版社**
社　　址：北京市海淀区西八里庄路69号院　邮编：100142
电　　话：010-81136606　81136602　81136603（发行部）
传　　真：010-81136655
印　　装：廊坊市海涛印刷有限公司
经　　销：全国新华书店
开　　本：710mm × 1010mm　1/16
印　　张：20　　字数：320千字
版　　次：2022年1月第1版
印　　次：2022年1月第1次印刷
定　　价：59.80元
